전위의
기원과
행로

전위의 기원과 행로
——이인성 소설의 앞과 뒤

펴낸날 2012년 10월 31일

지은이 김윤식
펴낸이 홍정선
펴낸곳 ㈜문학과지성사
등록번호 제10-918호(1993. 12. 16)
주소 121-840 서울 마포구 서교동 395-2
전화 02)338-7224
팩스 02)323-4180(편집) 02)338-7221(영업)
전자우편 moonji@moonji.com
홈페이지 www.moonji.com

ⓒ 김윤식, 2012. Printed in Seoul, Korea

ISBN 978-89-320-2355-7

전위의 기원과 행로

이인성 소설의 앞과 뒤

김윤식 지음

문학과지성사

2012

'돌부림'에서 멈춰 선 작가

눈도 귀도 어두워져 정확히 기억나지는 않지만 고대 갑골문에 대한 책을 엿본 적이 있소. 그 재질에 알맞게 선으로 된 문자를 쇠끝으로 새긴 것이라 매우 예민하다 하오. 뿐만 아니라 아름다움과 위엄 양쪽을 겸비했는데 그도 그럴 것이 신에게 알리기 위함이랄까. 청동기 시대에 오면 청동기의 옆구리나 바닥에 이런 글자가 내려앉았다 하오. 청동기란 제사용인 만큼 그 제기를 통해 신(神)인 선조에 고하는 의미의 문장이었다 하오. 이 무렵의 정치 방식은 왕과 신하의 관계였고, 왕들은 자신의 선조를, 신하는 군신 관계를 지키며 자기 선조에 제사했다 하오. 제사라는 일종의 공동체 의식을 통해 사회 질서가 이루어졌다 하오. 진(秦), 한(漢) 시대에 오면 이른바 대제국이 성립되고 전국을 행정적으로 통일했기에 정치적 명령의 전달이나 일상적 물자, 납입 등 회계에 전표를 사용치 않으면 안 되었다 하오. 금문자(金文字) 대신 목간(木簡)이 생겨났고 붓을 사용하여 적었던 것이라 하오. 공문서조차 이런 방식이었다 하오. 편지(개인의 글)에서 보듯, 그동안 사람이 신에게, 혹은 사람이 조상이라는 신의 세계를 대상으로 한 것이 목간의 시대에서부터는 인간 세계에 들어왔다 하오. 글쓰기의 존재의 장소가 인간 세계에 내려온 것이라 하오. 편지를 예로 들면 사람과 사람의 관계에 해당되는 것이라 초서(草書) 같은 예술성이 나타났다 하오. 글쓰기란 그 원점이 인간과 인간의 관계에서 비롯되었다고 하오.

눈도 귀도 어두워 정확히 기억나지 않지만 둔황본 『육조단경』(혜능의 어록집)을 설하는 어떤 고승의 법문을 접한 바 있소. 숭산 소림사 동굴에서 9년 면벽 수행한 달마(석가세존으로부터는 28조)가 제1조 하오. 그 법문을 이은 이가 법을 위해 형(形)을 버린 혜가라 하오. 제2조 혜가에 이어 승찬, 도신, 홍인, 혜능까지를 육조라 한다 하오. 5조 홍인이 6조 혜능에게 그 법통을 이을 때는, 극적인 방법이 이루어졌다 하오. 홍인은 아무도 모르게 한밤중 혜능에게 법의를 주면서 야반도주시켰음이 그것. 달마 이래 이 의발을 뺏기 위해 달려든 사람(혜명)도 있었다 하오. 혜능은 법의가 말썽을 일으키자 산문에다 잠재웠다 하오.

눈도 귀도 어두웠으나 정확히 기억되는 것이 다음 두 가지이오. 하나는 소설가 박상륭. 그는 스스로 제7조라 칭하며 호동(湖東)의 천지를 흔들고자 했다는 것. 다른 하나는, 김현과 이인성의 관계. 임종이 가까워지자 관악산의 달마 김현은 그의 의발을 이인성에게 전수했소. 하되 대낮에, 그것도 주위에 사람이 있는데도 말이외다. 이인성이 이 사실을 숨기지 않았음도 이와 무관하지 않아 보였소.

이런 내막을 전혀 모른 척한 '의뭉스러운' 사람이 있지 않았을까. 「서편제」의 가객 이청준이 혹시 그런 사람의 하나라 할 수 없을까. 달마 김현이 백옥루의 주민이 된 지 8년 만에 이 의뭉스러운 소설쟁이는 열한 명의 문사들을 이끌고, 소리의 고장 남도 기행에 임했다

하오. 이인성도 그 속에 끼여 있었소. 끼여 있되, 실로 놀라움으로 끼여 있었다 하오. 이인성은 망설임도 없이 '기적'이라 했소. 대연출가이자 배우이기도 한 이청준의 존재가 어째서 '기적'이어야 했을까. 혹시 그것은 달마가 없는 이인성의 허전함에 찾아온 새로운 달마에의 목마름 때문이었을까. 그럼에도 끝내 그는 이청준을 달마로 수용하지 않았소.

이러한 추측의 근거라도 있는 것일까. 『한없이 낮은 숨결』로써 이인성은 달마에 헌정했소. 그렇다면 혹시 어느 정도의 자유, 곧 스스로 달마 되기의 길이 저만치 관악산 너머에서 떠오르지 않았을까. 그 증거로 하회탈춤을 다룬 「강 어귀에 섬 하나」와 반구대 암각화를 다룬 「돌부림」을 들 수도 있을 법하오. 여기에서 한 발짝만 나서면 「소리부림」이 씌어질 수도 있지 않았을까. 판소리 말이외다.

그럼에도 이인성은 그쪽으로 나아가지 않았고, 그러자니 『식물성의 저항』에 주저앉을 수밖에 없지 않았을까. 왜냐면 이인성은 한 번도 소설가임을 잊은 적이 없었으니까. 판소리, 그것은 소설 초월이거나 어쩌면 '예(藝)'의 세계에 속하는 것이 아니었을까.

거듭 말하지만 눈도 귀도 어두워 정확하다고 할 수는 없으나, 이 책에 표현된 사상이나 또 그와 유사한 사상은 스스로 생각해본 사람만이 이해할 수 있을 터이오. 한 번 더 내가 크게 잘못 이해하지 않았다면, 비트겐슈타인의 말버릇대로 이 책을 이해할 수 있는 한 사람이라도 있다면, 그로써 족한 것. 그 사람이란 다름 아닌 이 나라 소설사의 갑골문 해독자이거나 청동기의 이해자이거나 목간의 해독자일 터이오. 그만큼 오래된 얘기이오.

2012년 가을

김윤식

차례

I.
선험적
문학과
선험적
가난

—

전사(前史) :
자생적 운명의 시선에서
본 김현과 이청준

1. 비평가와 작가, 두 순교자의 마주 보기

김현 문학전집 제16권은 자료집이다. 이 속에는 황동규 씨의 「너 죽은 날 태연히」를 비롯한 15명의 절절한 조시는 물론, 김치수 씨의 「타계한 30년 지우(知友) 김현을 그리며」를 비롯한 24편의 추도와 회고의 산문이 실려 있어 48세로 타계한 이 '키 큰 평론가'(박상륭 씨의 용어) 김현의 문학과 우정을 기렸음을 한눈에 알 수 있다.

만일 문학에 관심이 좀 있는 사람이라면 『광장』의 작가 최인훈을 빼면 김현이 제일 열정적으로 많이 논해온 『당신들의 천국』의 작가 이청준이 쓴 추도의 글이 이 자료집에 들어 있지 않음에 주목할지도 모른다. 왜냐면 생전에 김현이 쓴 이청준론들은 비할 바 없이 섬세할 뿐 아니라 개인적이기까지 했기 때문이다. 김현은 망설임도 없이 한 이청준론의 앞에다 이렇게 적어 마지않았다.

이청준의 소설에 대해서 하나의 평문을 초한다는 것은, 문학비평가로서의 내가 소설가로서의 그에게 빚지고 있는 상당량의 부채를 갚고 싶다는 의욕의 한 표현이다. 경제적·사회적·정치적인 여러 복합적 이유 때문에, 몇 사람의 동세대 작가들이 글을 쓰지 못하고(혹은 글을 안 쓰고) 있는 상황에서, 그 어느 때보다 정열적으로, 어떻게 생각하면, 거의 순교자적인 태도로 작품에 달려들고 있는 데서 연유하는, 그에 대한 존경심을 나는 어떤 형태로든지 표현하고 싶은 것이다. (「자유와 사랑의 실천적 화해」, 김현 문학전집 4, 문학과지성사, 1992, p. 224)

두 가지 점이 선명하다. '이청준은 작가다'인데 '나는 비평가다'가 그 하나. 다른 하나는, 이 점이 소중한데 작가 이청준이 '순교자적인 태도'로 일관하고 있다는 점. 이 진술 속에는 비평가 김현 자신도 어쩌면 순교자적 자세로 임하고 있음이 암시되어 있을 터이다. 김현은 일찍이 『광장』의 작가를 두고 '거의 종교적인 경건성'으로 문학을 대하고 있으며 또 문학에 대한 깊은 신앙심이 날카롭게 인식되어 있다고 했거니와 이 경우 거의 종교적 경건성이라든가 신앙심은 이청준의 순교자적 자세에 비하면 뚜렷한 격차가 인정된다. 전자가 종교에 대한 일반 신자의 차원을 가리킴이라면 후자는 목숨을 걸었음에서 전자와 구별된다. 말을 바꾸면, 비평가인 김현 자신도 그러한 급수에 섰음을 모르는 사이 내세우고 있지 않았을까. 김현이 제일 미워한 것이 다음과 같은 말임에 주목한다면 이 점은 쉽사리 이해된다.

문학이라는 것이 별것인가. 중요한 것은 살아 남는 것이다. 그럴듯한 주장이다. 그러나 바로 그런 태도야말로 문학을 매명의 도구로 만들고 문학을 문학에서 소외시키는 태도라 하지 않을 수 없다. 문학은, 인간을 자신의 생존 욕망 속에만 갇혀 있는 포유 동물과 구별하게 만드는 변별적 장치 중의 하나이다. 그것이 없다면, 인간으로서 살아 남는다는 말을 감히 할 수 없으리라고 생각한다. 문학은 그것을 제약하는 상황 그 자체의 기호가 됨으로써, 그것을 초월하는, 인간만이 가진 장치이다. 문학이 없어지는 날, 감히 말하거니와, 인간다운 삶도 없어진다고 할 수 있다. 문학이 있다는 사실이야말로, 문학을 억압하는 모든 세력에 대한 가장 강렬한 응답인 것이다. (위의 글, 김현 문학전집 4, p. 225)

　김현의 문학에 대한 순교자적 자세의 어떠함을 위의 기록이 잘 드러내고 있거니와 또 이것은 직관적으로 이청준에게서 그의 모습을 겹쳐 보고 있었음을 가리킨다.

　과연 문학이란 것이 김현이 인식하듯 그렇게 인간에게 굉장한 것인가. 이에 대한 논의는 시대와 곳에 따라 산처럼 다양하게 쌓여 있지만 중요한 것은 그 논의의 타당성 여부에 있지 않다는 사실에서 온다. 곧 김현이 그렇게 인식했음이야말로 논의의 핵심이 아닐 수 없다. 그것은 이렇게 묻는 방식을 가리킴이기는 하다. 대체 김현은 어째서 이런 굉장한 문학관을 갖게 되었을까. 다듬어 말하면, 누가 김현에게 이런 순교자적 문학관을 가르쳤을까가 된다. 개인의 선천적 총명함을 논외로 친다면, 그리고 문학이란 한갓 칸트 식으로 말해 문화적 범주의 하나로 본다면, 그것은 배움과 분리되지 않는다고 믿기에 이 물음은 단연 사회적인 것이 된다. 이와 꼭 마찬가지 원칙이 작가 이청준에게도 그대로 적용된다. 대체 누가 이청준으로 하여금 '순교자적 태도 가지기'를 가르쳤을까. 이 글은 먼저 이 두 키 큰 글쟁이의 내력을 살펴보고 그것의 차이가 어째서 두 사람을 서로 고무케 했으며 또 그것이 이 나라 문학판에 어떤 모습으로 보였는가를 조금 알아보기 위해 씌어진다.

2. 선험적인 것으로서의 유럽 문학

기독교를 받아들인 목포의 상인(약종상) 가문에서 태어난 김현(본명 광남)이 서울의 경복고를 나와 서울대 문리대 불문학과에 든 것은 1960년이었다. 그해 4·19가 일어났다. 대체 불문학과란 무엇 하는 곳이며 또 4·19는 무엇인가. 이 두 물음을 떠나면 김현을 논할 수 없거니와 설사 있더라도 무의미해지기 쉽다. 이 두 가지가 김현을 그것도 '선험적'으로 규정했기 때문이다. 그는 1967년에 이렇게 고백한 바 있다.

대부분의 사람들이 경험하였겠지만 열일곱, 열여덟 살 때쯤 해서는 소위 '회의'라는 것이 의식의 커다란 부분을 차지한다. 그 회의가 오는 과정은 지극히 순간적이어서, 대부분 그 시작의 흔적을 찾지 못할 정도이다. 나의 회의가 시작되었을 때, 나는 김붕구 교수의 『불문학 산고(散考)』와 말로의 소설 몇 권을 손에 쥐고 있었다. 그 책들 속에서 나는 나의 연약한 정신이 너무 쉽게 마취되어버린 몇 개의 섬뜩하도록 쇼킹한 어휘들, 가령 절망·부조리·행동·불안·기분·구원 등등에 부딪치게 되었고, 나는 그 어휘들이 가지고 있는 어떤 정확한 내포와는 상관없이 나 자신의 의식 속에 그들을 병치시키고 결합시켜, 그 결합된 상태를 즐기게 되었다. 가령 '절망'이라는 말을 생각해

보자. 나는 그 말에 거의 맹목적인 감동을 느꼈던 것인데, 그 말의 정확한 의미를 나는 그때 전혀 모르고 있었다. 막연히 어떤 위대한 것이 몰락해 가는 그런 것을 생각하고 거의 아름다움마저 느끼곤 했었다. 그것이 그 책들을 쓴 사람들의 마술적인 능력 때문이었는지, 나의 정신 상태가 최면을 당할 준비 태세를 갖고 있었는지, 그 어느 것인지 지금 나는 자세히 알 수 없다. 여하튼 20세기의 초기에 얻어진 유럽 대륙의 불온한 공기를 나는 내 자신의 내부 속에 선험적으로 존재하는 것으로 받아들이지 않을 수 없었고, 거기에 추호의 의심도 품지 않았다. 불안이라든가 절망 같은 것은 도처에 있었고, 특히 내 마음속에 있었다. 그것은 선험적으로 있었다. 나의 오랜 주저와 혼돈은 바로 이 점에 그 기반을 두고 있다. 유럽 문학, 특히 내가 도취되어 있었던 프랑스 문학을 나는 나의 정신의 선험적 상태로 받아들였고, 그 상태 속에서 모든 것은 피어나야 한다고 믿고 있었기 때문이다. (「한 외국 문학도의 고백」, 김현 문학전집 3, 문학과지성사, 1991, pp. 15~16)

'절망'이란 추상어가 '선험적'으로 그 자신의 내부 속에 있었듯 서양 문학도 '선험적으로' 그에게 있었고 불문학 역시 '선험적으로' 그에게 있었다. 인간의 능력을 논의하는 마당에서라면 선험적(a priori)이란 후천적 경험적(a posteriori)인 것에 맞서는 개념이다. 가령 시간과 공간의 인식이라든가 배고플 때의 반응, 사물 인식의 특수 능력 등은 선천적으로 타고난 능력이어서 배워서 아는 경험적 인식과는 구별된다. 삼척동자도 아는 이런 용어를 김현은 세 번씩이나 되풀이 써놓았음에 주목할 것이다. '프랑스 문학'도, '절망'이라는 낱말도, 그리고 '서양 문학'도 적어도 대학 교육 과정에서 상당한 학습을 거치지 않으면 결코 몸에 지닐 수 없다. 푸코 식으로 말해 서양 문학도, 그것도 보들레르, 말라르메를 가리킴이라면 기껏해야 19세기 특정 시대 특정 지역의 산물에 지나지 않는다. 그렇지만 후천적 경험적 사실 중에서도 교육이 담당하는 가장 어려운 영역이 아닐 수 없는 이 프랑스 문학을 두고, 한반도 목포 출신의 아이가 선험적으로 받아들였다고 우기는 것은 대체 무엇인가. 필시 프랑스 문학 앞에 선, 한 마음 가난한 소년의 절망감의 표현이었을 터이다. 이는 일찍이 "우리는 하늘에서 떨어진 씨앗"(「자녀 중심론」)이라고 갈파한 초기 이광수의 발언에 대응될 만한 것이기도 하다. 서양 문화 그리고 프랑스 문학이 한반도의 한 소년의 정신 속에 선험적으로 있었다 함은 따지고 보면 서양 문화 그리고 프랑스 문학이 문화, 문학 그 자체를 가리킴에 다름 아니었다. 문학에 국한시킨다면 '프랑스 문학=문학'의 도식이 여지없이, 그러니까 선험적으로 주어졌다. 그러나 당연히도 이 아이에겐 어느 날 정신을 차릴 계기가 찾아오게 마련이다. 자기가 태어난 나라는 극동의 한 변방이고 한국어라는 지방어를 사용하며 자기 부모 형제의 얼굴에서 자기 모습에 직면하지 않으면 안 되었다. 그가 총명할수록 프랑스 문학도 한 개별 문학이며 그것 역시 역사적 경험적 소산임을 빨리 알아차리게 된다. 당연히도 그는 '한국 문학=문학'의 도식 앞에 직면한다. '한국 문학도 문학이다'라는 것까지는 알겠는데, 딱하게도 그는 그다음을 살펴내기엔 역부족이었다. 이 무렵 그를 고무케 한 선배가 있었다. 『시학평전』(1963)을 쓴 송욱 교수가 바로 그다. 앞에서 김현이 '프랑스 문학=문학'에로 달려간 것, 그것이 선험적이었다고 규정했음을 보았거니와 사정은 송욱에게도 마찬가지였다. '영문학=문학'이 그것. 여기에는 또 하나의 후진국 콤플렉스와는 구별되는 형이상학적 과제를 외면할 수 없다. 서양 숭배랄까, 외국 문학 콤플렉스와는 별개의 차원도 엄연히 작동되어 있었다. 그것은 일찍이 송욱의 선배이기도 한 최재서에게서 선명히 드러난 바 있다.

경성제대에는 매우 엄격히 선발된 소수의 입학자로 이루어진 예과가 있었으며 따라서 문학부에 오는 학생은 소수였으나 영문과에 모이는 학생이 제일 많았으며 수재도 적지 않았다. 특히 조선인 학생의 우수한 자들이 모인 것은 제대(帝大)의 이름에 이끌렸다기보다도 외국 문학에 그들의 목마름을 풀어 주는 어떤 요소가 제대 속에 있었던 까닭이다. 20년간 조선인 학생과 교제하는 동안 얼마나 그들이 민족의 해방과 자유를 외국 문학 연구에서 찾고자 하고 있었던가를 알고 충격을 받지 않을 수 없었다. (「경성제대 문과의 전통과 학풍」, 佐藤淸 全集 3, 詩聲社, 1964, p. 259)

'민족의 해방과 자유'에 대한 열망이 영문학을 통해 이루어졌다는 이 지적은 식민지 시대를 전제로 한 경험적 사실의 표현이지만 이를 해방된 조국의 표현으로 하면 어떻게 될까. '민족의 해방과 자유'는 '인류의 해방과 자유'가 아닐 수 없다. 프랑스 문학이나 영문학을 택한 학생들의 성향이란 알게 모르게 이 거창한 형이상학적 과제에서 비로소 설명될 수 있는 성질의 것인지도 모를 일이다.

4·19 이후 문학 담당 세대의 중심부가 외국 문학 출신으로 구성되었음에 대한 이 연구 과제엔 정치한 문화학 이론(P. 부르디외)이 요망될 터이다. 1970~1980년대 문학의 두 주류인 이른바 '창비'와 '문지'의 구성원이 외국 문학자로 구성, 조직되었음도 결코 우연일 수 없다. 김현이 '선험적'이라 한 진의도 이와 무관하지 않을 터이다. '선험적'이라 직감한 대학 초년생 김현에게 친절히 길 안내 한 선배

가 영문학과 교수인 송욱이었음도 결코 무관하지 않다. 송욱 역시 '선험적'인 경력을 가진 이 방면의 선배였기에 그러하다.

3. 『시학 평전』의 고고학 앞에 선 김현 비평

6·25가 난 지 만 10년 만에 그리고 4·19를 겪은 지 3년 만에 『시학 평전』(일조각, 1963)이라는 이름의 저술이 송욱에 의해 간행됐다. 외국의 시와 시론이 이 나라의 그것과 누릴 수 있는 생생한 관계 또는 하나의 긴장된 관계를 내다보면서 시 문학에 관심을 갖는 모든 사람을 위하여 실천적이며 실리적이고 또한 활용할 수 있는 하나의 좌표와 비슷한 것을 마련하려는 것(서문)이라는 야심 찬 이 저술에서, 먼저 주목되는 것은 시와 시 비평에 기울어졌다는 점이다. 물론 그것은 이 엘리엇 전공의 저자 자신이 시인이었음을 상기시킬 수도 있지만 또 여기에는 그 이상의 뜻이 숨어 있다. 어째서 송욱은 소설이나 희곡 등에는 관심을 조금도 두지 않았을까. 이 물음은 훗날 후배 김현에게 남겨진 몫이었다. 선배 송욱은 시와 시 비평으로 일관했고 또 그것으로 자기의 몫을 훌륭히 수행했지만, 후배 김현은 그럴 수 없었다. 그는 소설에서도 꼭 같은 관심을 기울여야 할 처지에 놓이지 않으면 안 되었다. 김종삼에 기울이는 관심과 동일한 무게로 이청준을 향하지 않으면 안 되었던 것이다.

그다음으로 주목되는 것은, 실천적이고 실리적인 것에 송욱이 기울어졌다는 점이다. 시인이자 비평가인 송욱의 선 자리가 여기라면 비평가 일변도로 나선 김현의 선 자리란 스스로 이와 구별된다. 송욱이 지닌 이원적 처지와는 달리 김현은 단선적이었다. 비평가 김현에 있어 시 장르는 소설 그것과 등가로 놓여 있었다. 김현의 이러한 송욱과의 변별성은 물론 훗날의 일이거니와 당초 선배 송욱은 교수로서 학생 김현 앞에 군림한 형국이었다. 마음 가난한 프랑스 문학 전공의 김현이 『시학 평전』에서 받은 충격은 채프먼이 번역한 호메로스를 읽고 키츠가 놀란 것에 비유될 만한 것이었다.

　　이러한 사실들을 생각한다면, 한국시가 당면하고 있는 혼돈과 혼란에서 벗어나기 위해서 우리가 해야 할 일은 지금의 한국시가 가져야 할 어떤 틀을 찾는 일일 것이다. 그것은 한국시라고 우리가 흔히 부르고 있는, 한국어로 씌어진 시가의 총체를 지배하고 있는 것은 무엇이며, 그것은 어떻게 현대의 한국시에 나타나고 있느냐 하는 문제를 말한다. 이러한 문제는 매우 천착해가기 힘들고 어려운 것임에 틀림없다. 사실상 이러한 문제에 대해 방법론적으로 사고하고 그것의 흔적을 우리에게 보여준 사람은 거의 없었다고 생각된다. 그것이 우리의 가장 큰 불행 중의 하나일 것이다. 이러한 불모의 상황 아래서, 송욱의 『시학 평전(詩學評傳)』에 실린 아주 단편적이고 통일되어 있지 않은 몇 개의 성찰은, 비록 그것이 외국시와의 비교를 통해서 얻어진 것이긴 하지만 퍽 가치 있는 것으로 생각된다. 한국시의 상황에 대한 여러 가지의 성찰 중에서도 우리에게 가장 중요한 것은, 한국 시가의 총체를 지배하는 어떤 것에 대한 것이다. 아주 어렵고 난삽한 문제이기 때문에 해답이 직접적으로 주어지지는 않고 있지만, 문제의 제기만은 송욱의 다음 구절이 매우 명백히 하고 있다: "영국인 리차즈와 프랑스의 시인이며 비평가인 본느프와의 견해는 이처럼 각각 강조하는 점이 다르다. 이러한 차이의 원인은 되풀이하거니와 아마 주장과 의미가 중요한 영·미 시와 의미는 그리 본질을 이루고 있지 않으며 반향과 마력(魔力)을 지닌 노래가 핵심인 프랑스의 시 전통이 빚어낸 것인지도 모른다. 우리는 이처럼 다른 두 가지 비평 경향 중에서 반드시 하나를 선택할 필요는 없다. 한국시에서는 의미와 주장이 중요한가, 혹은 그 반향과 마력이 본질인가, 우선 이런 점을 살펴보아야 할 것이다. 만일 우리 시가 현재 의미와 마력이 모두 싹트기 시작하는 요람기에 있다고 치면 우리에게는 두 가지 비평 경향이 모두 도움이 되리라." '영·미의 비평과 불란서의 비평'이라는 항에 실린 이 구절은 지나치게 단순한 구분을 했다는 비난이 행해질 수도 있겠지만, 한국시가 갖는 어떤 것의 범위를, '의미와 주장' 그리고 '반향과 마력'으로 축소시켜놓은 공적을 가진다. 확실히 이 두 개의 태도는 한국시의 현재를 지배하고 있는 듯이 생각된다. 그것이 한국시가 요람기에 있기 때문에 그런 것인지, 자기가 아는 것만이 옳은 것이다라는 지식인 특유의 감수성의 착각에서 오는 것인지는 명백하지 않지만 여하튼 한국시가 이 두 개의 경향을 함께 가지고 있다는 것만은 확실한 듯하다. 어느 것이 옳고 그르냐 하는 문제는 한국어에 어느 것이 보다 올바르게 접촉되고 밀착될 수 있느냐 하는 것에 의해 좌우될 것이다. 물론 이것은 시에 있어서 어느 것이 옳다 그르다 하는 정확한 판단은 불가능하다는 것을 전제로 하기 때문에 얻어진 결론이다. (「시와 암시」, 김현 문학전집 3, pp. 53~54)

엘리엇의 「전통과 개인적 재능」의 한 구절에 촉발되어 씌어진 프랑스인 이브 본푸아의 논문은 정작 영문학자이자 시인인 송욱에겐 충격적이었다. 송욱이 깨친 것은 영시와 프랑스의 편견(turn of mind)에 관해서였다. 그리고 그 편견이란, 일면적이어서 이를 서로 고치지 않으면 보편성의 반열에 오를 수 없다는 점이었다. 곧 의미에 치중

하는 영시도, 말소리의 반향과 마력(울림)에 기울어진 프랑스 시도 지양되어야 한다는 것. 이 장면에서 송욱은 어떤 실천적 대책을 제시했지만 매우 딱하게도 그것은 너무도 추상적이었다. 만해의 「님의 침묵」(1926)을 그 실천적 좌표로 설정했는바, 이는 누가 보아도 '의미'와 '마력'으로 논의된 본푸아적 논법에서 너무 멀어진 것이었다. 인도 철학의 연장선상에 「님의 침묵」을 내세움으로써 송욱은 한국 시를 저 영시나 프랑스 시를 포함한 서양 시 그 전체에 대응시키고 있는 형국을 빚어놓았기 때문이다. 이쯤 되면 비약치고는 너무 심한 편이라 할 것이다. 김현이 나설 차례가 온 것은 바로 이 허점의 인식에서이다.

김현의 시선에서 보면 1960년대 한국 시는 요람기인 만큼 의미를 주장하는 시 쪽이든 울림의 마력을 주장하는 시 쪽이든 상관없었다. 어느 쪽이 보다 바람직하냐는 한국에서 "어느 것이 보다 올바르게 접촉되고 밀착될 수 있느냐"에 달린 것이다. 이 양쪽에 나아가는 실험적 전개 없이 종합할 수는 없었으니까. 어차피 선택할 마당이라면 김현은 과연 어느 쪽을 택했던가. 매우 조심스럽게 김현은 프랑스식의 '반향과 마력' 쪽으로 기울기 시작했다.

이 두 가지의 태도 중에서 김춘수·전봉건·김구용·김종삼·신동집·박희진·김광림·김영태·마종기 등은 한국시의 본질이 '반향과 마력'에 있다고 믿는 부류에 속한다고 생각된다. 이러한 시인들의 가장 큰 특징은 그들이 시적 본질로서 "미가 시의 유일한 합법적인 영역"이라는 저 포우의 명제에 대한 굳은 신앙과, 그 미가 흔히 상정하듯이 "하나의 질이 아니라 효과를 의미한다"고 하는 말라르메적인 명제에 대한 찬동에 있는 듯이 생각된다. 시에 있어서 이렇게 효과, 포우의 말을 빌면 "아름다운 것의 관조의 결과로서 사람들이 느끼는, 지성이나 가슴이 아닌 혼의 이 강력하고도 순수한 고양"을 중요시한다는 점에서 이들은 소위 서정주의의 시인들과 매우 혼동될 염려가 있다. 그러나 그들은 단순한 서정주의자는 아니다. 단순한 서정주의자들이 자기가 아름다운 것을 보고 감정을 그대로 묘출하는 것과는 반대로 이 시인들은 이 감동을 얻은 혼에 의해 느껴진 감정을 묘출하고 있다. 이 말은 매우 주의력 있게 이해되지 않으면 안 된다. (위의 글, 김현 문학전집 3, p. 54)

김현으로 하여금 이러한 쪽으로 기울게 한 장본인은 다름 아닌 말라르메였다. 말라르메는 그에게 이렇게 가르쳤다.

나는 꽃이여! 라고 말한다. 그러면 내 목소리가 어떤 윤곽을 지워버리는 망각의 밖에서, 꽃받침으로 알려진 어떤 딴 것으로서, 음악으로, 같은 그윽한 이데, 꽃다발이—부재(不在)인 것이 올라온다. (「말라르메 혹은 언어로 사유되는 부재」, 김현 문학전집 12, 문학과지성사, 1992, p. 121)

이데, 그것은 '무엇'이 아니라 다만 '어떤 것'이라는 것, 그러니까 아마도 그것은 부재일 것이다. 언어 자체가 일종의 불투명체인 만큼 이 말의 부족한 상태를 극복하기 위해 언어를 사용할 수밖에 없다면 어떻게 수정처럼 단단하고 순수한 이데의 세계에 닿을 수 있겠는가. 시가 '반향과 마력'에 기울어짐이란 너무나 당연하지 않겠는가. 김현은 이를 암시의 시학, 무의미의 시학으로 전개함으로써 말라르메를 깃발로 한 울림의 시학, 부재의 시학의 교주 되기를 꿈꾸었다.

그가 김수영에게서 점점 멀어가면 그럴수록 김종삼과 김춘수에 기울어졌다. 말라르메의 부재(꽃)의 시학이 얼마나 낯설며 형태가 잡히지 않는 것인가를, 그럼에도 그것을 배우고자 온몸으로 몸부림치는 김종삼에게서 김현은 그 자신의 자화상을 보고 있었다.

　　나의 無知는 어제 속에 잠든 亡骸
　　세자아르 프랑크가 살던 寺院 주변에 머물렀다.

　　나의 無知는 스테판 말라르메가 살던 本家에 머물렀다.

　　그가 태던 곰방댈 훔쳐내었다.
　　훔쳐낸 곰방댈 물고서

　　나의 하잘것없는 無知는
　　반 고호가 다니던 가을의 近郊
　　길바닥에 머물렀다.
　　그의 발바닥만한 낙엽이 흩어졌다.
　　어느 곳은 쌓이었다.

　　나의 하잘것없는 無知는 장 폴 사르트르가
　　經營하는 煉炭工場의 職工이 되었다.
　　罷免되었다. (김종삼, 「엥포르멜」, 1969)

한국에 있어서의 말라르메의 교주 되기, 그것이 김현에게 주어진 사명감이었다. 김현은 이를 '선험적'이라 감히 규정했다.

4. 선험적인 것으로서의 4·19

김현에 있어 '선험적'인 것은 말라르메 시학이지만, 기묘하게도 그에게는 또 하나의 선험적인 것이 있었다. 이 두 편견(turn of mind)에 관해 사람들은 전자를 잊거나 소홀히 인식하는 경향이 있는 반면 후자에 대해서는 너무도 민감히 반응해왔다. 이 사실은 김현 비평을 세속화함에 기여했지만 그를 좀 더 크게 비약하게 함에는 일정한 멍에에 다름 아니었다. 4·19에 대한 그의 '선험적 인식'이 그것이다. 매사에 신중한 회의론자인 김현 자신이 너무도 단호하게 발설해놓은 다음 대목은 '선험적'이라고밖에 달리 표현할 수 없다.

내 육체적 나이는 늙었지만, 내 정신의 나이는 언제나 1960년의 18세에 멈춰 있었다. 나는 거의 언제나 사일구 세대로서 사유하고 분석하고 해석한다. 내 나이는 1960년 이후 한 살도 더 먹지 않았다. 그것은 쓸쓸한 인식이지만 즐거운 인식이기도 하다. 쓸쓸한 것은 내가 유신 세대나, 광주 사태 세대의 사유 양태를 어떤 때는 이해하지 못한다는 데서 생겨나는 것이고, 즐거운 것은 나와 같이 늙지 않은 사람들이 많다는 것을 확인한 데서 생겨나는 것이다. 그것과 밀접하게 연계되어 있겠지만, 나는 내 자신이 조금씩 변화하고 있다고 믿고 있었지만, 그 변화의 씨앗 역시 옛 글들에 다 간직되어 있었다. 나는 변화하고 있지만 변화하지 않고 있었다. 리듬에 대한 집착, 이미지에 대한 편향, 타인의 사유의 뿌리를 만지고 싶다는 욕망, 거친 문장에 대한 혐오…… 등은 거의 변화하지 않은 내 모습이다. 변화는 그 기저 위에서의 변화이다. (『분석과 해석』「책 머리에」, 김현 문학전집 7,

문학과지성사, 1992, pp. 13~14)

그가 이런 발언을 한 시점은 1988년이었다. 18세 청소년의 정신 연령이란 새삼 무엇인가. 그것은 불문학과에 진학한 신입생 김현의 목소리가 아닐 수 없다. 프랑스 문학이 경험적 훈련에 의한 선택이 아니듯 4·19 역시 한국의 현실적·역사적 사실과는 전혀 무관한 선험적이자 관념적인 것에 다름 아니었다. 실상 말라르메란 한갓 19세 기의 산물이지 절대적·선험적일 수 없는 것이다. 그렇다면 이 기묘하게 인식된 4·19란 김현에게 무엇이었던가. 대학을 나온 지 2년 뒤 이미 문단 신인군으로 등장한 문리대 출신의 김승옥·김현·박태순·이청준 네 명의 「현대문학 방담」은 이 점에서 자못 흥미롭다.

박태순: 우리가 60년대에 입학했잖아.

김현: 그게 중요하지.

박태순: 대학에 들어가자 4·19가 났고 5·16까지는 자유스런 분위기였으니까. 〔……〕 4·19로 얻은 만족감, 그런 정신적인 충족감과 아울러 번역 작품이 붐을 이루었는데, 그것을 소화하는 자신 비슷한 것이 그때 상황이었지. (『형성』, 1968년 봄호, pp. 77~78)

순종 한글 세대인 이 4·19세대의 특징은 4·19로 인한 자유의 무한대적 체험을 꼭 1년 동안만 체험한 점에서 왔다. 꼭 1년 동안 그것도 한글만의 인식 방법으로 그러니까 감수성의 가장 민감함 속에서 요컨대 제로 상태에서 엿본 자유의 개념이 단지 1년 만에 5·16 군사 혁명으로 무화되어가는, 또 하나의 제로 상태를 엿본 세대로 규정된다. 관념으로서의 자유의 맛봄과 또 다른 관념으로서의 억압(폭력)

의 맛봄에서 오는 격심한 이중화된 제로 상태의 체험이야말로 '선험적'인 것의 정체였다. 마음 가난한 이들에게 그 관념의 실체가 실상은 역사, 사회적 조건이 빚어낸 소산임을 분석 해명할 능력이 없었다. 그러기에 그것은 오직 관념으로 주어졌을 뿐이었다. 김승옥의 「환상 수첩」(『산문시대』 2, 1962)이나 김현의 「인간서설」(『산문시대』 1, 1962)에서 보듯 그것은 환상의 일종이거나 태곳적을 상징하는 근원적 시발점의 일종이었다. 이러한 선험적인 것에 맞서는 또 하나의 선험적인 것이 위의 방담 속에서 굳건히 자리 잡고 있었다는 사실은 강조될 만한 것이다. '번역 작품의 붐과 그것을 소화하는 자신 비슷한 것'이 그것. 4·19세대란 없다. 다만 전후 세대의 정통(연장선상)으로 존재할 뿐이라고 전후 세대의 서기원이 큰 소리로 외쳤지만 그 외침이 오히려 공허해진 것은 서기원이 4·19세대의 선험적인 것을 돌보지 않았음에서 왔다고 볼 것이다.(서기원, 「전후 문학의 옹호」, 『아세아』, 1969. 5) 김승옥·김현이 불문학을, 박태순이 영문학(포크너)을, 이청준이 독문학(토마스 만)을 깃발처럼 내세웠지만 실상 그들이 파악한 토마스 만이나 포크너는 또 김현이 말하는 말라르메란 따져보면 한갓 관념이었을 터이다. 그러나 김현에겐 4·19세대로서의 두 개의 선험적인 것 외에 또 하나의 선험적 인식이 강인하게 놓여 있었다. 그것은 김현의 한국 문학사적 야심과 깊이 관련된 것이어서 실천적 모습으로 나타났는데, 계간 『문학과지성』이 그 실천적 무대였다. 김현은 이 계간지의 창간사를 아래와 같이 씀으로써 그것이 문학사적 의미임을 스스로에게도 문단에도 동시에 확인시키고자 했다.

이 시대의 병폐는 무엇인가? 무엇이 이 시대를 사는 한국인의 의

식을 참담하게 만들고 있는가? 우리는 그것이 패배주의와 샤머니즘
에서 연유하는 정신적 복합체라고 생각한다. 심리적 패배주의는 한
국 현실의 후진성과 분단된 한국 현실의 기이성 때문에 얻어진 허무
주의의 한 측면이다. 그것은 문화·사회·정치 전반에 걸쳐서 한국인
을 억누르고 있는 억압체이다. 정신의 샤머니즘은 심리적 패배주의
와 밀접한 관련을 맺고 있다. 그것은 현실을 객관적으로 정확히 파악
하여 그것의 분석을 토대로 어떠한 결론을 도출해내는 것을 방해하는
모든 것을 말한다. 식민지 인텔리에게서 그 굴욕적인 면모를 노출한
이 정신의 샤머니즘은 그것이 객관적 분석을 거부한다는 점에서 정신
의 파시즘화에 짧은 지름길을 제공한다. 현재를 살고 있는 한국인으
로서 우리는 이러한 병폐를 제거하여 객관적으로 세계 속의 한국을
바라볼 수 있는 여건이 형성되기를 희망한다. 그러기 위해서 우리는
한국 현실의 투철한 인식이 없는 공허한 논리로 점철된 어떠한 움직
임에도 동요하지 않을 것이며, 한국 현실의 모순을 은폐하기 위한 어
떠한 노력에도 휩쓸려 들어가지 아니할 것이다. 진정한 문화란 이러
한 정직한 태도의 소산이라고 우리는 확신하고 있으며, 그런 의미에
서 우리는 정신을 안일하게 하는 모든 힘에 대하여 성실하게 저항해
나갈 것을 밝힌다. (『문학과지성』 창간사, 1970년 가을호)

이 창간사는 그보다 두 해 전에 나온 『68문학』의 창간사 그대로
이다. 여기서 샤머니즘이란 김동리 중심의 이른바 문협 정통파의 순
수 문학을 가리킴이며, 패배주의란 카프 문학에 이어진 해방 공간의
정치 문학 그리고 그 연장선상에 있다고 판단된 백낙청 중심의 계간
『창작과비평』을 가리킴이었다. 그것을 여기서는 '심리적 패배주의'
라 달리 표현했을 뿐이다. '정신의 샤머니즘'과 분단 현실이라는 사

회적 억압체에 의해 여지없이 패배하고 마는 '심리적 패배주의'(허무주의의 일면)란 김현의 안목으로 보면 둘이 서로 밀접히 관련되어 현실의 객관적 분석을 선험적으로 막고 있는 형국이다. 이 두 개의 대립적 이분법적 사고란, 따지고 보면 김현이 갖고 있는 또 다른 선험적인 것이 아닐 수 없다. 알게 모르게 김현은『광장』의 작가 최인훈과 마찬가지로 헤겔주의자라 할 것이다. 실상 존재하지도 않는 샤머니즘과 있지도 않은 분단 현실을 결합시켜 한 가지 관념적 괴물의 환상을 조작하고, 그것을 한꺼번에 날려버리고 새로운 문학판을 짜겠다는 김현의 이러한 야심이란 얼마나 문학사적인가. 문학의 최고가 프랑스 문학이며 그 교주 되기를 꿈꾼 청소년 김현의 선험적인 것과 그 꿈에 힘을 실어준 4·19는 참으로 강력하고도 확실한 구체성을 갖춘 것이었다. 『산문시대』와 『68문학』을 거쳐 드디어 『문학과지성』에서 그 실천의 장소를 일구어냈다. 그것은 사르트르 특집을 깃발로 삼고 김승옥의 창작 「다산성」을 실은 『창작과비평』 창간호보다 무려 5년이나 공들여 준비한 것이기도 했다. 우직한 샤머니즘도 현실에 패배한 허무주의도 아닌 진짜 문학이란 과연 어떤 것일까. 이 물음만큼 막연하고도 야심적이자 동시에 고무적인 것은 없지만 또 이 물음만큼 공허한 것도 달리 없다. 『문학과지성』 창간호를 비롯, 그 전개 과정을 보아도 쉽사리 알 수 있다. 김현의 야심 찬 노력에도 불구하고 관점에 따라서는 이도 저도 아닌 기묘한 문학으로 『문학과지성』이 채워지고 있었다. "한국 작가의 타락이 어느 한 파에 속하면 출세는 보장된다는 생각 때문에 사고의 상투화를 스스로 권장하고 있는 데서 얻어진다는 점이다. 이 점은 아무리 강조해도 지나치지 않다"(「글은 왜 쓰는가」, 김현 문학전집 3, p. 30)라는 김현의 샤머니즘파와 참여파에 대한 비판이 브레멍처럼 『창작과비평』과

『문학과지성』에 동시에 작동되고 있었다.

이 기묘한 관념성이 마침내 극복되어 거대한 김현 문학론의 상상력으로 빛나게 된 것은 언제였던가. 이 물음은 "나는 영원히 18세다!"라고 스스로 외치고 "나는 거의 언제나 사일구 세대로서 사유하고 분석하고 해석한다"라고 외친 그 목소리에서 어김없는 해답이 주어졌다. 대체 이런 목소리만큼 '샤머니즘적'이자 '심리적 패배주의'가 달리 있겠는가. 그것은 지성이나 윤리 또는 감성이나 이데올로기로는 상상도 할 수 없는 사태 앞에 알몸으로 노출된 38세 장년의 절규인 까닭이다. 그는 그것을 광주의 5월(1980)에서 보고 말았다. 이 미증유의 자유와 그 억압체 앞에 검은 신부 복장을 한 김현이 경건한 신앙심으로 문학을 대하고 있었다.

나는 이제야말로 문학비평가가 정말 해야 하는 것은 무엇인가를 명확하게 생각해야 할 시기라고 생각한다. 반체제가 상당수의 지식인들의 목표이었을 때, 문학비평이 무엇이냐는 질문은 사치스럽기 짝이 없는 질문처럼 생각되었다. 그러나 이제는? 문학은 그 어느 예술보다도 비체제적이다. 나는 그것을 문학은 꿈이다는 명제로 표현한 바 있다. 문학이 있다는 것만으로도 사회는 꿈을 꿀 수가 있다. 문학이 다만 실천의 도구일 때 사회는 꿈을 꿀 자리를 잃어버린다. 꿈이 없을 때 사회 개조는 있을 수가 없다. 문학비평은 문학비평이 문학비평으로 남을 수 있게 싸워야 한다. 그 싸움과 동시에 문학비평은 문학비평이 정말 할 수 있는 것은 무엇인가, 문학비평이란 무엇인가라는 자신에 대한 질문과도 싸워야 한다. 80년대에 문학비평은 무엇일 수 있을까. 80년대의 앞자리에 나는 그 질문을 나에게 되풀이하여 던진다. (「비평의 방법」, 김현 문학전집 4, p. 346)

5월 광주를 몇 달 앞선 1980년 봄에 김현은 그가 문학판에 발을 디딘 원점으로서의 18세의 자리에 귀환해 있었음을 위의 인용이 잘 보여준다. "18세 이후 나는 한 살도 더 먹지 않았다!"는 진정 이를 말했음이 아닐 수 없다. 4·19가 그렇듯 문학이란 '꿈'에 다름 아닌 것. 말라르메가 그러했던 선험적인 것이 아닐 수 없다는 것. 그것을 김현은 꿈이라 했다. 이 원점 회귀에서 볼 때 그동안 그가 주도적으로 전개한 『68문학』이나 『문학과지성』이란 과연 무엇이었던가. 빈 방울 소리요, 골짜기를 스쳐가는 바람에 비유될 수 있을지도 모른다. 실상 그가 이 원점에 회귀했다는 것은 『문학과지성』과의 결별 선언이었을 터이다. 1980년 7월 신군부에 의해 『창작과비평』과 더불어 『문학과지성』이 폐간당하기 몇 달 전이었다.

첫번째의 관점에 서는 비평은 창작을 지도하여 세계 개조의 도구로 만들어야 하는 임무를 띠고 있었다. 작가는 세계를 개조해야 한다는 의지를 가진 인간이 영웅적으로 싸우는 것을 그려야 하는 사람이었다. 두번째의 관점에 서는 비평은 작품이 보여주는 현실을 재구성하여 작가의 현실 인식이 세계 개조적이라는 것을 밝히는 임무를 띠고 있었다. 작가는 영웅적으로 세계를 개조해야 한다는 의지를 가진 사람을 보여주는 사람이 아니라, 현실 생활에서 실제로 고통스럽게 살아가는 사람들의 삶의 꼴을 보여주는 사람이었다. 영웅적인 인물은, 현실 개조는 그 사람에게 맡기고 우리 같은 사람은 고통스럽게 살 수밖에 없다는 인식을 불러일으킨다고 생각되었던 것이다. 시의 경우에도 사정은 마찬가지였다. 시는 현실 개조의 도구이거나, 현실의 고통스러움의 드러냄이었다. 첫번째의 관점을 취한 것은 백낙청·

염무웅·구중서 등이었고, 두번째의 관점을 취한 것은 김우창·김주연·김치수·김병익 등이었다. 그 두 관점의 차이는 작품의 효과에 대한 인식의 차이에서 연유했다. 첫번째 관점에서는 작품이 현실의 고통스러움을 그대로 드러내는 것으로 만족할 때 작품은 패배주의적 성향을 기른다는 것이었고, 두번째 관점에서는 작품이 영웅적인 현실 개조의 의지를 보여주어야 할 때 작품은 어떤 이데올로기에 수렴된다는 것이었다. 그 관점의 차이를 저널리즘은 참여와 순수의 싸움이라고 설명했다. 나는 그 이름이 합당한 이름이 아니라고 생각한다. 그것은 해방 직후의 좌우익 싸움을 연상시키는 이름이기 때문이다. 그 이름이 얼마나 허망한 이름이었냐는 사회주의적 리얼리즘을 둘러싼 논쟁 같지 않은 논쟁에서 여실히 나타났다. 이른바 순수는 다른 것의 이름이었던 것이다. (위의 글, 김현 문학전집 4, pp. 345~46)

『문학과지성』의 폐간을 기다릴 것도 없이 그 중심에 서 있던 김현은 혼자의 길, 그러니까 꿈의 길을 걸었다. 그것은 또 선험적인 길이기도 했다. 이러한 혼자의 길 걷기란 따지고 보면 혼자 밤길 걷기에 다름 아니었다. 선험적인 말라르메가 손전등 노릇을 어느 수준에서 하고 있었다고는 하나, 그것만으로는 칠흑의 밤 산길을 걷기엔 역부족이었을 터이다. 그때 김현은 밤 산길 저쪽에서 그를 향해 걸어오는 또 하나의 손전등 불빛과 마주쳤다. 그 손전등은 자기 손에 들린 말라르메보다 한층 밝았다. 그 손전등의 주인이 바로 작가 이청준이었다. 둘은 밤 산길 칠흑 어둠 속에서 운명처럼 마주쳤다. 혼자 걷는 밤길이 아니라는 이 사실의 발견이야말로 운명적이지만, 더욱 운명적인 것은 이청준 손에 들린 전등의 빛이 한층 밝고 확실한 것. 이른바 '생리적 선험성인 것'이었던 까닭이다.

5. 선험적 가난 앞에 무방비로 노출된 선험적 문학

관념적 선험성으로서의 말라르메와 4·19가 김현의 것이라면 이청준에 있어 선험적인 것은 생리적 선험성과 4·19였다. 이 대칭성은 형식적인 것이지만 그 실상은 비대칭성으로 규정된다는 점에서 김현과 이청준의 뗄 수 없는 관련성이 이루어질 수밖에 없었다. 그것은 가장 이상적인 비평가와 작가의 관계라 할 것이다. 이 관계의 유연성은 서로가 밤길 어둠 속의 길 걷기의 지속성에서 왔기에 그 자체가 선험적이라 할 것이며, 또 그것이 상호 보완적이란 점에서 자생적·운명적이라 할 것이다. 그것은 '저주받은 글쓰기'라고도 표현될 터이다. 이 경우 자생적 운명이란 '문학'을 가리킴에 다름 아니다. 김현 작고 뒤에도 이청준이 그에 대해 단 한 줄의 추도적인 글을 쓰지 않았음이 바로 이 '문학'을 가리킴이다.

문학이란 무엇이뇨, 이 물음에 이청준만큼 분명한 해답을 가진 작가는 아주 드물다. 문학이란 무엇이뇨, 스스로에게 묻고 '작품이다!'라고 암묵적으로 선언한 작가이기에 이청준의 김현에 대한 언급은 이 범주를 넘을 수 없다.

책을 묶으면서 돌이켜 보니, 많이도 더듬거리고 주눅이 들어 있는 글꼴새들이다. 그 시절과 제 글의 무게를 화창하게 감당해 내지 못한 필자의 옹졸스런 성향 탓인 듯싶다. 어떤 의미에서 이 시대는 모든 일에 옳고 그름이 너무도 명백하여, 소심스런 사람에겐 새삼 그 세상이나 삶에서의 제자리 매김이 오히려 어색스러울뿐더러, 명분이나 목소리가 절대적인 것일수록 한번쯤 그 뒤를 엿짚어 보고 싶은 것이

저주받을 내 글쓰기의 한 속성이기도 한 때문이다.

그러나 기왕에 그것들을 책으로까지 묶어 내는 마당에 더 이상 긴 사설을 늘어놓을 바는 못 되고—

— 어머니 이야기를 팔아먹다 팔아먹다 바닥이 드러나니까 이제는 다시 제 돌아가신 아버지를 팔아먹기 시작했더구만.

84년에 '가위 밑⋯⋯' 연작의 첫 편을 썼을 때, 고우 김현 군이 내게 걸어온 시비다. 이번 소설 재미있게 읽었다. 이제 이걸로 그만 쓰고 죽어 버려라. 혹은—, 이런 걸 소설이라고 썼어? 뻔뻔스럽게. 어쨌거나 지금 반포치킨으로 나와라. 이런 거 쓰느라고 수고했으니 내 그 벌로 술이나 한잔 사줄게— 작품을 발표하거나 책을 낼 때마다 이런저런 농조로 먼저 격려와 위로를 보내오던 친구.

책을 꾸미면서 무엇보다 그의 목소리를 다시 듣고 싶다. 이제 와 군이 말을 듣지 않는다고 그가 할 말을 헤아리지 못할 바는 아니지만, 애석하게도 그가 간 마당에 나는 차마 아직 그를 보내지 못하고 있는 탓이다.

자리가 허락된다면 그의 영전에 이 작은 책을 바쳐 명복을 빌고 싶다.

이 말이 이렇듯 가슴 아프고 망설여지는 것도 같은 이유에서이리라.

이러는 나를 보고 그가 어디선가 웃고 있을까— (이청준, 『키 작은 자유인』 후기, 문학과지성사, 1990, pp. 380~81)

이를 굳이 추도문이라 한다면 그것은 '작품 속의 추도문' 또는 '작품에 연속된 추도문'이어서 작품 바깥에서 씌어진 무수한 '인간적 추도문'과는 스스로 구분된다. 이 '작품에 연속된 추도문'에서 확연히 드러난 주목되는 사실은 작가 이청준과 비평가 김현의 대결 의식이다. 작가 이청준이 작품을 쓸 때 맨 먼저 의식된 독자가 김현이었다. 이청준이 작품을 구상하고 또 그것을 원고지에 옮길 때 그는 무수히 이렇게 속으로 뇌고 있었다. '이 주제는, 이 대목은, 또 이 표현은 비평가 김현이라면 어떻게 볼까'라고. 이 대결 의식에서 형성되는 최대의 힘이 이른바 이청준 식 글쓰기의 음험스러움이다. 그것은 고도의 감추기 전략이 아니면 안 되었다. 한국의 독자를 상대로 한 글쓰기가 아니라 가장 눈 밝은 비평가 김현과 맞서기 위한 글쓰기이기에 그것은 고도의 지적 놀이가 아닐 수 없다. 이른바 제일 날카로운 창과 제일 강력한 방패의 대결 의식이 거기 작동하고 있었다. 여기서 생기는 살기 띤 긴장력이야말로 이청준 작품을 에워싼 원광이었다. 이런 대결의 경우 특징적인 것은 김현 쪽이 다분히 공세적이고 또 적극적이었음에서 온다. 이청준에 대해 김현은 아주 노골적으로 이청준의 개인적인 내력이랄까 초상을 문제 삼았다.

(A) 1960년, 같은 교양학부 강의실에서 1년을 함께 보냈는데도, 그때의 그에 대한 기억은 거의 없다. 내 기억 속에 떠오르는 그는 김승옥이 자취하고 있던 성북동 산기슭의 허름한 집의 자취방 윗목에 떨떠름한 얼굴을 하고 앉아 있던 그이다. 학보로 군대를 갔다가 제대한 뒤 며칠 되지 않아서였다. 우리가 그때 무슨 얘기를 했는지도 거의 생각나지 않는다. 자기 자신 속에 자기가 지켜야 할 무슨 엄청난 것이라도 간직한 듯, 자기 자신에 대해서는 서로들 가능하면 말을 삼가려 하고 있던 시기라, 자신들에 대한 얘기가 오고 가지는 않았을 것이다. 이것은 지금까지도 마찬가지여서 근 20여 년을 사귀어오면서도 나는 그가 그의 글 속에 피력한 과거 외에는 그의 과거를 거의

모른다. 그때 우리는 아마 소주를 마시며 그 당시에 발표되던 소설 얘기를 했을 것이다. (「욕망과 금기」, 김현 문학전집 4, p. 242)

(B) 이것은 그 특유의 말버릇이기도 한데, 그는 거의 언제나 아주 오랜 우회를 통해 상대방이 지쳐 나가떨어질 때쯤 해서야 그의 진짜 하고 싶은 말을 꺼낸다. 그 우회의 지루함을 참아내지 못하는 사람들에게는 그는 언제나 단정하고 예의바른 사람으로 비친다. 그 예의바름은 그러나 그 속에 날카로운 비수를 숨기고 있어서 마치 명인의 칼솜씨처럼 오랜 후에야 그 예의바름을 기뻐하는 사람들로 하여금 사실은 크게, 그리고 깊숙이 자신이 베여졌음을 느끼게 한다. 그와 대화할 때는 그러므로 오래 끈질기게 기다려야 한다. 그 기다림이 익어 좋은 냄새를 풍기기 시작할 때 그는 예의바른 웃음을 거두고 품속에 깊숙이 간직한 비수를 슬며시 꺼내드는 것이다. 그 비수는 양날을 가지고 있다. 한편 날은 가난의 날이며 또 한편 날은 문학의 날이다. 지독하게 고생하며 커왔으면서도 그는 가난을 코에 걸고 다니는 사람을 제일 싫어한다. (위의 글, 김현 문학전집 4, pp. 242~43)

(C) 그의 가난이 얼마나 심했는지 나는 정확하게 모른다. 내 머릿속에 남아 있는 것은 그의 대학 시절의 삽화 한 토막이다. 자취를 하고 있던 그는 너무나 먹을것이 없어 어느 날 그의 친구에게 부쳐온 참기름 한 되를 그것이 깨를 짠 것이니 영양가가 많으리라 미리 짐작하고 다 마셔버린다. 며칠 계속된 죽을 듯한 설사…… 그 가난이 그로 하여금 가난놀이를 증오하게 만든다. (위의 글, 김현 문학전집 4, p. 243)

(D) 20여 년간 그와 사귀어오면서, 아니 그와 술을 마셔오면서 내가 언제나 그의 의견에 승복한 것은 아니다. 나는 그와 여러 번 다퉜고 그 다툼은 때로는 절교 상태로까지 우리의 관계를 몰고 갔다. 그때마다 그는 작품으로써 다시 그의 의견을 나에게 되물었다. 때로 그 작품들은 나를 감동시키기도 하였고 때로는 나를 더욱 실망시키기도 하였다. 한 호로서 창간과 동시에 종간이 되어버린 『68문학』을 내놓고 그것의 앞날의 방향에 대해 심한 논쟁을 한 끝에 너는 내 친구가 아니다라는 말을 서로 퍼붓고 헤어진 후 거의 1년이 넘어서 그는 나에게 「소문의 벽」을 보여주었다. 그것을 읽고 나는 감동했고, 우리의 우정은 그때 다시 살아났다. 나는 그와 같은 작가를 친구로 갖고 있는 게 즐겁다. 그는 언제나 작품으로써 질문에 대답하는 그런 작가이다. (위의 글, 김현 문학전집 4, pp. 244~45)

보다시피 비록 문학과 관련된 사항이긴 해도 김현은 지나칠 정도로 이청준의 개인적 초상이랄까 내력에 대해 언급하고 있다. 김현의 이러한 태도랄까 방식에서 감지되는 것은 이청준에 대한 초조함이랄까 모종의 강박 관념이다. 그것은 큰 테두리에서 보면 비평가가 작가에 대해 갖는 자의식의 발로라는 일반론으로 회수되는 것이지만 김현의 경우는 그 이상이라 할 수 있다. 둘 다 이 나라의 역사·사회학적 과제인 4·19세대와 관련되기 때문이다. 말라르메와 김현이 토마스 만과 이청준으로 도식화된 그 위에 문리대 문과의 4·19세대가 맺어져 있었던 것이다. 그러나 김현의 이 비평가로서의 자의식은 김현 식으로 하면 선험적으로 그러니까 우리 식 표현으로 하면 원리적으로 패배하기 마련이었다. 작가는 창작하는 자인 만큼 그는 언제나 신의 위치에 저만치 놓여 있다. 작품＝신의 창조물＝절대 선인 까

닮이다. 작품(완결성)이라는 절대성 앞에 전면으로 노출된 비평이란 무엇인가. 비평은 이 절대성 앞에서는 무력한 존재이다. 그것은 원리적으로 그러한데, 왜냐면 비평은 영원히 창작이 될 수 없는 운명에 놓여 있는 존재이기에 그러하다. 비평가 김현의 초조감은 근원적으로는 여기에서 온 것이다. 이 대결에서는 원리적으로 작가 쪽이 이기게 마련인 만큼 김현은 그 초조감을 안고 살아갈 수밖에 없을 터이다. 그러나 중요한 문제는 이 원리적 차원 다음에서 왔다. 이 역시 운명적인 것이긴 해도 다분히 개인사적 측면에 관련된 것이었다.

6. 『당신들의 천국』론이 김현 글쓰기의 절정인 이유

이청준에 대한 김현의 자의식(초조감)은 이중적이다. 비평가로서의 자의식과 개인으로서의 자의식이 그것이다. 이 이중성의 증폭 속에서 고투하며 쓴 글이 김현의 빛나는 세 편의 이청준론이다. 이 세 편의 이청준론에서 김현이 자기의 역량을 최대로 발휘한 대목이 바로 장편 『당신들의 천국』(1975)론이다. 이 글에서 김현의 비평적 지향성이 제일 뚜렷하게 드러난 곳은 다음 대목이다.

이청준이 『당신들의 천국』에서 조백헌을 이상욱보다 더 중요한 인물로 제시하고 있는 것은 그의 소설적 분위기에 젖어 있는 독자들에게 야릇한 반응을 일으키게 한다. 그의 중요한 중·장편 소설은 대개 지식인을 그 주인공으로 삼고 있다. 그때의 지식인들은 자신들의 회의나 불안을 통해 그가 비평하고자 하는 사회의 모순을 드러내는, 더 정확히 말하자면, 모순 그 자체가 되는 역할을 맡고 있다. 『당신들의

천국』에서도 그런 그의 지식인 유형에 꼭 일치되는 한 인물이 나오는
데, 그가 바로 이상욱이라는 병원 보건과장이다. 작가는『당신들의
천국』에서 조백헌과 이정태를 제외한 대부분의 등장인물의 과거를
비교적 소상하게 알려주고 있는데, 이상욱 역시 예외는 아니다. 이상
욱의 시선에 의해 소설의 I부는 진행되는 것이므로 그의 과거를 작자
는 한민이라는 소설 지망생의 습작 소설을 통해 대충 독자들에게 알
려주고 있는데, 그 습작 소설을 읽는 것은 물론 이상욱 자신이다. 그
과거는 그가 한민에게 암시해준 것을, 그가 더욱 정확하게 정리한 것
이므로, 이상욱에게 있어서 그 습작 소설이란 감추고 싶으면서도 드러
내고 싶은 그의 과거의 명백한 노출을 의미한다. 그 자신이 조백헌의
행위를 감시하듯 그의 과거 역시 다른 사람에 의해 감시되고 있음을
그는 깨닫는 것이다. (「자유와 사랑의 실천적 화해」, 김현 문학전집 4,
pp. 232~33)

격자 소설적 성격을 띤 음험하기 짝이 없는 이청준 식 글쓰기의
전략을 그동안 누구보다 날카롭게 지켜본 독자가 바로 김현이었음
을 염두에 둘 때『당신들의 천국』은 실로 당돌하고도 낯선 것이 아
닐 수 없었다. 지식인의 자의식을 심도 있게 다루는 것이 그동안의
이청준 소설의 특징이었다. 「매잡이」「가수(假睡)」「씌어지지 않은
자서전」「자서전들 쓰십시다」「소문의 벽」 등을 분석함에 있어 김현
만큼 민첩한 평론가는 일찍이 없었다. 선험적인 김현의 명민성이 거
기 바야흐로 고기가 물을 만난 듯 유려했다. 그런데 이에 저항해오
는 작품이『당신들의 천국』이 아니겠는가. 김현에게 이것은 적잖이
당혹감으로 다가왔다. 당연히도 보건과장 이상욱이 주인공이어야만
이청준 식 소설일 수 있다. 그런데 보라. 이상욱 대신 조백헌 원장

이 주인공으로 되어 있지 않겠는가. 자의식의 늪에 빠져 헤매는 보건과장 이상욱이 주인공이라면 이를 세밀히 분석 비판할 수 있는 평론가로는 김현 오른편에 나설 자가 없다. 그런데 조백헌 원장이 주인공으로 설정되어 있지 않겠는가. 김현에겐 이것이 실로 낯설고 그만큼 버거운 존재로 다가왔다. 공평히 말해 『당신들의 천국』은 이상욱과 조백헌 중심으로 설정되어 있고 그 문학적 성취도에서 볼 때 이상욱 쪽에 비중이 기울어졌음을 알 수 있다. 그러나 이 기울어짐은 그동안 이청준이 써온 소설의 관습이랄까, 흐름에 관련된 것이었다. 지식인의 억압에 대한 해방으로서의 글쓰기의 특출함이 그것이다. 그러나 이청준에겐 감추어진 깊고 새로운 카드가 따로 있었다. 『당신들의 천국』에서 그 카드가 처음으로 선을 보였다. '자생적 운명'이 그것이다. 대체 자생적 운명이란 무엇인가. 논리적으로 이를 정확히 분석할 수 있는 쪽은 물론 김현이었다. 자유가 완전히 보장되어도 천국은 이루어질 수 없다. 그렇다고 기독교에서처럼 사랑이 완전히 주어지면 천국이 이루어질까. 노(No)!라고 이청준이 말할 때의 그 의미가 무엇인지 명민한 김현이 분석하고 설명 못할 이치가 없다. 김현은 『당신들의 천국』(제3부 마지막 부분)의 한 대목을 인용했다. 섬에서 쫓겨난 조백헌이 몇 년 만에 다시 이곳으로 와서 결혼식 주례사를 연습하는 장면. 이정태 기자와 조 원장의 대화가 그것.

"원장님께서는 결국 원장으로 다시 이 섬에 들어오지 못하셨기 때문에, 원장의 권능으로 섬을 다스릴 수 없었기 때문에 또다시 자유와 사랑을 실패할 수밖에 없었다는 말씀입니까?"

"운명을 같이하지 않는 한에서의 어떤 힘의 질서는 무서운 힘의 우상을 낳을 뿐이겠지요. 하지만 운명을 같이하려는 작정이 있는 다음에는 내게 그 원장의 권능이 필요했어요. 그래서 그 허심탄회한 힘의 질서 속에서 섬의 자유와 사랑이 행해져나가야만 했었어요. 하지만 난 이미 이 섬 병원의 원장이 아니었어요." (이청준, 『당신들의 천국』, 문학과지성사, 2005, p. 409)

이 장면을 두고 김현은 논리적으로 아주 명석하게 이렇게 분석했고 그로써 안심했다. 논리에 아무런 모순이 없기에 그러하다.

조백헌에 의하면 "운명은 자생적인" 것이며, 자생적 운명은 자생적인 힘의 행사를 요구하는데, 조백헌이나 새 원장은 그 자생적 운명에 끼어 있지 않은 '자생적 운명'에의, 작가의 어투를 빌면, 타생적 끼어듦에 불과한 것이며, 그런 의미에서, 허심탄회한 힘의 행사가 불가능하다는 것이다. 그의 진술에서 나는 긍정적 인간의 운명적 실패를 느끼게 된다. 긍정적 인간은 자아와 세계의 합일을 가능한 것으로 상정한다. 그것은 그러나 사르트르가 말하듯 시(= 신화)의 세계에서나 가능한 것이지, 산문(= 현실)의 세계에서는 불가능한 일이다. 그의 실패는 운명적인 것이다. 그 운명적 실패는 그러나 그 화해의 가능성에 대한 부단한 암시를 이룬다. 그 암시는 당위성의 강조를 오히려 뜻한다. (「자유와 사랑의 실천적 화해」, 김현 문학전집 4, pp. 231~32)

사르트르의 초기 이론인 「문학이란 무엇인가」에 기대어 김현은 조백헌의 사업을 '꿈'이라 했다. 이 얼마나 명쾌하고도 분명한 태도인가. 바로 이 선험적 논리야말로 김현을 안심케 한 것이지만 이는 이청준에겐 어김없는 지적 폭력이 아니면 안 되었다. 이러한 김현의 지적은 이상욱 대신 조백헌을 주인공으로 삼은 이청준에 대한 '한계

인식'에 다름 아니었다. 이청준의 말로 바꾸면 '자생적 운명' 속에 이청준 자신이 들어 있고, 따라서 '조백헌은 나다!'가 될 터이다. 김현 식으로 하면 '이상욱은 이청준이다!'라야 했다. 한동안 김현은 '이청준은 나다!'라고 우기며 글을 썼다. 이청준도 어느 수준에서 이를 받아들였다. 김현이 쓴 『68문학』의 서문을 내세우며 이청준도 4·19세대 의식을 내세웠던 것이다. 그러나 이청준이 '나는 김현이 아니다!'고 조심스럽게 뇐 데가 『당신들의 천국』에서이다. 그것은 이청준만이 지닌 '선험적'인 '가난'이 아닐 수 없다.

　가난이란 무엇인가. 이청준의 가난에 대해서 20년간 사귀어온 김현도 잘 모른다고 실토한 바 있다. "그의 가난이 얼마나 심했는지 나는 정확하게 모른다"고 하면서도 김현은 대학 시절 참기름 사건을 언급했고 이청준이 깊이 감추고 있는 무서운 비수를 이렇게 지적한 바도 있었다. "그 비수는 양날을 가지고 있다. 한편 날은 가난의 날이며 또 한편 날은 문학의 날이다"(「욕망과 금기」, 김현 문학전집 4, p. 243)라고. 그는 에둘러 이렇게 말했다고 이청준이 말한 바도 있다.

　　내가 지금까지 네놈 글을 좀 아는 척해왔지만 네 본바탕이나 엉큼한 속내는 대강밖에 별로 아는 게 없었잖아. 그래 이번 길(1981년 문인 유럽 여행길―인용자)에 함께하면서 네놈이 어떤 인간 족속인지 곁에서 좀 살펴볼 참이었지. 그런데 네가 안 간다면 나도 뭐…… (이청준, 『그와의 한 시대는 그래도 아름다웠다』, 현대문학사, 2003, p. 32)

　가난＝문학의 도식이 이청준의 가슴 깊이 감추어진 비수였는바 그것이 『당신들의 천국』에 얼굴을 내밀었다. '자생적 운명'으로 표상되는 생리적인 운명에 김현과 이청준은 함께할 수 없었다. 한쪽이

나병 환자라면 한쪽은 성한 사람이었다. 이 둘 사이의 거리는 하도 아득한 것이어서 어떤 논리(천국)도 통할 수 없는 장면이다. 김현의 『당신들의 천국』에 대한 평론이 이청준론의 최상급에 속하며 또 그 어떤 『당신들의 천국』론보다 우수함에 이의를 제기할 수 없음도 사실이지만 동시에 그것은 또 김현 평론의 한계이자 김현과 이청준의 거리 재기론에 다름 아니라는 점에서 보면 단연 두 문인에게 있어 기념비적이라 할 것이다.

김현이 몰랐던 이청준과 그의 저 가난이란 무엇인가. 그것은 생리적인 것이어서 논리와는 전혀 무관한 차원에 속한다. 「키 작은 자유인」에서 이청준은 그 가난을 이렇게 묘사했다.

1954년 4월 3일 오후. 고향 마을 산모퉁이의 한가한 바닷가 개펄 바닥. 어머니와 나는 썰물진 개펄을 헤매며 게를 잡고 있었다. 나는 그해 이른 봄 광주의 한 중학교 입학시험에 합격하여 그 개학날이 이틀 뒤로 다가와 있었다. 내일이면 나 혼자 고향집과 어머니를 떠나 광주의 한 친척집으로 기식살이를 가야 하였다. 어머니는 빈손에 아이를 맡기러 보낼 수가 없어, 일테면 그 미안막이 선물로 갯가에 지천으로 기어 다니는 게라도 한 자루 잡아 보내려는 것이었다. 그 시절 어려운 시골의 봄살림엔 그 밖의 다른 치레거리를 마련할 길이 없었기 때문이었다. 산비탈을 스쳐 지나가는 솔바람 소리에도 가슴이 메어오고, 먼 수평선 위를 흐르는 흰 구름덩이까지 공연히 눈물겹기만 하던 한나절, 어머니와 나는 그 막막하고 애틋하고 하염없는 심사 속에 짐짓 더 열심히 게들만 쫓고 있었다.

그리고 이튿날, 나는 아직도 살아 바글거리는 게자루를 짊어지고 왼종일 3백 리 버스길에 시달리며 내 숙식을 의탁할 광주의 친척집을 찾아갔다. 그러나 막상 친척집까지 도착하고 보니 게자루는 이미 아무 소용도 없는 것이 되어버렸다. 게자루 따위가 변변한 선물거리가 될 수도 없던 터에, 덜컹대는 찻길에 종일을 시달리다 보니, 자루 속의 게들은 이미 부스러지고 깨어져 고약스레 상한 냄새를 풍기고 있었다. 나는 그 게자루가 그토록 초라하고 부끄럽게 느껴질 수가 없었다. 그것이 나의 몰골이나 처지를 대신하고 있기라도 하듯이 친척집 사람들 앞에 자신이 그토록 남루하고 창피하게 느껴질 수가 없었다. 하여 그 친척 누님이 코를 막고 당장 그 상한 게자루를 쓰레기통에다 내다버렸을 때, 나는 마치 그 쓰레기통 속으로 자신이 통째로 내던져 버려진 듯 비참스런 심사가 되고 있었다.

하긴 그렇다. 그것은 바로 그날까지의 나 자신의 내던져짐이었음에 다름 아니었을 터였다. 내가 고향에서 도회의 친척집에 가져올 수 있는 것이 오직 그뿐이었듯, 그 게자루에는 다만 상해 못 쓰게 된 게들만이 아니라, 남루하고 초라한 대로 내가 그때까지 고향에서 심고 가꾸어 온 나름대로의 꿈과 지혜와 사랑, 심지어는 누추하기 그지없는 가난과 좌절, 원망과 눈물까지를 포함한 내 어린 시절의 삶 전체가 담겨 있었던 어린 시절의 삶 전체가 무용하게 내던져 버려진 것 한가지였다. 그리고 그것은 어찌 보면 지극히 당연한 노릇이기도 하였다. 나는 이제 그 남루한 시골살이의 껍질을 벗어던지고 보다 더 깔끔하고 강건하고 영민한 도회인의 삶을 배워 익혀 나가야 했기 때문이었다. 고향 마을에서들은 누구나 그것을 동경하고 부러워했듯이, 바야흐로 내겐 그런 삶의 길이 앞에 한 때문이었다. 맵시 곱고 정갈스런 누님이 아니었더라도, 나는 상한 냄새의 게자루와 함께 고향과 고향에서의 모든 것들을 스스로 미련 없이 내던져 버렸어야 하였다. 그래서 부단히 배우고 익혀서 아는 것도 많고 거둬 지닌 것도 많은 생산적 의식층(意識層)으로 자라났어야 하였다. 했더라면 아마도 내 삶에는 좀 더 이루고 얻은 것이 많았을는지 모른다. 이루고 얻은 것이 많지가 않더라도, 마음만은 한곳으로 값진 뜻을 좇아서 부질없는 헤매임이 적었을는지 모른다.

하지만 내겐 아마도 그런 노력이 많이 모자랐던 모양이다. 아니면 지혜가 모자랐는지도 모른다. 나름대론 노력을 안 한 바도 아니었고 지혜를 구하지 않은 바도 아니건만, 한마디로 내게선 그 쓰레기통에 버려진 게자루가 여태도 멀리 떠나가 주질 않고 있는 것이다. 어린 시절과 함께 내던져져 썩어 없어졌어야 할 게자루가 그 남루한 꿈과 동경의 씨앗자루처럼, 혹은 좌절과 눈물의 요술자루처럼 이날 입때까지 나를 계속 따라다니며 사사건건 간섭을 일삼고 있는 것이다. 그리고 그로 하여 나의 삶의 몰골은 끝없는 갈등과 무기력한 망설임 속에 형편없는 왜소화(矮小化)와 음성화(陰性化)의 길만을 걷게 해온 것이다. (이청준, 『키 작은 자유인』, pp. 121~22)

잇달아 이청준은 그 가난과 부끄러움을 「눈길」(1977)에서 비로소 등신대로 드러냈다. 집안이 파산하여 생가가 남의 손에 넘어간 줄도 모른 채 도회지 중학에 다니던 아들이 방학차 귀가할 때 노모가 취한 이런저런 행동과 마음가짐이 「눈길」의 참 주제이거니와 아들을 보내고 귀가하던 노모가 아침 햇살 아래서 감히 마을에 들어오지 못하는 장면이야말로 가난의 이청준 식 의미 곧 '가난과 부끄러움'의 정결함 또는 인간다운 기품(졸고, 「미백의 사상 또는 이청준의 글쓰기의 기원에 대하여」, 『작가세계』, 1962년 가을호)에 다름 아니었다. 「눈길」이나 「키 작은 자유인」에서 논의된 가난이란 물론 작중 화자의 시선에서 드러난 허구일 수 있다. 이런 허구를 훗날 이청준은 자기 자신의 목소리로 이렇게 발설했다.

　6·25 전쟁 휴전 이듬해인 1954년 봄 4월 초순. 나는 중학교 진학을 위해 처음으로 고향 마을 떠나 먼 도시의 친척 누님 댁으로 더부살이 길을 나섰다. 신세를 지러 가는 처지에 변변한 선물거리를 마련할 수 없어 전날 한나절 마을 앞 개펄에서 어머니와 함께 잡은 바닷게 자루를 짊어지고서였다. 그런데 열 시간 가까운 버스길에 흔들리고 바스러져 누님 집까지 도착하고 보니 자루 속의 게들은 이미 심하게 상해 있었다. 그 게자루를 누님은 코를 막으며 대문 앞 쓰레기통에 내다 버렸다. 그때의 그 부끄럽고 무참한 심사라니! 나는 나 자신이 바로 그 쓰레기통으로 내던져진 느낌이었다…….

　졸작 「키 작은 자유인」 중 한 부분을 요약한 주인공의 이 같은 술회는 나 자신의 체험 그대로인 셈이다. 뿐더러 나는 그로부터 남루하고 부끄러운 시골뜨기 자신을 그대로 쓰레기통에 던져 버리고 유족하고 자랑스런 도회인으로 다시 태어나기를 소망했다. 그 시절 시골에서 도회 학교 진학 목적이었던 입신양명(立身揚名)이 내게는 그렇듯 떳떳한 도회살이 끼어들기 길에 다름 아니었다.

　하지만 도회의 높고 단단한 벽은 쉽사리 나를 받아들여주지 않았다. 도회살이는 내게 늘 낯설고 서툴렀으며, 부끄러움과 두려움으로 주눅 들게 하였다. 나는 언제까지나 도회인다운 익숙함이나 이룸, 거둠이 없는 얼치기 떠돌이 꼴일 뿐이었다.

　나는 자연히 나를 끼어 들여 주지 않는 세상에 대한 실망과 원망을 삭이고 무력한 자신을 다독이기 위한 자기 위안의 길이 필요했고, 그것이 나를 배제시킨 현상의 질서보다 내 나름대로 더 나은 다른 세상 꿈꾸기 격인 소설쓰기의 욕망을 싹트게 한 셈이었다. (이청준, 「나는

왜, 소설을 써 왔나」,『본질과현상』, 2007년 겨울호, pp. 219~20)

이 참담한 가난과 부끄러움의 체험은 김현이 결코 공유할 수 없는 부분이다. 목포에서 기독교인으로 약종상을 하며 목제, 남농, 의제, 소전까지도 사귀며 산수화 수집에도 나아간 집안(김현,『두꺼운 삶과 얇은 삶』, 나남출판, 1986, p. 134)의 4남 1녀의 넷째로 태어난 김현으로서는 저 가난의 '자생적 운명'에 결코 동참할 수 없었다.

그것은 조백헌과 이상욱의 경우에 엄밀히 대비될 만하다. 성한 자와 환자 사이의 아득한 거리감이 거기 늪처럼 둘을 가로막고 있었다. '자생적 운명'을『당신들의 천국』을 통해 제시함으로써 작가 이청준은 그의 맞수인 비평가 김현과의 분명한 선을 그은 형국이었다. 논리적으로 이 '자생적 운명'의 의미를 명민한 김현이 알아차리지 못했을 이치가 없지만 동시에 '자생적 운명'의 비논리적 측면이 있음을 알아차렸을 터이다. 이 비논리적 측면을 김현은 이렇게밖에는 달리 말해볼 도리가 없었다.

『당신들의 천국』은 뛰어난 소설이다. 이 글을 끝내면서 내가 할 수 있는 마지막 말은 그것뿐이다. 한 가지 바라고 싶은 것이 있다면 이청준의 소설에서는 극히 희귀한, 행복한 결혼을 하게 되어 있는 윤해원과 서미연의 결혼 후일담을 술자리에서나마 듣고 싶은 것이다. (「자유와 사랑의 실천적 화해」, 김현 문학전집 4, pp. 236~37)

이에 대한 이청준의 반응은 어떠했을까. 반포치킨에서 만나 맥주를 마시며 둘이서 무슨 얘기를 나누었을까. 추측건대 아무 말도 하지 않았을 것이다. 섬 바깥에서 온 건강한 여인 윤해원과 음성 병력

자인 원생 사내 서미연의 결혼이 행복할 수 없음을 김현도 이청준도 너무나 잘 알고 있었다. 그럼에도 김현이 그 후일담에 연연한 것은 작가 이청준에 대한 두터운 우정에서 온 것이리라. 윤해원과 서미연 사이에는 '자생적 운명'의 늪이 시퍼렇게 살아 있음을 김현도 이청준도 물론 알고 있었다. 그럼에도 윤해원＝김현과 서미연＝이청준의 관계를 김현은 '극히 희귀한 관계' 또는 '행복한 결혼' 같은 관계라 했는바 이는 김현의 이청준에 대한 그리움의 무의식적 발로가 아니었을까.

7. 선험적 가난의 창작 방법화

여하튼 20세기의 초기에 얻어진 유럽 대륙의 불온한 공기를 나는 내 자신의 내부 속에 선험적으로 존재하는 것으로 받아들이지 않을 수 없었고, 거기에 추호의 의심도 품지 않았다. 불안이라든가 절망 같은 것은 도처에 있었고, 특히 내 마음속에 있었다. 그것은 선험적으로 있었다. 나의 오랜 주저와 혼돈은 바로 이 점에 그 기반을 두고 있다. 유럽 문학, 특히 내가 도취되어 있었던 프랑스 문학을 나는 나의 정신의 선험적 상태로 받아들였고, 그 상태 속에서 모든 것은 피어나야 한다고 믿고 있었기 때문이다. (「한 외국 문학도의 고백」, 김현 문학전집 3, pp. 15～16)

이 대목은 알게 모르게 또 많건 적건 담 크고 순정한 소년배를 바닷가로 유혹한 저 육당의 「해에게서 소년에게」 이래 거역할 수도 물리칠 수도 없는 대명제의 하나가 아닐 수 없다. 유럽이 이 경우 특정 지역의 명칭이자 동시에 어느 수준에서는 보편성의 명칭일 수도 있었음에 이 명제가 관여되기 때문이다. 최초로 이 나라 근대 문학사를 쓰는 마당에서 임화는 망설임도 없이 이렇게 규정했다. "무엇이 조선의 근대 문학이냐 하면 물론 근대 정신을 내용으로 하고 서구 문학의 장르를 형식으로 한 조선의 문학"(「신문학사의 방법」, 『동아일보』, 1940. 1. 13)이라고. 이 선험적인 명제는 프랑스 말로 '나의 조국은 프랑스다'를 이탈리아어로 번역하면 '나의 조국은 이탈리아다'로 된다는 사실에 관여된 것이지만, 이 나라의 많은 김현들은 이 사실을 알아차리기에 '근 10여 년 동안'이 걸렸다. 송욱도 그러했고 김현도 그러했다. 당연히도 선배 격인 송욱이 이 사실을 먼저 깨닫고 유럽 문학을 상대화시켰는데 그 방식이 실로 대담했다. 만해의 「님의 침묵」을 유럽 문학 전체에 맞세웠던 것이다. 만해 문학이 인도(힌두를 일컬음) 문학의 대표 격이라고 보고 인도(동양)와 서양을 상대화시켰던 것이다. 『시학 평전』(1963)이 지닌 야심은 설사 비약이 지나치다 할지라도 지향성은 옳았다. 김현 역시 '나의 조국은 한국이다'를 외쳤지만 그에겐 인도 사상도 중국 사상도 동학도 샤머니즘도 생소했다. 낯익은 것이란 기독교뿐이었다. '나의 조국은 한국이다'와 '나의 조국은 프랑스다'의 양다리 걸치기에 끼지 않으면 안 되었다. 매달릴 곳은 말라르메였다. 암시의 시학, 주술적 언어 시학, 마력과 반향의 시학에서 김현은 한국 시를 보고자 했고 그 교주 되기에로 나아갔다. 그것은 말의 울림의 미세한 떨림까지 감지하는 방식이었고 이로써 김현은 김춘수·김종삼 등 이른바 '내용 없는 아름다움'의 시학을 수립코자 했다. 샤머니즘적 문학도 참여적 문학도 배격하고 이를 초월한 제3의 영역을 꿈꾸었던 것이다. 이러한 꿈꾸기를 가능케 한 것이 바로 4·19였다. 4·19는 단 1년 만에 5·16으로 마감되었지만 그것은 5·16의 억압에 역비례하여 자유(꿈)에 대한 열정으로 작동되었다. 그것은 선험적인 것에다 또 다른 관념성을 부여한 것이었다. 이중의 '선험적인 것'의 증폭 속에서 김현은 모든 것을 보고자 했다. "내 육체적 나이는 늙었지만, 내 정신의 나이는 언제나 1960년의 18세에 멈춰 있었다"라든가 "내 나이는 1960년 이후 한 살도 더 먹지 않았다"라고 그는 선언적으로 말할 수조차 있었다.

"이청준의 소설에 대해서 하나의 평문을 초한다는 것은, 문학비평가로서의 내가 소설가로서의 그에게 빚지고 있는 상당량의 부채를 갚고 싶다는 의욕의 한 표현"이라고 김현이 말한 바로 그 이청준의 경우는 어떠했을까. 토마스 만의 대립적 구성법 및 예술가 소설의 방식이 이청준에겐 '선험적'인 것이었을까. 어느 수준에서는 그러했을지도 모른다. 그렇다면 4·19는 어떠했을까.

그때 우리는 마치 허기에 지친 사람이 한꺼번에 갑자기 많은 음식을 만났을 때처럼 이것저것 집어삼키는 일에 몰두해 있었지요. 거침없이 쏟아져 들어오기 시작한 외서들을 읽어대고, 연사들을 초빙해다 강연을 듣기도 하고, 우리들끼리 토론을 하기도 하고, 그러느라고 통 눈코 뜰 사이가 없이 분주했어요. 그리고 웬만큼 느긋한 기분이 되었을 때는 농촌 계몽이다 사회 정화다 해서 현실에의 기여를 다짐하고 그 실천에 나서 보기도 했지요. 결과야 만족한 것은 못 되었지만 우린 정말 세상을 좀 더 나은 것으로 만들어 보려는 의욕에 불타 있었어요. 결과는 어찌됐건 우리는 그런 가능성을 가지고 살았더란 말입니다. (이청준, 「씌어지지 않은 자서전」, 『소문의 벽』, 민음사, 1972, p. 108)

그러나 그것은 '허기'와 '가능성'으로서의 4·19에 지나지 않았다. 이것조차 5·16에 의해 여지없이 패배당했다. 5·16으로 인한 좌절감이 보다 현실적인 삶의 질서로 체험되기 시작했다면 4·19란 '선험적'인 것이긴 해도 5·16으로 인해 거의 무화된 형국을 빚었다. 토마스 만도 4·19도 '선험적인 것'이긴 해도 헤겔주의자인 김현에 비하면 단지 형식적 수준에 멈춘 것에 지나지 않았다. 김현에 있어 거의 절대적인 것이었던 말라르메와 4·19에 맞서는 것이 이청준에겐 따로 있었다. 첫째는 가난이다. 가난이되 '선험적 가난'이었다. 난생처음 공부하러 먼 도시의 친척 누님 댁 더부살이 길에 나선 소년이 선물이랍시고 모자가 개펄에서 잡은 게자루를 짊어지고 도착해보니 자루 속의 게들이 상해 누님이 코를 막으며 대문 앞 쓰레기통에 내다 버릴 때 겪은 부끄러움(가난)이야말로 이청준 글쓰기의 가장 깊은 곳에 놓인 원풍경이었다. 그것은 어떤 선험적인 것에 앞서는 선험성이 아닐 수 없었다. 왜냐면 그 가난은 부끄러움과 더불어 있었던 까닭이다. 토마스 만 따위란 감히 얼굴도 내밀 수 없었고, 4·19 또한 그러했다. 게자루의 가난과 부끄러움을 자생적 운명으로 갖지 않은 김현이 이 접근 불가능의 이청준의 늪을 어렴풋이 엿본 데가 바로『당신들의 천국』이었다. 그것은 김현에게 훌륭한 작품으로 보였지만 그것은 김현의 선험적인 것으로서의 논리의 덕분이었을 뿐 모종의 감동의 울림에까지 닿을 수 없었다.
　이청준에 있어 이 '선험적 가난'에 버금가는 것이 '선험적 현실'이다. 이 막강한 현실과 맞서 싸워 이길 수 있는 방도는 없는가. 이 물음에서 해답을 찾아내는 것이 이청준의 창작 방법론이다. '복수로서의 글쓰기' 또는 '젖은 속옷 제 몸 말리기로서의 글쓰기'가 이에 해당된다. 글쓰기의 욕망이란 이청준에겐 "애초 우리가 살고 있는 현실 질서와의 싸움에서 패배한 자가 그 패배의 상처로부터 자신을 구해내기 위한 위로와 그를 패배시킨 현실을 자기 이념의 질서로 거꾸로 지배해 나가려는 강한 복수심"(『작가의 작은 손』, 열화당, 1978, p. 217)임에 더도 덜도 아니었다. 이 복수심의 선험성이 가난이라면 5·16으로 인한 군부 독재는 현실의 일부를 이루어 구체성을 가져왔음도 사실이었다. 여기에 복수심의 글쓰기로서의 이중성이 잠복해 있었다.

여기까지 오면, 다음 두 가지가 동시에 지적될 수 있다. 첫째, 복수심으로서의 글쓰기란 아무리 그것이 굉장해도 기껏해야 이청준 개인사에 속하는 것이어서 보편성에로 이르기엔 일정한 제약이 따른다는 점. 둘째, 이 점이 중요한데 현실은 5·16의 소멸과 더불어 유연성을 일정한 수준에서 가져왔다는 점. 이청준의 다음 행보는 어떻게 되었을까. 『당신들의 천국』에서 과감히 벗어나지 않으면 한발 나설 수 없음을 그는 깨닫지 않으면 안 되었다. 그렇다고 이 자생적 운명에서 벗어날 수도 없었다. 방법은 단 하나. 정면 돌파가 그것. 『당신들의 천국』을 짊어진 채 제주도로 향하기가 그것. 장편 『신화를 삼킨 섬』(2003)이 그것이다. 조백헌 원장이 아니라 이상욱을 박수(무당) 정요선으로 변장시켜 제주도 4·3 사건 합동 위령제에 참가시키기가 그것. 개인사적 선험성에서 민족사적 선험성에로의 전환이 그것이다. 선험적 가난이 「꽃 지고 강물 흘러」(2004)에로 잦아들어 마무리되면서 그보다 큰 민족사적 가난(원한)의 치유에로 향하고 있었다.

이러한 변화는 김현이 백옥루의 주민이 된 지 13년 만에 일어났다. 이를 두고 김현은 아마도 또 이렇게 외쳤으리라. "이런 걸 소설이라고 썼어? 뻔뻔스럽게"라고. 또 덧붙였으리라. "어쨌거나 지금

반포치킨으로 나와라. 이런 거 쓰느라고 수고했으니 내 그 벌로 술이나 한잔 사줄게"라고. 왜냐면 비평가와 작가는 미우나 고우나 영원한 앙숙이자 동반자이니까.

II.
이인성
소설,

겉으로
읽기

제1장 『육조단경』과 의발 전수

1. 김현의 의발 전수

객 불세출의 비평가 김현이 사망 직전에 유고를 맡긴 제자로 이
인성이 지목되어 있더군요.

그럼에도 불구하고, 유고의 보관을 부탁받는 순간까지도, 나는 아
직 선생의 마음가짐에 대해 어떤 단언을 내리지 못하고 있었다.
〔……〕 선생 댁의 침대 옆 서랍에 넣어둔 원고를 찾아 읽고 그대로
출판해도 괜찮을지를 — 특히 이름들을! — 숙고해 달라는 선생의 말
을 듣고, 나는 그것이 예사 원고와는 다른 것이란 암시를 받았다. 그
런데도 나는 그것이 다름아닌 일기일 거라고는 예감치 못한 채로 멍
청하게 "예, 예, 알았습니다" 소리만 하다가, 옆에 있는 정과리가 내
옆구리를 치며 "어떻게 출판하시려는지 물어봐야지" 하는 바람에,

"검토 후에 곧 출판을 추진할까요?"라고 물었다. 선생은 고개를 가로저었다. 그러고는 "아니, 그냥 가지고 있다가…" 하며, 어떤 무언의 이해를 구해 왔다. 나는 어떤 속 깊은, 복잡한 이야기를 막연히 알아들은 기분이었다. 그러나 머릿속은 안개로 자욱했다. (이인성, 「죽음 앞에서 낙타 다리 씹기」, 『식물성의 저항』, 열림원, 2000, pp. 202~03)

또 훗날 이인성은 이 유고의 성격을 전집에 실으면서 이런 말로 마무리 지었더군요.

우선, 이 유고 묶음의 표지에는 김현 선생의 자필로 '일기 1986－1987－1988－1989'라고 적혀 있다. 〔……〕 속표지에는 역시 선생의 자필로 '책읽기의 즐거움'이라는 제목이 달려 있다. 〔……〕 선생은 유고의 뒤처리를 부탁하는 자리에서, 삭제하는 게 나을 부분—특히 사람 이름들과 관련하여—이 있다면 판단해서 지워달라는 부탁을 남겼지만 나는 어디서도 그래야 할 부분을 발견하지 못했다. (「죽음을 응시하는 삶-읽기와 삶-쓰기」, 김현 문학전집 16 자료집, 문학과지성사, 1993, pp. 388~89)

유고의 전수, 대체 이런 것은 썩 특이하지 않습니까. 하많은 제자 중 유독 유고 전수가 갖는 의의랄까. 여기에 이른바 문지(文知) 계보의 비밀이 스며 있지 않은지. 신비주의랄까 『육조단경』의 저 단호한 의발(衣鉢) 전수에 준하는 것. 좌우간 뭐랄까, 그런 느낌 말이외다.

선생께서 이들과 일정한 거리를 지니면서 살아왔기에 그들의 위상을 재는 나름대로의 안목이 있을 법한데요, 유고란, 그러니까 기존 발표문들과는 달리 사제 간의 직계 관계의 암묵적 선언이라 할 만한 것이 아닐까요.

주 조심스럽긴 해도 그쪽에서 썩 좋은 지적을 하셨네요. '사제 간'이라는 것. 우리말로 하면 '스승과 제자 사이'이겠는데, 원래 이런 말의 용법은 종교 특히 불교에서 유래되었는지도 모릅니다. 석가세존과 그 제자들. 3천 제자들 중 지혜 제일의 사리자(舍利子), 신통력의 목건련, 다문 제일의 아난다, 설법 제일의 부루나, 두타(실천) 제일의 가섭 등등에서 보듯 각각 그 역할에 따라 최고 경지의 접근을 보여주고 있습니다.

객 그렇다면 그 최고의 제자란 없는 것이겠습니다그려. 저 유명한 『사기』(사마천) 「별전」에서 보여준 방식과도 흡사하군요. 그렇다면 불교에서는 사제 관계가 보편성으로 향했고 따라서 부처만이 이 모두를 갖춘 이른바 전지전능한 존재로 군림할 수밖에 없겠군요. 요컨대 비록 부처가 전지전능한 존재가 아닐지라도, 그런 위상을 향하고 있음을 보여준 것이기에 사제 관계란 있긴 하되, 다양할 수밖에요. 선생께서 김현/이인성의 사제 관계를 끌고 나온 것은 또 다른 차원을 겨냥하고 있어 보입니다.

주 선(禪)을 조금 언급하면 안 될까요. 불교가 중국에 들어왔을 때 중국인의 놀라움은 상상을 초월했을 것으로 짐작됩니다. '무'만을, 또 '음양'을 우주의 근원으로 알던 세계가 '공'이라는 파천황의 관념 앞에 직면했으니까. 이를 수용하는 과정에서 나온 타협책의 일종이 '선'이 아니었을까요. 법의(法衣) 전수도 그 산물. 달마(초조)에서 혜가, 승찬, 도신, 홍인, 혜능까지를 일러 육조라 하지 않습니까. 달마가 석가의 28조니까 일직선의 사제 계보가 이어졌지요. 여기에 대해 무수한 설화들이 생겨났음은, 『육조단경』의 그다움이었을 터.

객 요점은, 그러니까 사제 관계란 『육조단경』을 염두에 둔 것입니다그려. 석가세존이 빠지고 달마에서 혜능까지 모두 '인간'이 아닙니까. 이들 인간을 잇는 끈은 바로 진리(法)이겠는데요. 그러고 보니 선생께서 굳이 김현/이인성론의 머리에다 '사제 관계'를 내세운 것은, 인간과 인간끼리의 문제라는 것. 그렇다면 그 끈이 '진리' 이겠는데요, 김현/이인성을 잇는 끈으로서의 그것은 무엇이겠습니까. 문학 그것도 불문학이겠기는 한데 그렇다면 너무 평범하지 않습니까.

주 시방 우리 대화는 무척 중요한 대목에 이르렀습니다그려. 문학/불문학까지 나왔으니까. 여기에는, 시대적 조건과 세대 감각의 설명이 요망됩니다. 김현의 말을 들어볼까요.

대부분의 사람들이 경험하였겠지만 열일곱, 열여덟 살쯤 해서는 소위 '회의'라는 것이 의식의 커다란 부분을 차지한다. 그 회의가 오는 과정은 지극히 순간적이어서, 대부분 그 시작의 흔적을 찾지 못할 정도이다. 나의 회의가 시작되었을 때 나는 김붕구 교수의 『불문학산고(散考)』와 말로의 소설 몇 권을 손에 쥐고 있었다. 그 책들 속에서 나는 나의 연약한 정신이 너무 쉽게 마춰되어버린 몇 개의 섬뜩하도록 쇼킹한 어휘들, 가령, 절망·부조리·행동·불안·기분·구원 등등에 부딪치게 되었고, 나는 그 어휘들이 가지고 있는 어떤 정확한 내포와는 상관없이 나 자신의 의식 속에 그들을 병치시키고 결합시켜, 그 결합된 상태를 즐기게 되었다. 가령 '절망'이라는 말을 생각해 보자. 나는 그 말에 거의 맹목적인 감동을 느꼈던 것인데, 그 말의 정확한 의미를 나는 그때 전혀 모르고 있었다. 막연히 어떤 위대한 것이 몰락해 가는 그런 것을 생각하고 거의 아름다움마저 느끼곤 했었다. 그것이 그 책들을 쓴 사람들의 마술적인 능력 때문이었는지, 나의 정신 상태가 최면을 당할 준비 태세를 갖고 있었는지, 그 어느 것인지 지금 나는 자세히 알 수 없다. 여하튼 20세기의 초기에 얻어진 유럽 대륙의 불온한 공기를 나는 내 자신의 내부 속에 선험적으로 존재하는 것으로 받아들이지 않을 수 없었고, 거기에 추호의 의심도 품지 않았다. 불안이라든가 절망 같은 것은 도처에 있었고, 특히 내 마음속에 있었다. 그것은 선험적으로 있었다. (「한 외국 문학도의 고백」, 김현 문학전집 3, pp. 15~16)

'선험적으로 있었다' '선험적으로 받아들여졌다'라고 했습니다. 참으로 정직한 그러면서도 1960년대 이 나라 정신사를 드러낸 말이 따로 있을까 싶을 지경입니다. 서구 문학, 그것도 불문학이란, 부조리, 불안, 절망이란 선험적으로 '내' 속에 있었던 것.

2. '나의 조국은 프랑스다'의 번역 문제

객 '절망'이나 '부조리'란 사르트르나 말로 또는 카뮈의 것이 아니고 선험적으로 내 것이었다! 내가 갖고 태어난 것이라는 명제. 바로 석가세존이 말하는 진리 '공(空)'이 아닐 수 없다는 것. 스승 김현이 말하는 '진리'인 이 선험성으로서의 프랑스 문학이 『육조단경』의 '공(空)'이겠는데요. 이것만 해도 놀라움이지만, 한층 『육조단경』다운 것은 달마도 혜가도 홍인 등도 부처가 아닌 한갓 '인간'이라는 사실.

주 이런 우리의 대화가 한 꼭짓점에 이른 감이 듭니다. 곧, 선험성에서 탈선험성에로 나아가기.

객 그렇다면 제자리 찾기, 제자리걸음, 또 말해 올바른 출발점, 알몸의 자기에로 회귀했음이겠는데요. 그게 언젠가요.

주 그렇게 간단하지 않음이야말로 문제적이라 할 만하지요. 1967년의 시점에서 김현은 이렇게 고백하고 있습니다. 고백이자 선언.

　나는 가령 말라르메와 서정주가 다른 언어를 가지고 시를 쓰고 있다는 사실을 까맣게 잊고 있었다. 그런 점에서 나는 이오네스코의 「수업」에 나오는 우직한 학생과 비슷한 셈이다. 「수업」의 선생은 프랑스 말로 "나의 조국은 프랑스다"를 이탈리아어로 번역하면, "나의 조국은 이탈리아다"가 된다고 말하는 것인데, 나는 이 말의 의미를 알기 위해 근 십여 년 동안 프랑스 문학을 공부한 셈이다. 말을 바꾸면, 나는 한국어로 말하고 사유하면서 프랑스 문학을 문자 그대로 '가슴으로 par cœur' 이해하는 척했던 셈이다. 이런 태도는 지금 생각하면, 프랑스 문학도, 그리고 한국 문학도 제대로 이해 못 하는 그런 처참한 꼴을 야기시켰는데도, 나는 프랑스 문학도 한국 문학도 다만 문학이라고 생각했었다. 이러한 나의 태도가 어느 정도 수정을 받게 된 것은, 역설적이지만, 말라르메를 통해서였다. (위의 글, 김현 문학전집 3, p. 16)

이런 고백(선언)이 문학사적임에 주목할 것입니다.

객 선생이 유독 문학사적이라 한 점에 주목하고 싶군요. 이 나라 문학은 육당·춘원 이래, 또 정지용이나 김기림 이래 외국 문학을 많건 적건 간에 의식하고 있었지만 그것이 투명한 자의식의 형태로 인식된 것은 김현이 최초라는 인식이 선생의 안목이겠습니다그려. 말을 바꾸면 소월도 임화도, 또 염상섭이나 이상도 스스로를 '박제가 되어버린 천재'라고 자부했을 땐 외국 문학에 대한 그 나름의 심도를 측정한 곳에서 출발하고 또 진행했겠지만, 김현에서처럼 투명하지 않았지요. 뭐랄까 엉거주춤한 상태라고나 할까. 이에 비할 때 김현은 '절대적'이었으니까. '선험성'의 근거가 그것. 더욱 중요한 것은, 그렇기 때문에 그 선험성의 극복도 장본인인 프랑스 문학(말라르메)으로만 가능했을 터. 이를 두고 선생은 '문학사적 사건'이라 부르고 싶은 모양입니다. 맞습니까.

주 맞긴 맞는데, 거기엔 함정이 도사리고 있었지요. '문학사적 사건'에 대한 보복이랄까 복수랄까, 그런 것 말이외다. 말라르메가 가르쳐준 것은 프랑스에 대한 철저한 이해였던 것. 그것을 속속들이 모르고서는, 절망·불안·부조리·행동·구원 따위를 절대로 알 수 없다는 것이었지요. 바로 한국인 김현의 한계가 가로놓여 있었지요.

객 '프랑스 문학은 좋고 한국 문학은 엉터리다'라는 전제에 그만 노예가 된 증거이겠는데요. 바로 이것이 한국 문학의 길을 방해하고, 한국 문학 및 한국어에로 향하는 길을 훼방 놓았다는 것.

주 내가 굳이 '함정'이라 한 것은 그런 뜻이기보다는, 그런 점도 포함하면서 그다음 단계로 나아간 김현의 행보에 있지요. 마치 폭포처럼 프랑스 문학에서 한국 문학에로 직행한 것.

객 서서히, 점진적으로가 아니라 김수영의 시에서처럼 '폭포처럼' 나아갔다. 망설임도 없이, 뒤돌아봄도 없이 나아갔다!

주 한국 문학에로, 온몸으로 밀고 나아가기. 『산문시대』(1962), 『68문학』(1968), 『문학과지성』(1970)에로 나아가기. 오직 한국 문학에로 향하기에 물불을 가리지 않기. 시론은 물론 소설을 동시에 논의하기. 뿐만 아니라 스스로 작가가 되어「잃어버린 처용의 노래」
「인간서설」 등의 소설 쓰기 등등. '전면전'을 펼쳤던 것. 심지어 한
국 문학사까지 넘보았던 것. 그런데 그 전면전이 열정을 동반하면서
도 그에 비례하여 밀도를 지녔다는 것. 이 또한 역설적이게도 그를
키워낸 프랑스 문학 덕분이었다는 것.

　객　그 결과가 1960년대 문지파의 근거이겠지만 거기에 도사린
함정이 있다고 선생은 말하고 싶은 모양입니다그려.

　주　그렇소. 폭포란 일단 정지되면 보통의 흐름에 지나지 않는
것. 닥치는 대로 한국 문학에만 일방적으로 매달리기가 그것. 그로
써 1960년대 문지파가 이루어졌지만 동시에 교조 자리에 선 김현
자신은 한갓 범속한 비평가에 놓이고 말았다는 것. 폭포의 속도 조
절이 미흡했기 때문이지요.

3. 4·19세대와 전후 세대

　객　선생은, 김현보다는 세대가 조금 위인 만큼 굳이 말해 전후
세대이긴 해도 김현을 옆에서 제3자의 시선으로 바라보았을 터인
데, '김현스러운 현상'을 어떻게 문학사적으로 평가하실 터인가요.

　주　너무 전투적으로, 또 전면적으로 한국 문학의 창작 현장으로
달려간 김현의 행보의 근거, 말을 바꾸면 김현을 그렇게 하게끔 뒤
에서 떠민 손이 따로 있었다는 것. 두 가지 점이 지적됩니다. 하나
는 순종 한글 세대라는 것. 다른 하나는 4·19세대라는 것.

　객　김현에겐 교조랄까 교주가 없다는 것, 독불장군이었다는 식으
로 선생은 말하고 있습니다. 『불문학 산고』의 저자 김붕구 교수도

실상은 스승이긴 해도 달마와 6조들처럼 교조급이 아니었던 모양이고(만일 그랬다면 이 교조가 김현의 행보를 간섭했을 테니까), 정명환 교수로 말하면 한 발짝 벗어난 선비 격이었을 터이지요. 바로 고립무원의 김현의 위치가 보이는군요. 이것이 조급성의 근거. 한국 문학에 일직선으로 폭포처럼 나아간 근거이겠는데요.

주 좋은 말이 두 개씩이나 나왔네요. '고립무원'과 '조급성'. 그 속엔 순종 한글 세대와 4·19가 도사리고 있습니다. 전후 세대가, 전기와 후기로 갈라볼 수 있긴 하나 대체로 강제로 일어 교육에다 해방 후 영어 교육을 입은 세대이기에 그만큼 불순하달까 엉거주춤한 심성을 지닌 것으로 규정할 수 있음에 비해 순종 한글 세대는 순수하달까 투명하달까 또 어쩌면 홑겹의 심성을 지닌 것으로 볼 수도 있습니다. 이 순수성이 자기를 세계 속에다 내세우기 위해서는 자진해서 외국어를 선택하지 않으면 안 되었음에 주목할 것입니다. 이러한 현상을 두고 김현은 선험성이라 했을 터이죠. '나의 조국은 프랑스다'가 불어이기에 한국어도 그러해야 한다고 믿었을 수 있지요. '나의 조국은 한국이다'에 이르기 위해서는, 이오네스코의 「수업」에서처럼 선생은 이 바보 같은 학생을 죽일 수밖에 없었겠지요. 비약이랄까 역설이랄까, 이런 충격 요법 없이는 선험성의 환상에서 벗어날 방도가 없다는 것.

객 죽음을 통한 거듭나기이겠군요. 이청준(독문학), 박태순(영문학), 김승옥(불문학) 등이 모두 그러했는바, 그중에서도 김현이 제일 자각적이었다는 것. 문제는, 김현 식 극복 방식이겠는데요. 무엇이 김현으로 하여금 이러한 조급성으로 등을 밀었을까요. 다시 한번 묻습니다. 무엇이 선험성에서 막바로 폭포처럼 경험성에로 몰아넣었을까요.

주 4·19가 그 정답. 4·19가 났을 때 이들 세대는 대학 1학년이었고, 그것은 자유의 상한선이 최고 수준으로 올랐던 시기로 인식되었지요. 이들은 대놓고 "4·19로 얻은 만족감, 그런 정신적인 충족감과 아울러 번역 작품이 붐을 이루었는데, 그것을 소화하는 자신 비슷한 것이 그때 상황"(『형성』, 1968년 봄호, p. 78)이라 자가 진단을 했고, 바로 이것이 "국문과를 제외하고도 한 해에 일곱 명이나 문단에 등단했음"과 연관된다고 덧붙이기까지 했지요. 그러나 4·19로 인한 자유의 상한선은 바로 1년 만에 5·16 군사 혁명으로 그 숨통이 끊기지 않았던가. 겨우 1년 만이지요. 이들에게 이 혁명은 벼락같이 왔고, 이에 대처할 방도를 모색하지 않으면 안 되었지요. 벼락같이 왔다는 것은, 이오네스코 식으로 하면 살인이겠는데, 곧 어떤 논리적 방도도 찾아내기 어려운 상태였던 것. 자유의 상한선이란, 한갓 환각이었던가. 그것은 끝내 쟁취할 수 없는 그 무엇이란 말인가. 5·16 군사 혁명 앞에 대체 4·19세대는 어째야 한단 말인가. 가까스로 생각해낸 것이 바로 현실 공부에 나아가기. 한국의 현실, 그 역사, 그 사회 구조, 그것을 이끄는 샤머니즘 체질 등에 대한 비판적 공부.

김현에 있어 그것은 선험성에서 벗어나게, 그것도 급속도로 벗어나게 만든 것이지요. 경험 세계에 전면적으로 노출되기가 그것. 대체 자유의 상한선을 회복하기 위해 어떻게 해야 하는가. 상상력으로 군부 독재와 맞서기, 모든 억압에 대한 문학적 저항. 이 싸움의 준비에 몰두할 수밖에. 무기라곤 문학뿐. 그 문학이 이번엔 다시 그를 선험성에로 변신케 했던 것. 역설이나 아이러니가 아니라 이번엔 정도인 셈.

4. 4·19세대의 정치적 감각

객 선생이 자주 인용하는 바로 그 대목이군요.

이 책의 교정을 보면서, 나는 두 가지의 기이한 체험을 하였다. 내
육체적 나이는 늙었지만, 내 정신의 나이는 언제나 1960년의 18세에
멈춰 있었다. 나는 거의 언제나 사일구 세대로서 사유하고 분석하고
해석한다. 내 나이는 1960년 이후 한 살도 더 먹지 않았다. 그것은
씁쓸한 인식이지만 즐거운 인식이기도 하다. 씁쓸한 것은 내가 유신
세대나, 광주 사태 세대의 사유 양태를 어떤 때는 이해하지 못한다는
데서 생겨나는 것이고, 즐거운 것은 나와 같이 늙지 않은 사람들이
많다는 것을 확인한 데서 생겨나는 것이다. 그것과 밀접하게 연계되
어 있겠지만, 나는 내 자신이 조금씩 변화하고 있다고 믿고 있었지
만, 그 변화의 씨앗 역시 옛 글들에 다 간직되어 있었다. 나는 변화
하고 있지만 변화하지 않고 있었다. 리듬에 대한 집착, 이미지에 대한
편향, 타인의 사유의 뿌리를 만지고 싶다는 욕망, 거친 문장에 대한
혐오…… 등은 거의 변화하지 않은 내 모습이다. 변화는 그 기저 위
에서의 변화이다. (『분석과 해석』 서문, 김현 문학전집 7, 문학과지성사,
1992, pp. 13~14)

지금 다시 읽어보니 무슨 '유서'와도 같은 비장감이 스며 있습니다.
주 김현의 본질적인 측면이 잘 드러난 비평집을 들라면 나는 주
저 없이 이 책(『분석과 해석』)을 들 것입니다. 4·19가 모든 글쓰기
의 중심에 거의 선험적으로 존재한다는 것, 이것이 그의 열정에 불
을 지펴, 맹렬히 한국 문학(경험성)에로 달려들었지요. '나의 조국

은 한국이다!'라고 망설임도 없이 타는 목마름으로 외쳐 마지않았던 것. 시론·소설론 등을 닥치는 대로 썼고, 특히 작품론에 치중했던 것. 특출한 것은 『광장』의 분석과 해석이겠지요. 그렇기는 하나, 또 그는 저 '나의 조국은 프랑스다'의 기저 위에서 한순간도 벗어나지 않았던 것. 분석도 해석도 프랑스어에서 온 것이니까. 김현의 위대성이란, 이 자기모순(선험성에의 일탈과 회귀)에서 왔던 것. 그가 『육조단경』의 저 초조 달마인 까닭이지요.

객 달마라? 그렇다면 2대 혜가는 누구인가, 단검으로 팔뚝을 가차 없이 자른 이른바 단비(斷臂). 법(法)을 위해 형(形)을 버렸다는 혜가를 비롯 승찬, 도신, 홍인, 혜능의 계보.(『역대 법보기』) 여기까지 오면 이제 별수 없네요. 종교냐 문학이냐의 막다른 골목.

주 바로 이 골목에서 이른바 1960년대 문지(文知)의 계보 승계가 잠겨 있지 않을까요. 이른바 '의발'의 전수 문제, 더 정확히는 법의(法衣)의 전수는 누구에게로 향했을까.

5. 이인성과 80년 광주의 감각

객 세대로 따지면 이인성은 80년의 광주 세대에 속한다고 하겠지요. 1975년 1월 동숭동에서 관악으로 서울대가 옮겨갔고, 거기서 이인성은 이런저런 것을 배우고 느끼면서 대학원까지를 보냈고, 1982년에 관악산을 떠났으니까. 그는 이 관악에서의 자기 인식을 훗날 이렇게 적었군요.

그런 예감은 있었지만, 그렇지만 80년대는 예상을 훨씬 뛰어넘어

과격하게 다가왔다. 〔……〕

　이젠 다른 무엇인가가 필요했다. 차후, '동아리' 중심의 80년대 '엠티 문화'는 그런 전통적 혈연주의가 이념적 연대로 대체되어감을 상징적으로 보여주게 된다. 그 정치적 계몽주의의 문화가 완강하게 지향한 것은 '의식화'였다. 그러니, 80년대식의 젊음에서 '의식'은 분명히 읽을 수 있어도 '정서' 혹은 '감정'은 헤아리기 힘들 수 있다. 그 정서는 어쩌면 어떤 역설 속에나 있었다, 술자리에서조차 몸은 취해도 의식은 더욱 또렷하기를 바라는 모순된 바람 같은 것 속에나. 그런 의미에서, 80년대의 진정한 정서는 '운동'과 '자기' 사이의 감추어진 뒤틀림 속에서 찾아져야 할지 모르겠다.

　……점점 더 도져갈 그 병의 씨앗을 내 몸 안에도 품고, 나는 1982년에 관악을 떠났다. 그때 뒤쫓아오던 지난 10년. 젊음은 행복이었고, 상황은 지옥이었던 한 시절! (「행복했던 지옥의 한 시절」, 『식물성의 저항』, 열림원, p. 122)

"점점 더 도져갈 병"이라 했군요.

주　두 가지 점에 주목할 것입니다. 하나는 프랑스 문학에 대해 일언반구도 없음. 다른 하나는 '의식'과 '정서'의 역설. 여기서의 의식이란 80년의 광주로 표상되는 정치성을 가리킴인 것. 그러니까 이 경우의 의식은, 새로운 교주를 전제로 한 것. 초조이자 교주인 마르크스가 그것. "인간은 이성의 힘으로 세상을 올바르게 바꿀 수 있다"는, 달마 헤겔 또는 달마 마르크스의 생각, 그것이 80년의 광주를 표상하는 '의식'인 만큼 정치적 상상력을 가리킴인 것. 그러기에 그것은 '운동'으로 말해지는 것. 이에 대응되는 것이 '감정'이라 했는데, 정확하게는 운동(집단)에 대한 '자기'에 해당되는 것. 이쪽 달마가 김현(말라르메)이었다면 '운동권'의 달마가 마르크스일 때 그 제2조는 누구일까.

객 그 점에 대해서는 제가 조금 말해볼 수 있습니다. '어느 시대를 불문하고 그 시대를 진정한 의미에서 체험하고 그 시대의 병폐와 한계를 뛰어넘으려고 애를 쓰는 사람들은 반드시 그 시대를 위기의 시대로 파악한다'라는 전제 위에서 『문학과지성』의 전 단계인 『68문학』이 내세운 것은 이렇지요.

"우리는 태초와도 같은 어둠 속에 있다." 젊음의 이상과 환희가 충만되어 있던 시절, 우리는 이렇게 적었다. 그 '태초와도 같은 어둠'이 정당한 의식의 조작을 거친 후에 知的인 표현을 얻을 수 있을 것인가, 없을 것인가? 그것은 우리들이 글을 쓰기 시작하고 생각을 의무적으로 표현하기 시작한 때부터 항상 염두에 두어 왔던 것이다. 그것은 土俗的이며 非合理的인 세계에 흡수되어 샤머니즘의 迷路를 만들어도 안 되었고, 관념적 유희를 즐기게 되어 現實 밖에 우리와는 상관없이 존재하는 가상의 帝國을 만들어 내어도 안 되었다. 우리는 우리 시대의 위기를 샤머니즘적인 것과 관념적 유희와 비슷한 것이 되는대로 결합하여 빚어내는 정신의 혼란 상태라고 생각한다. 그것을 건전한 논리의 도움을 얻어 극복하는 길만이 우리에게 주어진 사명이라는 것을, 그래서 우리들은 깨닫고 있다. (『68문학』 편집자의 말)

여기에 나오는 '우리'란 소설에 박상륭·박태순·이청준·홍성원, 시에 김화영·박이도·이성부·이승훈·정현종·최하림·황동규, 평론에 김병익·김주연·김치수·김현·염무웅 등입니다. 그렇다면 편집총책은 누구일까. '편집자의 말'로 미루어보건대, 김현이 아닌가 추정됩니다. 그 근거로는 김현 집필의『문학과지성』창간사를 들 수 있지요. 68선언에 비해 매우 세련되었고 또 전투적 과격성이나 사명감의 강한 울림이 크게 낮아진 것이긴 하나, 다음 두 가지 태도만은 확고부동함인 까닭.

그러기 위하여 우리는 다음과 같은 두 가지의 태도를 취한다. 하나는 폐쇄된 국수주의를 지양하기 위하여, 한국 외의 여러 나라에서 성실하게 탐구되고 있는 인간 정신의 확대의 여러 징후들을 정확하게 소개·제시하고, 그것이 한국의 문화 풍토에 어떠한 자극을 줄 것인가를 탐구하겠다는 것이다. 〔……〕 우리가 취할 또 하나의 태도는 한국을 정확히 이해하기 위해서 한국의 제반 분야에 관한 탐구의 결과를 조심스럽게 주시하겠다는 것이다. '조심스럽게'라고 우리는 썼는데, 그것은 우리가 지나치게 그것에 쉽게 빨려들어가 한국 우위주의란 패배주의의 가면을 쓰지 않기 위해서이다. (『문학과지성』창간사, 1970년 가을호)

『68문학』쪽과 비슷하지만 조금 다름이 금방 눈에 띕니다. 극복대상이 전자에서는 샤머니즘(김동리)과 참여파〔아마도『창작과비평』(1966년 겨울 창간)을 라이벌로 본 것인지 모르긴 해도〕임을 대놓고 주장했으나『문학과지성』에서는 샤머니즘만이 극복 대상이고, 참여파가 놓인 자리엔 '한국사관'을 올려놓았지요. 참여파의 놓인 자리에다만 그림자 격으로 "한국 현실의 투철한 인식이 없는 공허한 논리로 점철된 어떠한 움직임에도 동요하지 않을 것"이라 했을 뿐. 이쯤되면, 참여파 타파엔 자신이 없음을 선언한 것으로 볼 수도 있지 않겠습니까. 다른 말로 하면, 참여파(제국 건설)를 타파할 힘이 없으므로 그에 대한 공부를『문학과지성』을 통해 하겠다는 선언이겠는데요. 실제로『문학과지성』은 이 점에 한동안 크게 힘썼고 그 성과 또한 생산적이었지 않았을까. 그 사정은 선생께서 너무 잘 아실 터.

주 『문학과지성』 창간호를 잠시 보실까요? 창작란엔 신인 강준식(『대학신문』에 「월요일에 죽은 남자」 및 1969년『동아일보』 신춘문예에 같은 제목으로 등단, 정명환 심사)을 크게 내세웠을 뿐 기타는 홍성원, 최인호, 박순녀, 최인훈 등으로 되어 있지요. 『창작과비평』의 창작란엔 김승옥이 옮아갔음을 대번에 알 수 있고 또 사르트르가 만든 잡지『현대』의 창간사 「현대의 상황과 지성」이 정명환 교수의 번역으로 실렸지요. 이 두 잡지는 대립 관계가 아니라 동질 관계에 가깝지요. 이청준은 어디로 갔을까. 『68문학』과 관련, 김현과 이청준은 왜 대판 싸워야 했을까. 거기까지는 알 수 없으나 내가 말해볼 수 있는 것은, 김현과의 공저『한국문학사』(1972~1973)에 관련된 정도입니다.

객 『문학과지성』의 평단을 이끈 것은 문학비평이 아니라 한국사의 문제였던 것. 강만길·김영호·김철준·신용하·이광린·김우성·진덕규·최창규·홍이섭·이기백·김용섭 등등. 이 중에서도 제일 첨예하고 선진적인 사관을 품은 분이 이기백, 김용섭이었지요. 이기백의 경우가 고대사 쪽이라면 김용섭은 근대사 쪽이었고, 두 학자의 사관은 가장 학구적이자 선진적이었다는 것. 거기에 대해 선생께서 뭐라 말해볼 만한데요. 가령 이기백 교수의 장남이 작가 이인성이라든가 기타. 하기야 이인성은 겨우 학부 시절이겠지만.

주 저와 김현의 공저『한국문학사』는 후학들로부터 자주 얻어맞곤 한 책 중의 하나이긴 해도 오늘까지 계속 간행되고 있음을 보면, 아마도 김현의 힘이었겠지만, 이상한 느낌이 들 때도 있습니다. 그러나 잘 따져보면 나도 김현도 아니고 바로 김용섭 교수의 힘이었던 것으로 회고됩니다. 규장각 소장 양안(量案, 토지 장부) 분석으로 이루어진 김용섭 교수의 『조선 후기 농업사 연구』(1970)가 나왔을 때 비로소 '근대'를 자생적(내재적 발전론)으로 설명할 수 있다고 믿었지요. 근대(자본제 생산 양식)란, 식민 사관 극복의 기본 조건이었던 까닭이지요. 임화의 '이식 문학사론'이 이 장면에서 돌연 빛을 잃었고, '한국 근대 문학'의 내재적 발전론의 틀을 세울 수 있었지요. 내가 가끔 『한국문학사』의 저자는 나도 김현도 아니고 '김용섭 교수다'라고 함은 이런 곡절에서 온 것이지요. 요컨대 이 근대 사관의 발견에 김현의 안목이랄까 『문학과지성』의 공적이 크게 돌아갈 것입니다. 왜냐면 문학비평이란 늘 있는 것이지만 '사관'이란 아주 드물게 정립되는 것이니까.

6. 자기 고백의 길, 전위성

객 초조 김현(말라르메)의 의발을 전수받은, 이른바 『육조단경』의 그 제2조가 이인성임을 논의하기 위한 전제가 너무 우회적이고 말았는데요. 이제는, 어째서 이인성이 2조가 될 수밖에 없었는지를 검토할 차례.

주 80년의 광주가 그 물음의 핵심에 놓여 있지요. 대세는 이미 참여파 쪽으로 기울되 철저히 기울었다는 것. 군부 독재를 막을 모든 저항 수단이 동원되었다는 것. 시도 소설도 평론도 그럴 수밖에. 그 큰 명분 앞에 말라르메란, 김현이란 얼마나 초조했고 또 초라했던가. 아무도 이 초조 달마에게 눈길조차 보내지 않을 만큼의 큰 사

건이 이 나라 문학판에 일찍이 있었던가. 이 장면에서 김현은 어떤 몸가짐에 임해야 했을까. 이렇게 설명하면 어떠할까. 합리주의 역사관(헤겔, 마르크스)이란 사회의 진보 발전에 깊게 관련되었기에 과거의 부정, 장래의 설계로 향하게끔 사람들을 내세웠다. 과거란 죽은 것, 역사 발전의 변증법에 따라 사멸된 것. 이런 경향은 사회나 집단을 고무시켜 정치주의의 온상을 만들었지요. 혁명가, 사회 개량자에겐 매우 알맞은 경향이지만 예술가에겐 참으로 난처한 사태였던 것.

객　왜냐면 한번 낭만주의의 세례를 입은 그들에겐 예술의 하는 일이란 자기표현, 자기 고백의 길이라는 사고에서 벗어날 수 없었을 테니까요. 말라르메를 교조로 한 김현(그의 첫 평론집 『존재와 언어』, 1964)이기에 낭만주의 세례를 적어도 당시의 한국에서는 최고의 수준에서 받고 숨 쉬고 있었으니까.

주　좋은 지적. 사람은 역사 속에 살면서 역사와 더불어 흐르면서 '자기'를 말할(자기표현) 일이 있더라도 역사 발전을 조망하는 지점에 서면 '자기'를 잃어버리는 법. '언어로 사유되는 부재(不在)'라는 자기표현의 단계를 거쳐 이 지경까지 말라르메가 이르렀을 때, 소불하(少不下) 김현은 '언어로 사유되는 부재의 그림자 정도'는 눈치챘을 것. 자기표현, 또 말해 '자기 고백'의 단계 말이외다.

객　80년의 광주 앞에 김현은 돌연 길을 잃었다는 것. 낭만주의 세례에서 그 원인을 짚어낼 수 있다는 것. 거기까지는 알겠는데 그렇다면 저 『광장』을 낳게 한 4·19는 어떠했을까. 80년의 광주와 4·19의 관계 말이지요. 선생은 4·19가 김현으로 하여금 말라르메와 단절하고 돌연 한국 문학에로 쳐들어왔다, 그래서 한국 문학사까지 넘보는 이른바 국문학도 흉내를 낼 지경에 이르렀다고 했지 않습니까. 그게 망조였다, 계속 말라르메에로 나아가야 했었다, 라는 투로 말입니다. 그렇다면 4·19란 진짜 사회 혁명이 아니었던 모양이지요?

주 좋은 지적이군요. 4·19에 길을 잃지 않았음에 주목할 것입니다. 4·19란 김현·이청준·김승옥 들에겐 경험적 사실이었으니까. 또 다르게 말해 '선험적'인 것이었으니까. 이에 비할 때 80년의 광주란, 외부에서 주어진 사태(역사)였던 것. 이른바 '정치적 운동'이었던 것. 김현이 이 사태 앞에 돌연 길을 잃는 것이 어찌 괴이하랴.

객 80년의 광주가 외부의 것이라면, 이 앞에서 길 잃은 김현이 나아갈 길은 원점이겠습니다. 달마 말라르메, 또 말해 '언어로 사유하는 부재'의 세계 탐구. 김수영론, 김춘수론, 김종삼론을 비롯, 『젊은 시인들의 상상 세계』(1984)에로 뻗쳐나갔지요. 그야말로 달마 말라르메의 직계인 제2조 김현의 참모습과 그 계보의 직접성이지요. 제2조로 내려앉기랄까요. 소설에서 한없이 멀어지기랄까. 왜냐면 소설이란 외부에 주로 발판을 딛고 있는 장르니까. 말라르메의 직계다움이랄까요. 또 그것은, 한국인 김현에겐 지향성으로서의 말라르메이겠으나, 여건상 '내면화'의 범위에로 내려앉은 것. 지식인으로서 4·19 이래 서서히 내면화에로 나아가기의 한계점이 80년의 광주가 아니었을까요. 여기에서 오는 한계점을 직감한 것이 이인성이 아니었을까.

주 낭만주의의 세례를 받은 김현으로서는, 역사 앞에 길을 잃었다는 전제를 그대로 용인한다면 '자기표현' '자기 고백'의 지평이 무제한으로 열려 있지 않았을까. 그것들은 언어로 하는 것. 『광장』을 논할 때 4·19의 김현은 실로 내면과 외부가 완전 일치된 장소였기에 자기표현이 그대로 자기 고백일 수 있었던 것. 단아하게 검은 신부복을 입은 『광장』의 작가 앞에 무릎 꿇고 고해 성사를 하는 김현을 지켜본 이인성이 80년 광주 이후 돌연 방향을 잃은 스승의 흔들림을 보았다면 어떠했을까. 자기표현, 자기 고백이란 바로 내 것이다, 이 분야는 스승보다 내가 더 잘할 수 있다, 왜냐면 나는 순수하니까, 4·19의 의식도 내겐 없으니까, 라고. 80년의 광주, 그 정치적 운동(의식화)에서 귀 막고 눈 막으면, 또 그런 것에 철저하기만 하면 스승이 망설이고 있는 지점을 돌파할 수 있지 않을까. 요컨대 막바로 자기표현/자기 고백에로 나아가기. 물론 이는 의식적으로 운동권의 80년 광주를 철저히 외면하기에서 비로소 달성될 수 있는 길이 아닐 수 없지요. 엉거주춤하기를 완전에 가깝게 떨쳐내기가 바로 관건인 셈. 그때 열리는 것이 바로 '나'인 것. '나'이되 '나만의' 나의 무한성인 것.

객 선생이 자주 말한 술어적 세계이겠습니다그려. 주어(주체성)에서 출발함이 『광장』의 핵심이었다면 4·19세대도 이 주체성에서 완전히 자유로울 수 없었을 터. 김현의 자기표현, 자기 고백의 방향 전환을 무디게 한 근본 원인이 이에서 말미암은 것이라면, 방도는 하나. 술어적 세계에로 직행하기. 그러니까 혁명하기, 격렬하기이겠군요. 3인칭 소설을 철저히 부정하기, 3인칭 주체성 부정의 가능성은 1인칭의 철저한 '혁명'일 뿐이겠는데요.

주 좋은 지적. '혁명' 말이외다. 80년 광주(참여파)가 정치적 혁명이라면, 물론 거기엔 교조(教祖)가 엄연히 있겠지만 이인성이 겨냥한 것도 엄연히 '혁명'이 아닐 수 없는 것. 스승 김현의 4·19에서 4·19를 떼낸 낭만주의를 세우기. 그런 모습을 보이는 초기 방식이 3인칭(주체성)의 혁명 거부, 1인칭의 혁명하기였던 것. 어느 쪽이나 혁명에 준하는 것. 2조 이인성의 첫걸음에서 이 점이 선명하여 인상적이랄까. 초조의 가능성까지 지닌 이인성이니까.

7. 1975년의 관악산

객 이인성의 초기 모습을 볼 차례이겠습니다. 초조 말라르메는 아닐 터이나 선생께선 자세히 옆에서 지켜보았을 테지요. 제2대 혜가 김현, 제3대 승찬 이인성.

주 내가 말하기보다는 달마 말라르메를, 혜가 김현을 이인성의 입으로 말하는 편이 좋지 않을까. '70년대 서울대 풍경'이란 부제를 단 「행복했던 지옥의 한 시절」에서 이인성은 첫 대목을 이렇게 썼소.

통과의례라도 되는 것처럼 광화문의 재수로를 거친 뒤, 황금빛 서울대 마크가 달린 암청색 교복을 가끔씩 걸치는 재미와 함께 공릉동의 교양과정부와 동숭동의 마지막 문리대에서 대학의 첫 두 해를 보낸 나는, 1975년 1월, 말 그대로 살을 에는 삭풍이 몰아치던 날, 우리 과의 이삿짐을 실은 트럭을 타고 관악산 기슭의 옛 골프장 터에 세워진 새 종합 캠퍼스로 막막한 첫 발길을 들였었다. 그날로부터 오랫동안 그곳은, 그러니까 이곳은 삭막했다.

지금은 오히려 좁다고 느껴지건만, 그때 이 캠퍼스를 대했던 첫 느낌은 한마디로 너무 커서 황량하다는 것이었다. 사람과 사람 사이마저 어색할 정도로 모든 것들 사이가 너무 먼, 그러면서도 아주 중앙 통제적이고 위압적인 힘이 숨어 있는 듯이 보이는, 우리 감각으로는 예기치 못했던 멋대가리 없는 '멋진 신세계'에라도 내던져진 느낌. 거기엔, "동양에서 제일 큰 캠퍼스"라는 명분 하에 "동양에서 제일 추운 캠퍼스"로(첫 몇 해 동안의 겨울은 정말 추웠었다), 오지로 유배당했다는 피해 의식도 깊이 거들고 있었을 것이다. (『식물성의 저항』,

pp. 117~18)

객 그 무렵 선생께서는 조교수쯤이었겠는데요, 아니 부교수였을까. 하버드 옌칭 장학금으로, 도쿄 대학 외국인 연구원으로 제법 날선 젊은 교수임에 틀림없었겠는데요. 아마 이 무렵, 인문대·자연대·사회대 등으로 편제가 확정되었겠네요.

주 대학이란 학문하는 곳인 만큼 계보학을 떠날 수 없기에 한마디 지적해두고 싶은 것이 있소. 국립 서울대학교란 해방 후 미 군정에 의해 이루어진 것. 전문 대학 수준에 있던 학교까지 몰아서 이른바 12개의 단과대로 종합 대학을 이루었으나, 그 중심부에 놓인 것은 이른바 문리대였지요. 이것은 또 구경성제대에서 연유되었던 것. 일본이 여섯번째로 세운 경성제대란, 식민지에 세워진 제국대학이긴 해도 학문하는 곳임엔 틀림없었지요. 이 대학 제1회 수석 합격자 유진오의 지적에 따르면, 해방된 이 나라에서 경성제대를 깡그리 무시하는 풍조의 근거로 (A) 일제의 산물이라는 것, (B) 남로당을 양성했다는 것을 들고 있소.(『紺碧遙かに—경성제대 창립 50주년 기념지』, 경성제국대학 동창회, 1974, p. 412) 이 대학의 학문적 주류는 사회경제사 연구였고, 그것은 내재적 발전론에 입각한 것이었지요. 이른바 사회과학(학문)이었던 것. 김용섭 교수의 고명한 『조선 후기 농업사 연구』도 결국은 이 내재적 발전론에 이어진 것. 이러한 학문적 계보가 어찌 일제의 산물이겠소. 남로당 또한 그러했을 터. 해방 직후 임화가 최용달 휘하에 들고 그의 지령에 따랐음이 어찌 우연이랴.(졸저, 『임화와 신남철』, 역락, 2011) 이인성의 경우 불암산 교양 과정부에서 1년을 마치고 동숭동으로 옮겨 불문학과에 들어갔고, 바로 이어서 관악산으로 옮겨졌던 것. 나 역시 이 무렵에 꼭 같은

과정을 겪었지요. 골프장에 세워진 관악 캠퍼스는 야성스러움 그대로였소. 세계 이목이 집중된 월남전의 종언이 닥친 해이기도 했소. 한국군 약 4개 사단이 투입된 월남전 말이외다. 식당이라곤 본부 옆에 단 한 개뿐인 이 황량한 캠퍼스에는 있는 것이라곤 도서관과 연구실의 책뿐이고, 할 수 있는 것은 공부뿐. 모든 것이 회색이고, 생명의 황금 나무는 있을 수 없었지요.

객 이인성 못지않게 선생도 이 대목에 와서는 조금 흥분된 표정인데요. 그러니까 '상아탑'이었다는 것. 또 말해 선생은, 저 파우스트 박사의 꽃이었습니다그려. 시골서 올라온 학생이 무서워 그를 악마에게 팔아넘기는 파렴치한이었을 터. 잠깐, 어쩌다 이렇게 삼천포로 빠졌을까. 시방 우리는 이인성을 논하고 있는 마당인데요, 어디가 잘못된 것이었을까요.

주 관악산 탓이지요. 이인성에게 주어진 것은 관악산뿐이었는데, 그것이 '굉장한 신세계'였는데, 그것이 그러니까 황무지였는데, 여기에서 이인성들이 본 것은 한 가지 환각이었는데, 숭산 소림사가 바로 그것. 초조 달마가 9년 면벽한 그 동굴이 있는 곳. 뿐만 아니라 2조 혜가, 3조 승찬, 4조 도신, 5조 홍인, 6조 혜능 등 육조들의 환각이 관악산에 신기루처럼 이루어졌기 때문. 잘만 하면 누구나 7조가 될 수도 있다는 환각.

객 관악산의 초조 달마로 친다면 『보들레에르』(문학과지성사, 1977)의 저자 김붕구 교수였을까요. 2조가 정명환, 3조가 김현이었다면 이인성의 자리는 어디쯤일까. 적어도 이런 환각이었을 터인데요.

주 『보들레에르』의 첫 장을 열면 몽파르나스 묘지에 있는 보들레르 무덤 앞에 서 있는 저자의 모습이 압도적이었지요. 앞에서도 지적했듯 김붕구도 정명환도 김현도 실상은 진짜 6조일 수 없었지요.

말라르메, 보들레르가 진짜였기 때문. 소림사는 그러니까 파리에 있는 노트르담이었고, 9년 면벽의 동굴은 몽파르나스 공동묘지였던 것. 싸잡아 말해 프랑스 문학이었을 터.

객 그렇다면 대체 관악산이란 새삼 무엇이었던가요. 동숭동의 그 밀실스러운 분위기, 서로 '비비고 개기기', 대학천의 그 시커먼 물을 보면서 염치도 없이 센 강이라 부르던 철없는 낭만주의에서 벗어나 돌산으로 된 관악산에 여지없이 내던져졌고, '비비고 개기기'의 밀실은 흔적도 없이 사라졌다. 자, 어쩌야 할까. 김붕구·정명환·김현의 벌거벗은 몸짓과 그림자 그 한계도 볼 만큼 본 마당이 아닌가.

주 좋은 지적. 밖에서는 군부가 시퍼렇게 총칼을 들고 지키고 있으니, 갈 곳은 '안'일 수밖에. 그런데 그 안이란 곳이 탐탁지 않았을 터. 왜냐면 김현조차 알몸으로 곡예하는 모습을 이미 본 마당이니까. '밖'으로 나갈 수도 없고 그렇다고 '안'으로 들어갈 수도 없는 딜레마. 방도는 딱 한 가지. '자기'에로 나아가기. '자기'를 탐구하기로 요약되는 것. 정확히는 소설적 자기 탐구. 스스로 달마 되기가 그것. 또 그것은 유독 이인성만이 아니고, '그들' 세대의 지향성이기도 했던 것. 소설 쓰기가 그것.

객 지난해 『대학신문』(2011. 3. 14)에 선생은 이런 칼럼을 썼더군요. 간추려볼까요.

논리 일변도의 선진국 학문 앞에 몸둘 바를 몰라 하던 세대의 세 가지 몸부림의 형태. 이인성씨의 「나만의, 나만의, 나만의」(1974년 대학문학상 소설 당선작)를 보시라. 제목부터 일종의 패악이라고나 할까, 갈 데 없는 비논리의 극치요. 정신 분열증의 내력을 가진 집안의 주인공이 그를 부정한 세상과 맞서 몸부림치는 행위란 견고한 서구 논리로 구축된 학문에 맞서는 몸부림이 아니었던가. 두번째로 김영란씨의 소설 「문」(교지 『서울대』 창간호, 1975)에 실린 이 작품의 서두엔 릴케의 시가 걸려 있소. 그대는 사는 법을 배워야 한다는 것. 한 소녀를 놓고 '나'와 겨루고 있는 녀석에 대한 열등의식에 시달리는 이 자의식이란 또 무엇인가. 이상의 「날개」와 김승옥의 「환상 수첩」에 젖줄을 대고 있지만 동시에 릴케의 시선이 요망됐소. 그것은 이 나라 언어의 자기표현의 가능성 탐색으로 볼 것이오. 셋째의 사례는 송호근씨의 「문학적 상상력과 사회학적 구조」(1978)이오. 대학문학상 당선작. 이청준과 하우저를 나란히 세워두고 김승옥의 「무진기행」을 분석한 이 평론의 그다움은 지적 유연성에서 왔소. 평론도 읽힐 수 있는 글쓰기임을 진작부터 자각한 것.

여기까지 말해놓고 선생께서는 아주 감격적으로 끝을 맺었더군요. 그대로 인용하고 싶군요.

놀라운 것은 이들 삼인행(三人行)의 지속성. 송씨는 최근 이렇게 썼소. "위대한 작가가 아니더라도 혼망한 삶의 갈피를 잡아주는 작가들, 사회적 풍화작용에 닳는 실존의 허망한 소멸과 싸우는 괜찮은 작가들과 이 시대를 동행했다는 사실만으로도 충분히 행복하다"(중앙일보 2011. 2. 13)라고. 송씨의 미학이 지닌 지속성의 아름다움을 보시라. 전공(사회학)의 논리를 안고서도 이런 소리를 낼 수 있음이란 지속성이 아니고는 어림없는 일. 이씨의 경우도 마찬가지. 반구대의 그림 조각을 다룬 근작 「돌부림」(2006)을 보시라. 출발점의 그 몸부림의 자세가 여기까지 흔들림없이 뻗어 있지 않겠소. 김씨의 경우는 예외일까. 천만에라는 목소리가 어디선가 들려오오. 김씨의 지속성이란 그러니까 법체계의 엄격한 논리성에 맞서며 한밤중에 쓴 판결문들에 고스란히 담겨 있다는 것. 그것은 가히 명문이 아닐 수 없다는 것. 대법관에 이르는 길이 거기 빛나고 있지 않았던가.

주 내게 있어 관악산의 황량함이란 달마가 면벽하고 있는 숭산 소림사 동굴인 것. 이들 삼인행의 지속성에서 보상받았다고나 할까요.

8. 처녀작의 음미

객 문제는 이인성이겠는데 「나만의, 나만의, 나만의」가 일종의 패악, 비논리로써 대항하는 방식이라고 선생께서 지적했는데 어째서인가를 밝힐 마당에 이르렀습니다그려. 처녀작에 대한 것, 처녀작의 지속성의 의의이겠는데요.

주 그냥 출발점에 선 작품이라 해도 되겠지만 그 이상의 의의를 말해야 되지 않겠는가, 라고 묻고 있습니다. 이미 앞에서 보인 대로 관악산과 『대학신문』을 떠날 수 없지요. 세계사적으로는 월남전 종식과 맞물려 옮겨온 관악산이었고, 대내적으로는 군부 독재가 지식인을 억압하던 그런 한가운데에 황량한 관악산에 던져진 불문과 대학생, 그것도 최고 고등학교인 경기고등학교를 나온 수재급 학생에 있어 '문학이란 무엇인가'라고 물어야 된다는 것.

객 '문학이란 무엇인가'가 아니라 사르트르처럼 '글쓰기란 무엇인가'라고 물어야 된다는 것.

주 정확히는 '소설 쓰기란 무엇인가'인 것.

객 김현에 있어 프랑스 문학은 달마 말라르메가 선험적으로 주어졌다고 착각했고 그 착각을 깨쳤을 때, 실로 조급히도 '경험적'인 것(한국 문학)에로 치달았다고, 그것이 조금은 못마땅하다는 투로 선생은 보는 모양인데, 이인성의 경우와 비교하면 어떠할까요. 제 느낌으로는 필시 선생께선 이인성을 달마 이인성이라 부르고 싶을 터. 맞습니까. 선험적으로 문학이란 글쓰기인 것, 글쓰기란 곧 '소설 쓰기'인 것이니까. 김붕구도 정명환도 또 김현도 여기에까지 생각이 못 미치지 않을까요. 어떤 시선에서 보면 프랑스 문학 소개자, 중개자에 지나지 않았던 것.

  주 이인성으로 말미암아 이른바 계몽주의가 끝장났다는 것. 왜냐면 이인성의 출발점이 글쓰기＝소설 쓰기였고, 이를 증명하고 실천했기 때문. 결코 번역 따위는 안 한다는 것.

  객 그렇다면 그가 실천한 소설이란 것이 프랑스적이면서도 프랑스적이 아닌, 원리적으로는 새로운 것이어야 하지 않겠습니까. 적어도 김현이 미워한 샤머니즘적이거나 참여적인 것과는 별개의 소설이어야 그 이름에 합당하겠지요. 달마 이인성이어야 하는 이유 말이외다. 김현이 또 문지(文知)가 위의 두 가지를 불식하고 새로운 판을 짜기 위해 나섰지만 정작 헛돌면서 오랫동안 헤맨 것은, 이인성의 진가를 자각하지 못한 데서 연유된 것이라고 선생은 말하고 싶은 게지요. 그렇다면 이인성의 소설 속으로 들어가볼 수밖에요.

  주 '나만의, 나만의, 나만의'라는 제목부터가 범상치 않습니다. 「생명 연습」(김승옥), 「병신과 머저리」(이청준), 「벌거벗은 마네킹」(박태순) 등과는 달리 '나'를 세 번이나 반복해놓았소. 그것도 모자라 '나만의'라 해놓고, 끝날 수 없음을 깃발처럼 내세운 형국. '나'의 '무한성'을 선언한 것.

  객 '나만의'가 썩 미묘하긴 합니다그려. 말장난일 수도 있고, 잘 모르겠다는 뜻일 수도 있고, 하지만 '나만'의 세계 탐구라면 일찍이 대선배 「날개」(1936)의 작가에게서 이미 본 적이 있지 않습니까.

　주　경우가 다르지요. 「날개」의 작가에 있어 '나'란 유클리드 기하학과 비유클리드 기하학을 동시에 수용해야 하는 한 식민지 청년의 의식 분열증을 다룬 것이니까. '평행선은 (절대로) 교차하지 않는다'(제5공리)는 유클리드 기하학과, '평행선은 어느 무한점에서는 교차한다'는 비유클리드 기하학의 동시적 성립(과학성) 앞에 선 「날개」의 작가는 어째야 했을까. 이 두 가지 절대성(과학·진리)을 통합하는 길을 몽상한 것이었지요. "날개야 돋아라, 한 번만 날자꾸나"가 바로 그 몸부림인 것. 그렇다고 변한 것은 아무것도 없었지요. 옆에는 「메밀꽃 필 무렵」(1936)과 「무녀도」(1936), 또 카프 문학이 즐비했으니까. 「날개」의 작가의 객사란 따지고 보면 자살에 다름 아니었을 터.

　객　동의하기는 좀 뭣하지만, 이인성은 이미 기하학과 거리가 멀다는 것은 알겠군요. 기하학(과학)을 아예 문제 삼지 않은 '나'란 무엇인가. 마르크스도 프로이트도 아닌 곳에 놓인 '나'란 무엇인가.

　주　이제 우리는 「나만의, 나만의, 나만의」를 읽을 좌표에 닿았습니다그려. 첫 대목에서부터 검토해볼까요.

　　저곳에서 어둠과 빛은 가장 은밀하게 만나고 있었다. 박쥐처럼 천장에 매어 달린 어둠 속에서 금속의 윤기를 흘리며 뻗쳐 내려온 가늘고 긴 파이프형(型)의 조명들로부터, 입김 같은 빛들이 은은히 스며 나오고 있었다. 무수히 제 나름의 색감(色感)을 지닌 빛들은, 다시 어둠의 바닥을 향해 천천히 가라앉으며, 긴 입맞춤으로 서로의 입김을 뒤섞어 새로운 빛을 빚어내고 있었다. 그리고, 좀더 낮은 곳에서 그 모든 빛들은 어둠의 품안으로 축축히 번져 들어갔다.

그 빛과 어둠의 교감(交感)을 가로지르는 몇 개의 견고한 기둥들이 넓고 공허한 허공을 지탱해 주고 있었다. 그 기둥들 사이에 배치되어 있는 테이블과 의자들은 정숙한 모습으로 어둠 속에 발을 담그고 자신과 서로를 위하여 질서를 유지하고 있는 듯싶었다. 지금 그 자리들은 모두 비어 있었다.

조금 전까지 그 사이를 누비고 다니던 여자들은 이제 지친 듯 풀어헤쳐진 몸짓으로 홀의 한 모퉁이에 몰려 있었다. 그리고 그 앞쪽, 문 옆의 카운터에 앉아 있는 마담은 목을 뒤로 젖혀 벽에 머리를 기댄 채, 전등빛 조명 아래서 동상처럼 굳어 있었다. (『시대와 문학 — 대학문학상 수상 작품집』, 전예원, 1986, p. 193)

객 마담이 나오는 것으로 보면 또 조명 아래의 공간 묘사에 주목해보면 무슨 댄스홀이거나 다방 같은 모양인데요, 당시엔 다방이 흔하지 않았습니까. 그런데 이를 빛과 어둠의 교차 현상으로 인식하고 있는 묘사의 주체는 누구인가. 위의 인용 속에서는 보이지 않는데요, 아마도 다방마다 큰 인기 품목으로 있는 DJ쯤일까요. '음악=다방'의 도식이었으니까. 식민지 시대의 모더니즘의 선수들은 화신백화점 주변과 서울역, 또 미쓰코시 백화점 주변을 맴돌았고, 그 선수 중의 하나인 「오감도」와 「날개」의 문사는 스스로 다방 '제비'를 차려보기도 하지 않았던가요.

구보는 하나 남아 있는 가운데 탁자에 가 앉는 수밖에 없었다. 그래도, 그는 그곳에서 엘만의 「발스 쌘티만탈」을 가장 마음 고요히 들을 수 있었다. (박태원, 「소설가 구보씨의 일일」, 『성탄제』, 을유문화

사, 1948, p. 217)

고상한 음악 감상실이 지식인 대학생의 안식처였는데, 이 모더니
즘이 1970년대 초반의 대학생 이인성에겐 어떤 감각으로 왔을까 궁
금한데요.

　주　동감. 매우 딱하게도 아니, 한발 앞서 그 음악 한가운데에 서서
여차하면 음악＝DJ의 도식을 이루어내고 있는 형국. 잠시 보실까.

　　나는, 이곳 — 이곳은 저곳과 투명하게 단절되어 있다 — 에서 저
동상이 몸을 일으키며 던질 한마디 신호를 기다리는 중이었다. 그러
나 좀처럼 저 동상은 움직이지 않을 것이다. 나는 그것을 지난 5년
동안 경험으로 알고 있었다. 이 시간 정오(正午)로부터 시작된 나의
피로와 권태가 술기운처럼 온몸의 구석구석까지를 적시고 있는 시간
이었다. 내 머리 위에는 강렬한 40와트짜리 검붉은 빛덩어리가 떠 있
었다. 그것은 늘 사자(死者)의 핏빛으로 나를 지배했다. 그리고 그
죽은 피와도 같이 내 왼쪽 귀와 오른쪽 귀 사이에 음악이 응결되어
있었다. (p. 194)

그도 그럴 것이 '나'는 5년간이나 DJ 노릇을 해왔으니까.

　　내 앞에는, 검은 음반이 1분간 33$\frac{1}{3}$ 회전의 속도로 돌아가고 있었
다. 나는 늘 그 회전을 감시한다. 그리고 한 곡이 끝나면 곧 다른 곡
으로 대치해 나갔다. 그러기 위해서 나는 하루에 150번 내지 200번
정도의 판을 갈아 끼워야만 했다.
　　내 오른쪽 벽에는 벽을 가로 질러 2층으로 세운 선반에 정확히 8백

76장의 음반이 아티스트 이름의 A, B, C 순으로 정돈되어 있었다. 그리고 그 밑쪽에 허벅지 높이의 문이 있었다. 그 문을 드나들기 위해서는 허리를 완전히 90도로 굽히고 다시 무릎을 구부려야만 했다. (p. 194)

객 5년간 DJ 노릇을 한 '나'는 대체 누구인가. 이곳에 승부처가 있겠군요. 곧, 빛과 어둠, 이곳과 저곳의 단절감, 일상과 음악의 단절선, 90도의 허리를 굽혀야 기어나올 수 있는 DJ 박스의 단절감. 여기에서 '나'는 이곳 아닌 저곳, 일상 아닌 음악, 현실 아닌 이상의 두 세계 사이에 갇힌 수인이 아닐 수 없겠는데요. 음악만이 유일하게 자기를 확인해주는 곳. 바깥 현실이란 팬터마임의 세계일 뿐. 그렇다면 두 가지 나아갈 지평이 있겠습니다. 하나는, 두 세계 사이에서 끊임없이 방황하기, 또 그 방황 끝에 미쳐버리기. 다른 하나는, 결과는 마찬가지이겠지만 음악 세계에 몰입하여 '나=음악' 되기.

나는 좀 더 완벽하게 그들을 홀리기 위해서 음악에 대한 세심한 연구에 착수했다. 이곳에서는 주로 Hard Rock과 Folk 계열의 음악만을 취급하는데 우선 그 음악과 음악의 적절한 배열의 문제를 생각했다. 그래서 나는 음악을 그 소란의 정도에 따라 강, 중, 약으로 구분한 후, 그것을 시간과 그날의 날씨 또는 그날의 신문 소식 등에 따른 배열을 작성했고 〔……〕 그러기 위해서는 음악 한 곡 한 곡에 대한 재분석이 필요했다. Beatles나 Yes 혹은 Rolling Stones, Led Zeppelin 같은 그룹, Bob Dylan이나 Cat Stevens, James Taylor 등의 가수들이 지닌 특성과 분위기의 차이점 등등을 세밀하게 *끄*집어 냈고, 노래 가사까지도 다시 정리하기 시작했다. 나의 이런 노력은 거의 열광에

가까왔다. (p. 197)

두 세계 사이에 불안하게 방황하기냐 음악에 미쳐버리느냐의 문제가 이 작품의 승부처이겠습니다그려.

주 동감. 한 번 더 확실히 해둘 것은 이쪽/저쪽의 인식에 대한 착시 현상.

사실 이곳과 저곳을 단절시키고 있는 이 유리벽은 언제나 맑고 깨끗하게 닦여져 있을 뿐만 아니라 조명이 반사되는 각도를 피하고 있었기 때문에 간혹 이곳과 저곳이 탁 트여져 있다는 착각을 불러일으켰다. 그것이 하나의 벽임을 확인시켜주는 것은, 그 유리 위에 고착되어 있는 청색 아크릴의 글씨였다. 거기에는 이렇게 씌어져 있었다.
XOᗺ ƆISUM
저곳에 있는 사람들은 그것을 'MUSIC BOX'로 읽었다. 그러나 나는 그 배면체(背面體)로 읽었다. 그것은 새로운 언어질서였다. 그리고 그것은 나만의 언어였다. 내가 이곳에 처음 들어서던 순간부터 나는 섬뜩하게 그것을 느끼고 있었다.

(이것은 나만의 몫이다. 이것은 나만의 몫이다.)

5년 전 내가 대학을 중퇴하고 처음 이곳에 왔을 때는, 그러나 그 배면체의 언어에 대한 열등의식에 사로 잡혀 있었다. 저곳에서 많은 사람들은 자유롭게 드나들고 있었다. 이곳에서 나는 완상용 동물처럼 갇혀 있었다. 〔……〕 그러나 반년쯤 후에 나와 저들의 위치는 뒤바뀌어 있었다. (p. 196)

내가 유독 이 대목에 주목하는 이유가 따로 있습니다. 처녀작이 그 작가의 글쓰기의 원점이자 회귀점이라는 사실의 확인이겠소. 곧 '나만의 언어'의 발견이 그것. 구체적으로는 'MUSIC BOX'의 세계. 소설 쓰기란 이인성에 있어서는 '나만의 언어 발견'의 과정이라는 것.

공식적인 이인성의 문단 데뷔는 「낯선 시간 속으로」(『문학과지성』, 1980년 봄호)로 되어 있거니와, 이 데뷔작에도 "이 어김없이 주춧돌로 놓여 있습니다.

나는 뻣뻣이 서서 'POST'와 '우편'이라는 두 단어만을 마주본다. 점점, 나는, 굴욕과 증오와 허탈과 피로와 또 다른 걷잡을 수 없는 감정들과 추위 때문에 눈두덩이 붉게 열오르기 시작한다. 점점, 나는, 뒤틀린 감정과 감각에 의해 눈앞의 우체통이 일그러져가는 것을 본다. 그 견고하던 철제품이 이제 내 시선의 분노와 열기에 녹고 휘어져 형체를 잃어간다. 이지러짐 속에서 언어가 함께 뒤틀리며 해체된다… POST, P·O·S·T, P·S·O·T, T·O·P·S, ㅏ·O·ㅁ·S, ㅅ·T·O·ㅁ… 우편, ㅇ·ㅜ·ㅍ·ㅕ·ㄴ, 우·편, ㅍ·ㅜ·ㅇ·ㅕ·ㄴ, 푸·연, ㄴ·ㅏ·ㅇ·ㅛ·ㅍ, ㅘ·욜, ㅠ·ㅇ·ㄴ·ㅏ·ㅐ, ㅕ·ㅉ, ㄱ·ㅗ·ㅠ·ㅍ·ㅇ… 저 철자들의 결합이… 기호가… 약속이… 완전히 녹아 사라진다… 눈앞은 붉은 불덩어리뿐… 그리고… 불덩어리조차… 멀어져간다… 시야가 빈다… 없음… 없음…

없음!… 그러자… 텅 빈 여기의 밖 먼 곳에서, 아주 멀리서, 사라진 불길 혹은 기호의 울음 소리가 들려온다. 발끝에서부터 그 울음이 조금씩 전달된다. 울음이 조금씩 내 몸에 차올라온다. 우우웅 우우웅, 울음이 조금씩 가슴께를 흔든다. 웅 웅, 차 소리. 퍼뜩 그것을 깨달을 때, 버스 한 대가 괴물 같은 울음 소리를 내며 등뒤에 진입한다. 버스는 아스팔트 길 가운데에 만들어진 둥근 화단을 돌아 저들이 서

있는 정류장에 멈출 것이다. 소리가 높이 솟구쳤다가 끊긴다. 버스가
멈춘 모양이다. 문 열리는 소리, 버스를 내리는 발소리, 사람들—예
닐곱 명쯤 될까?—이 웅얼대는 소리가 조금씩 분명해진다. 참, 나,
그놈이 이 좁은 바닥에서 곗돈 해 처먹구 어쩔려구, 글쎄, 입 딱 씻
고 눈 감아, 저씨, 빨리 짐 내려요, 담에 봅시다… 소리를 따라 모습
들이 하나하나 분명해진다. 우체통이, 글자가 분명해진다. 나는 고개
를 돌려 버스에서 흩어지는 사람들과, 막 버스에 오르고 있는 저들을
바라본다. 나는 비로소 돌아선다. 길 건너의 'ㅅㅓㅇㅅ ㅣㅁㅇㅑㄱ
ㄱㅜㄱ' 옆에, 조그마한 'ㅅㅜㄹㅈ ㅣㅂ'이 있다. (『낯선 시간 속으
로』, 문학과지성사, 신판: 1997, pp. 245~46)

뿐인가. 제2창작집이자 그의 총역량이 응집된 것으로 평가받는
『한없이 낮은 숨결』(1989)에까지 시퍼렇게 살아 있지요. 바로 거울.
「오감도」의 작가가 수시로 전가의 보도처럼 내세웠던 거울 말이외
다. 여기에서는 외부와 내부, 나와 현실이 '거울'로 표상되어 있습
니다. 잠시 볼까요.

문 가까이 이쪽에는, 나란히 줄넘기를 하는 앳된 두 소년과 샌드백
을 치는 20대의 청년이 자신들의 운동에 열중해 있다. 그 앞벽의 대
형 거울 앞에서, 몇 년 전의 그는 제 모습을 상대로 겉보기와는 다른
빠른 몸짓을 허공에 그리고 있었다. 난로 위의 주전자가 맹렬히 끓고
있다. 나는 다시 시선을 멀리 밀어, 유리창 한 장마다 한 자씩 붙여진
셀로판 글자들을 읽어나간다. 글자들의 배면에 서서 거꾸로. ㄸ·윤·
ㄸ·쿠·ㄸ·ㄸ·듬…
다가오지 마십시오. 싫습니다. 아무도 원칠 않아요. 그냥 나 혼자

내버려두길 바랄 뿐… 그래도 오세요. 내 마음이 변하기 전에, 서둘러. 나에게로 와, 어떻게든 나를 완성시켜주십시오… 필요없습니다. 다 부질없는 것들. 어차피 세상은 내 밖에서 돌 텐데. 멋대로 생각하세요. 생각조차도 하지 마세요… 날 보십시오. 내 속을 말끔히 훑어내주십시오. 제발 나를 당신 속에 담아주세요… 발길을 돌리란 말입니다. 후회만 남길 일을 뭣하러… 그러기엔 너무 외로워, 추워. 차라리 후회가 낫지… 아니, 안 된다니까!… 아니, 돼야 해!…

선두 그룹의 대형을 박차고 독주에 나서기 전, '그'는 갈등에 옥죄이는 듯이 보였고— 그의 눈 밑이 부들거렸다—, 뭔가 몇 마디 말을 흘렸다. 그가 쓰러지기 얼마 전에도 반복할, 들리지 않은 혼잣소리, 화면의 배면에서는 그 소리가 들렸을까? 그것은 뜻없는 간투사였을까? 일종의 기도였을까? 욕설이었을까?

그가 뛰고 있었다. 그때 거기서 뛰고 있었다… (『한없이 낮은 숨결』, 문학과지성사, 신판: 1999, p. 230)

예전엔, 희미하다 했건만, 역시, 거울을 보듯…,, 맑음을 뒤집어, 거울이, 써서…, 요즘엔, 너무 또렷해서…, 번듯, 닦여…, 그늘을 씻어, 가리는…, 단면, 의, 단절, 의, 가파름, 숨고…,, 느끼지 못하나봐…, 못, 느끼는 척, 하는, 그런지 어떤지, 못 느끼겠지만…,, 환해지면, 그토록, 눈부셔지면, 그다지도, 뜨거워질 텐데, 못 견딜 만큼…,, 그늘의, 나중에, 서늘함 품에, 눕고 싶을 때는…, 거기, 거기 여기, 살고자…, 정녕…, 어둠 바람에, 날려, 헤매, 질, 때, 는…,, 하기야 있는, 거지, 지…, 벌써부터, 있는 건…,, '너'가 있음에, 내가 있고…, 나뉘어, 더, 그가 있고, 그들, 우리도, 있고…,, 그나마…, 너와 나만이, 그 속에서, 아닌 게…,

다행이야…, 나와 그만이 아닌 게…,, 우리, 만, 하나, 홀로 있을, 수, 없으니…, 너희와 그들, 둘, 만으론, 모자라니…,, 참으로…,, 거꾸로는…, 그래도, '그들들'…, 이거까진, 쓰여지지, 않아…, 나 뉠 듯, 한편으론…, 잘, 나눠지, 않아, '너희'와 '너희들'이…,, 그거 라도 어디야…,, 훗날엔, 다시 희미하다고, 보듯, 거울을, 할 건 가…,, 유리의, 말, 흐트러져…, 수은, 그늘을 드리워… (『한없이 낮은 숨결』, pp. 368~69)

심지어 21세기 초반에 씌어진 「돌부림」(2006) 역시 이런 거울 구 도이지요. 처녀작의 이원성의 극복 방식 말이외다.

9. 이상의 「날개」와 처녀작의 결말

객 과연 그렇습니다그려. 그건 그렇다 치고, 처녀작 「나만의, 나 만의, 나만의」의 결말이 문제 아닙니까. 나의 세계(언어)에 빠지느 냐, (외부에서 볼 땐 팬터마임이긴 해도) 현실에로 통로를 뚫느냐, 또 말해 내부와 외부의 초월은 가능한가. 바로 이 문제에 부딪힐 터 인데요.

나는 시선을 한 번 하늘로 올리고는 걷기 시작했다. 그래, 비록 내 가 야유받는다 할지라도 나는 지금 음악과 환각 안에 파묻히고 싶었 다. 나의 이 허기는 내 몫을 상실한 때문이지. 음악은 나에게 산소와 같은 것이야. 〔……〕 감상실 안쪽에서 새어 나오는 Hard Rock의 강 렬한 율동에 내 의식은 마치 막 따뜻한 물을 부은 석고가루인 양 들끓기 시작했다. 아무 자리에나 정신없이 주저 앉은 나는 환각의 연기에 불을 붙였다. 그러자 한 순간 정신이 반짝였다. 서서히 온 몸이 석고처럼 굳어갔다. 그리고 나는 다시 감각의 수라장 속으로 빠져들었다. (p. 209)

음악이, 환각이 석고 가루인 양 들끓기, 그 한순간 정신이 반짝였으나 끝내 온몸이 석고처럼 굳어갔다고 했는데, 이것에는 이상의 「날개」의 끝 장면이 연상되지 않습니까. 본래적 자아와 생활 속의 자아, 창녀와 같은 의식과 천사 같은 의식의 분열증(임종국의 지적)이야말로 현대인의 고충이며 이를 통합, 초극하는 지향성이야말로 「날개」의 현대성이 아니었던가. "날개야 돋아라, 한 번만 날자꾸나!"라고 미쓰코시 옥상에서 정오 사이렌이 울 때 외치기, 바로 그 때 온 세상이 부글부글 끓었으니까.

주

이때 뚜— 하고 정오 사이렌이 울었다. 사람들은 모두 네 활개를 펴고 닭처럼 푸드덕거리는 것 같고 온갖 유리와 강철과 대리석과 지폐와 잉크가 부글부글 끓고 수선을 떨고 하는 것 같은 찰나, 그야말로 현란을 극한 증오다. (「날개」 결말 부분)

이 순간 겨드랑이에 날개가 솟는 것 같아 "한 번만 날자꾸나!"라고 외치기란 이 나라 소설의 새로운 출발점이 아닐 수 없지요. 『산문시대』(1962) 동인들의 선언문에서도 이 점이 확인되며, 또 새 출발 하는 신인들도 이 '출발점'에 설 수밖에 없을 만큼 문학사적 사건성이지요. "부글부글 끓는다"와 그것이 한순간 "석고처럼 굳어졌다"의 차이 또한 주목할 대목이지요. 이상의 '날개'가 내부와 외부의 초극 의지의 보여줌(가능성)이라면, 이인성은 '석고처럼 굳어감'이라고 우기고 있지 않습니까. 모처럼 따뜻한 물을 부은 석고 가루처럼 '들끓기 시작한 의식'이 서서히 '석고처럼 굳어감'이란 도로 아미타불이 아닐 수 없지요. 한순간 반짝하던 의식이 서서히 굳어갈 때 다시 "감각의 수라장"(혼돈) 속으로 빠져들었으니까. 그만 난감한 과제라는 것. 선배 이상은 얼마나 단순했던가.

객 「날개」 수준에 호락호락 안주하지 않겠다는 것이군요. 이인성다운 패기랄까 오기랄까. 패기/오기란 실력이 뒷받침되어야 하는 것 아닙니까.

주 동감. 심사평에서 정명환 교수는 이 점을 따끔하게 지적했지요.

큰 다방의 뮤직 박스에 갇혀 있는 한 DJ의 야릇한 생활의식— 외적 세계와의 육감적·직접적 접촉을 잃고 오직 간접적인 제스처를 통해서만 자기의 대타의식을 간신히 설정해 나가는 허구성이 훌륭히 표출되어 있다. 〔……〕 그리고 만일 李군이 새로운 감각과 산뜻한 소재만으로의 작품 활동을 이어 나간다면 그것은 재미있는 유희는 될망정 실존하는 인간의 드라마의 탐구는 못 되리라는 기우가 앞서기도 한다. (『시대와 문학』, pp. 209~10)

객 '유희'라 했군요. 이 '유희'라는 혹평에서 벗어나는 방도가 바로 작가 이인성의 그 후의 글쓰기의 노력이라 볼 수 있겠습니다그려. 겉으로는, '유희'의 현란한 옷을 걸치고서 속으로는 다함없는 진지성·엄숙성을 추구하기. 거울에 비친 어릿광대의 모습을 보여주면서 거울에는 닿지 않는 참 얼굴을 동시에 추구하기. 아마도 숭산 소림사를 관악산이라 우기고 싶은 선생께선 이런 비유를 떠올릴 법하네요. 석가세존께서 7년 명상 끝에 체득한 마음 자세. 극단적 고행이 참된 수행법이 아님을 깨치고 마을의 한 소녀가 주는 우유를 마셨고, 기력을 회복하여 부다가야 땅으로 가서 거기 보리수 밑에 정좌하여 명상 끝에 도를 설했다는 전설 말이외다.

주 뭐, 석가세존까지 감히 들먹거리다니. 다만, "수행자들이여, 여래는 이 두 가지 극단을 버리고, 참된 도를 깨쳤다. 이는 우리의 마음의 눈을 열어 지혜에로 나아가 마음의 평정과 초인간적 마음의 활동을 완성하여 득도의 경지에 도달하는 것이다"라든가, 또 말해 "수행자들이여, 세상엔 두 극단이 있다. 어느 한쪽에 기울어져서는 안 된다. 두 극단이란 첫째 관능적 쾌락, 둘째는 자기가 자기 자신을 괴롭히는 것이다. 이 두 극단을 버리고 나는 중도를 깨쳤다. 이로써 통찰도 인식도 얻고 적멸, 깨침 열반에 이른다".(渡辺照宏,『불교』, 岩波書店, 1974, pp. 95~96) 요컨대 선자 정 교수의 지적한 바, '유희'에 떨어져서는 안 된다는 것. 그렇다고 '엄숙주의'에 빠져 자기 자신을 괴롭혀서도 안 된다는 것. 이른바 중도에로 나아가기인 것. 「날개」의 작가는 이 근처에 아직 이르지 못했지요. 후학인 이인성은 이 장면에서 내공으로서의 '중도' 걷기이겠지요.

객 '글쓰기, 곧 중도 지키기이다'라는 명제가 관악산의 이인성이 배운 것이었다, 라고 선생은 말하고 싶은 게지요. 그도 그럴 것이, 이인성은 10년 동안 관악산에서 수행한 수행자였으니까. 말끝마다 이인성이 이렇게 말한 이유도 당연한 것.

(A) 단칼에 내 생각의 단면을 잘라 드러내 보이자면, 나는 '전위문학'이나 '전위 소설'이라는 용어를 사용하고 싶지도, 또 그것을 문학의 특수한 영역으로 분할하여 논하고 싶지도 않다. (「'전위'의 인

식, 그리고 소설」, 『식물성의 저항』, p. 17)

　(B) 나 자신은 완강히 사양해 왔음에도 불구하고, 지난 20년 가까이, 내 소설에는 '전위적'이라거나 '실험적'이라는 수식어가 지속적으로 붙어다녔다. 아마도 뭔가 다르다는 느낌이 각인되었기 때문인 모양인데, '실험적'이란 표현은 비교적 중성적인 뜻으로 쓰인다 치더라도, '전위적'이란 표현은 때로는 호의적으로 때로는 경멸적으로 사용되는데서 알 수 있듯이, 문화적·문학적 용어로서의 개념 정의가 매우 모호한 듯하다. 긍정적으로 본다고 해야, 막연하게 굳어 있는 기존의 체계를 부수며 새로운 가능성을 향해 나아간다는 의미 정도일 것이다. (「언어의, 언어에 의한, 언어를 위한」, 『식물성의 저항』, p. 162)

중도를 걷는 수행자 이인성의 육성이라 봄 직합니다. 나야말로 중도자인데 전위 실험 작가라 부른다면 얼마나 잘못된 것인가.
　주　1975년 숭산 소림사, 황량한 관악산에 온 수행자 이인성의 수행 기간은 정확히는 7년. 시커먼 물이 흐르는 대학천을 센 강이라 부르던 동숭동 시절까지 합치면 만 10년이지요.

　……점점 더 도져갈 그 병의 씨앗을 내 몸 안에도 품고, 나는 1982년에 관악을 떠났다. 그때 뒤쫓아오던 지난 10년. 젊음은 행복이었고, 상황은 지옥이었던 한 시절! (「행복했던 지옥의 한 시절」, 『식물성의 저항』, p. 122)

80년 광주와 개인의 정서, 사회의식과 개인의 감정, 그 한복판에서 중도의 수행 길의 수행 10년. 비로소 이인성은 중도의 참뜻을 깨쳤다고 하겠는데 '감성/정서'도 '참여/의식'도 그것이 문학인 한, '언어의 문제'라는 것.

10. 언어 탐구 속의 이분법

객 동인지 『언어 탐구』이겠습니다그려. '유희'에서 벗어나는 길의 모색이었을 테니까.

주 큰 시선에서 보면 맞는 말. 그러나 좀 자세히 들여다보면 '유희'의 연장선의 요소가 여전히 살아 있지요. 처녀작이 「나만의, 나만의, 나만의」(『대학신문』, 1974. 4. 29)이었음에 비추어볼 때 「방(房)과 바다 사이」(『언어 탐구』 창간호, 1974. 11. 15)의 거리감이 작용되어 있습니다. 겨우 반년쯤의 거리입니다. 동인지 『언어 탐구』의 동인들은 고삼규(서울대 사대 영어과), 김연신(고려대 법과대 법학과), 박무호(서울대 문리대 불문과), 이인성(서울대 문리대 불문과), 주창종(서울대 사대 불어과), 최시한(서강대 문과대 국문과) 총 6명. 이 중 소설은 이인성·최시한이고 김연신·주창종은 시, 고삼규는 평론, 박무호는 번역. 번역 나탈리 샤로트의 『도스토예프스키에서 카프카까지』임에 주목할 것입니다. 신소설(누보로망) 작가로 알려진 샤로트의 소설론인 셈인데 소설 쪽 비중을 암시하고 있기 때문입니다.

객 그들의 선언도 당시로서는 썩 개방적이군요. 불안정한 방황, 실패를 두려워하지 않는 실험이라고도 했는데, 어째서 하필 '언어 탐구'라 했을까. 문학이 언어로 한다는 것은 하나 마나 한 말인데요. 그럼에도 이들은 이 막연한 태도에서 출발코자 했습니다그려. 순수하달까, 미숙하달까요. "우리는 언어라는 가장 기본적인 조건만을 우리 공동의 몫이며 사랑이라고 생각한다. 우리에게, 同人이란 이름도 그 이상의 무엇일 수 없다."(「책 끝에—창간의 말」, p. 124) '공동의 몫'이라든가 '사랑'이란 것은 얼마나 막연한 생각인가. 언어를 사랑하는 사람의 모임이란 뜻에 지나지 않겠지요.

주 그다음 규정에 주목한다면 어떠할까요. 언어 탐구의 주체. "문학에 있어서 탐구의 마지막 방법은 전적으로 개인의 몫인 것이다. 그러므로 작품에 대한 일체의 책임은 작가 자신만이 진다."(p. 124) '개인'이라 했지 않습니까. 『68문학』의 치열한 사명감과는 얼마나 막연한가. 김현 등은 샤머니즘의 타도, 참여 문학의 극복을 위해 동인지 『68문학』을 내고, 그 연장선상에서 『문학과지성』을 창간했던 것. 요컨대 이 사명감이 문지(文知)라는 집단성을 창출했던 것. 이에 비해 이인성 등은 겨우 대학 학부생에 지나지 않아, 문학관이 형성되어가는 과정에 놓였을 뿐이라 족히는 『68문학』 등 기성 4·19세대의 작가군과는 견줄 처지에 있을 수 없었지요. 그렇지만 습작기에 있어 이 막연함이 가진 지속성은 오직 이인성만의 '몫'이었고 또 '사랑'이었지요. 이를 하나의 기적, 일종의 장관이라 하지 않고 뭐라 하랴. 이 나라 소설사의 사건성을 웃도는 '개성'이 아닐 것인가. 그 지속의 표현이 『한없이 낮은 숨결』이었던 것.

그러기에 20여 년이 지난 시점에 이른 이인성 곧 최고의 전위 작가는, 이렇게 서슴없이 실토하고 있어 실로 인상적입니다.

돌이켜보면, 역설적이긴 해도, 내게서 다른 것들은 혹 다 바뀌었는지 모르겠으되, 문학의 언어에 대한 그런 믿음만은 아직 바뀌지 않은 듯하다(내 소설을 읽지 않고 헛소문만 들은 사람들은 이 진술이 의아

할 것이다). 그리고 비로소 고백하건대, 내게서 살아 있다는 느낌은 그런 언어가 내 안에서 작동하여 소설을 쓰고 있을 때 가장 뜨겁게 끓어오른다(팽팽한 섹스를 할 때는 빼고 하는 말이다). 삶을 삶답게 살아내는 내 몸짓은 무엇보다도 언어이다. (「흐르면서 가라앉으면서」, 『식물성의 저항』, p. 146)

이인성의 소설은 전위성도 실험성도 아니고 '언어 탐구'다로 정리되는 것.

"문학의 언어는 아마도, 살로 살아내고 있음을, 살아내면서 살아서 가고 있음을, 살아가면서 다른 살이 되어가고 있음을 드러내는, 실존의 실감과 질감의 언어"(앞의 글, p. 146)이기에 전위적인 것도 실험적인 것도 아니지만, 그렇지 않은 낡은 언어의 문학들이 문학이란 이름으로 판을 치고 있는 마당에서는 가장 전위적이며 실험적일 수밖에 없다. 그런 것은 이인성 나와는 전혀 무관하다!

객 그러고 보면 이인성의 소설 쓰기란 곧, 『낯선 시간 속으로』에서 『한없이 낮은 숨결』, 다시 『마지막 연애의 상상』 『미쳐버리고 싶은, 미쳐지지 않는』 등 각각 그 나름의 특징이 있긴 해도 '문학을 보는 근본적 눈'이 아니라 어떤 상황 속에서의 언어의 구체적 발현 양식, 자기 언어의 투기(投企)와 관련된 것일 뿐이겠는데요.

주 1년 동안 파리에 머문, 관악산 국립대 교수 이인성이 자기 성찰을 보인 것이 바로 '언어 탐구'에 집약되어 있습니다. 파리와 서울의 차이를 앞에 놓고, 두 세계의 경계선에 머물며 글쓰기의 한계에 부딪히지 않았을까. 불어도 한국어도 동시에 소멸된 선험적 문학의 땅 파리. 한국 문학 세미나 참석차 파리에 갔을 때, 나는 그런 상태에 빠진 이인성을 본 듯하오. 파리 어느 대학 앞 카페에서 본 이인

성의 몸짓은 내 눈엔 뭔가 과장된 듯했소. 공허함을 숨기기 위한 몸짓이 아니었을까. 그때 느낌으로는, 실례이지만, 유학생 제자들의 대장 노릇 하는 그런 인상이었다고나 할까요. 선험적 문학의 공간인 파리에서 말이외다.

생각건대 그때 그는 '한없이 낮은 숨결'로 인해 숨이 막힐 직전까지 이른 상태였을 테니까요.

객 이인성에 대한 선생의 각별한 관심이 거기까지 뻗쳤음을 잘 알겠소만, 일단 습작기 두번째 작품 「방과 바다 사이」로 되돌아와야 되지 않겠습니까. 저는 이 작품이 썩 마음에 듭니다. "우리는 이 '房'의 크기를 재기로 결정했다"라고 첫 줄을 잡았지요. '방'에 갇혀 있다는 것, 또 '우리'라는 것. 어떻게 하면 이곳을 벗어나야 하는가. 이런 방향성은 DJ로 뮤직 박스에 갇혀 있던 「나만의, 나만의, 나만의」와 견주어 읽을 때 비로소 그 진가가 드러납니다.

주 맞는 말. 이 방에는 우리 곧 네 명의 청년들이 있지요. '방'의 주인에게 음악실이 열리기 전 빈 시간 동안 머물러도 좋다는 허락을 받은 상태. 오갈 데 없는 네 명의 건달들이 낮에 모여서는 할 일이라곤 방의 크기를 줄자로 재는 일. 대체 이 '방'이란 어떤 곳인가.

북쪽 벽의 오른쪽 끝과 서쪽 벽의 왼쪽 끝에는 밀실로 들어가는 작은 입구가 있는데 밀실의 안에도 각각 테이블과 의자들이 있었다. 북쪽 밀실의 왼쪽에는 밀실과 더불어서 음악실이 있었다. 서쪽 밀실은 그 벽의 중간쯤에서 끝나는데, 밀실과 음악실 사이의 움푹 패여 들어간 곳에 카운터 겸 스탠드 바가 마련되어 있었다. 그 뒷벽은 온통 거울로 장식되어 있고, 거울 앞에는 술병들을 놓는 좁은 선단이 있었다. (『언어 탐구』, 창간호, pp. 30~31)

이들 네 명의 청년은 아마도 대학생들, 그중 한 명이 일주일 후면 입대한다. 낮에는 할 일이 없어 '방'에 죽치고 있다가 저녁 7시 이후면 쫓겨나 '술과 음악·房'의 네온사인 거리로 내몰릴 수밖에요. 의식의 풍경 속으로 들어갈 수밖에.

객 '우리' 속에 놓인 관찰자인 '나'가 등장합니다. '나'란 이인성 소설에 있어 절대적인 출발점이니까. 오죽하면 '나만의, 나만의, 나만의'라고 깃발처럼 내세웠을까. 그리고 『한없이 낮은 숨결』에까지 단 한 번도 '나는……'을 떠날 수 없지 않았던가. 네 명 중 하나인 '나'란 누구인가.

> 어렸을 때 고향 이야기야. 겨울이면 나는 연을 가지고 바다가 보이는 언덕으로 올라가곤 했었지. 우리들 중의 나는 마치 지금이 겨울이기라도 한 것처럼 몸을 움츠려 이야기했다. 허지만 나는 연을 날리는 게 아니라 그 너른 겨울 바다를 우두커니 쳐다보곤 했어. (『언어 탐구』, 창간호, p. 35)

'그녀'를 나는 '연'이라 부른다는 것. 교정 벤치에 앉아 있는 눈부신 여대생 '연'이도 어차피 유년기의 바다로 떠나간 연처럼 사라지고 말 존재. 그것은 또 네 명 중 나만 남고 나머지 세 명은 연처럼 사라질 존재들.

주 '나'의 개인적 방에서 나와 방황하는 1970년대 대학생의 자의식을 다룬 것. 안일한 자기 방에서 나와 친구들과 밀실 음악실에 모였다가 밖으로 내쫓기는 과정이란 시간과의 싸움이기도 했을 터.

일주일 뒤에 입대한다는 친구, "씨팔, 나흘만 있으면 나는 떠난다"는 것. 또 "씨팔, 사흘만 있으면 나는 떠난다"는 것. 또 "씨팔, 이틀만 있으면 나는 떠난다"는 것. 드디어 그날이 오고 친구는 군대에 갔다. 문제는 무엇인가. 친구가 군대 가는 것은 사건 축에도 들수 없다. 진짜 사건은 어째서 모두가 우르르 모여서 죽치고 앉아 방의 크기 따위를 재는 짓을 했는가에 있었던 것. 이제는 어째야 할까. 정상으로, '나에게'로 돌아오기인 것. 이렇게 결말지을 수밖에.

나는 축축한 전신(全身)을 이끌고 방 안으로 스며들어갔다. 내 집의 내 방이니까. 몇 시간 전의 '房'을 나와 지금 내 방에 들어서는 순간까지 무수한 세월이 흐른 것처럼 느껴졌다. 내 방의 모든 것은 제자리에 놓여 있었다. (『언어 탐구』, 창간호, p. 49)

객 이런 결말이란 좋게 말해 정상적인 것. 나쁘게 말하면 실험성도 전위성도 없는 것. 관습적 타협이라 하겠는데요. 처녀작과 비교해서 말입니다.
주 동감. 일종의 몸부림이랄까 '나'의 독한 자의식에서 벗어나고자 하는 시도로 볼 수 있겠지요. 그런데 나는 두 가지 점을 지적하고 싶군요. 하나는 '바다'에 관한 것.

지난 겨울, 내가 고향으로 갔을 때, 나는 배를 타고 바다로 나가며 풍경이 멀어져가는 막막한 느낌 속에 놓여 있었다. (『언어 탐구』, 창간호, p. 47)

이인성에 있어 이 바다는 강릉을 뜻하는 것. 『낯선 시간 속으로』에 나오는 미구시(迷口市)가 바로 이곳이지요. 서울서 여덟 시간 걸리는 곳. 소설적 상상력 속에서, 유년기에 자랐던 고향이니까. 작가는 이런 원초적 공간 개념에서 자유로울 수 없지요. 특히 주목될 것은 '가족 단위'의 문제. 창작집 『낯선 시간 속으로』의 헌사에 주목할 것.

民嫜, 나의 아내에게
그리고 20년 후의 딸, 恩芝에게
이 허구의 기록을 바친다

이 헌사는 『한없이 낮은 숨결』의 헌사와 특히 대조적인 것.

더 젊었던 날에
삶에의 문학적 열정을 일구어주신
金光南 혹은 김현 선생님께
이 '책'을 바친다

가족, 고향, 뿌리, 거기가 아마도 강릉이었을 터.

객 「방과 바다 사이」의 시간과 공간을 반추하기이겠는데 그러고 보니 실험도 전위도 아니고 실로 정상적인 성장 소설의 한 가지 형식에 속하는 것이군요. 선생이 또 하나 지적코자 했는데요.

우리가 불안해하던, 사건이란 것도 애당초 없었거나 또는 극히 사소한 것이었을 뿐이야. 관념의 과장일까. 하여튼 우리는 결국 아무런 아픔도 느끼지 않고 여기 남아 있잖아. 우리는 서로 끄덕였다. '우리'를 주어(主語)로 사용한 모든 문장이 그릇된 것인지도 모르지. 허지만, 사용하지 않을 수도 없어. 내가 말했다. 이 방을 떠나지. 서로를 떠나자는 이야긴 물론 아니고. 언제? 지금. (『언어 탐구』, 창간호, p. 47)

주 네 명 중 둘만 달랑 남았는데, '우리'라는 주어를 사용하는 한 '나'는 모호해진다는 것, 그렇다고 '나'만을 고집할 수 없다는 것.

객 요컨대 방에서 나와야겠는데 나오자니 '우리'가 매달린다는 것. 이를 뿌리쳐야 하겠는데, 왜냐면 '우리'를 주어로 해왔으니까. '나'를 주어로 하면 어떻게 되느냐?

주 바로 그 점. '우리'를 주어로 하면서도 동시에 '나'를 주어로 하기. 물론 '주어적 사고' '술어적 사고'라는 플라톤과 니체의 철학적 쟁점과는 무관하겠지요. '주어적 사고'가 유(有, 보이는 것)의 철학이라면, '술어적 사고'는 무(無)의 철학이고, 이 후자로써 서양 사상에 맞선 니시다 기타로(西田幾多郎)의 독창적 사상과는 무관한 것(中澤新一, 『필로소피아‧야포니카』, 講談社, 2011). 다만 이인성에 있어 주어적 사고란 '우리'와 '나'의 문제라는 것이 둘의 동시적 인식에 놓여 있습니다. 이 또한 이인성이 모르는 사이에 지켜온 것이지요.

객 아, 이제야 좀 알겠군요. 첫 창작집 『낯선 시간 속으로』의 해설에서 은사 김현이 지적한 다음 대목.

이인성의 소설은, 네 개의 중편소설이 하나의 전체로서, 나-그가 자살의 유혹을 이겨내기에 이르는 과정을 묘사한 성장소설이다. 성장소설은 괴테의 경우가 그러하듯 대개 원숙한 나이에 접어들어 삶과 세계를 성숙한 눈으로 바라다볼 수 있는 작가가 쓰게 마련이다.

이인성은 그러한 원숙한 나이에 이르른 작가가 아니다. 그런데도 그가 그러한 소설을 쓰기에 이르른 것은, "어떤 전체를, 그래요, 전체를 밀고 나가야 한다는 생각"에 그가 사로잡혀 있었기 때문이다. 그 생각은 그로 하여금, 삶과 세계를 하나의 정황으로만 인식하여, 그것의 역사적 성격만에 매몰되게 하지 않고, 동시에 그것을 하나의 상징으로만 인식하여, 그것의 초월적 성격에만 전념하지 않게 한다. 정황과 상징은 적절하게 하나의 전체 속에 통합된다.

"그래, 넌 거지를 볼 때마다 옷을 벗어줘야 한다는 주장이라도 하고 있는 게냐?" "그게 아니구요, 아버지. 아버지의 저 역사라는 것이 흘러가는 곳으로 흘러가야 한다고…" "사람들이 얽혀 흘러가는 일이 그렇게 단순한 게 아니야, 적어도 내가 아는 바로는." "아버진 평생을 두고 그것을 연구해 깨달으신 바를, 아버지가 책 속에 쓰신 것을 스스로 믿기는 하세요?" "믿는다는 말은 너무 종교적이구나. 난 믿는다기보다두 어쨌든 그렇게 되어야 한다는 생각이야." "그렇다고 그게 저절로 흘러가는 건 아니지요." "그 말은 옳구나. 하지만, 정말 그것을 위해 뭘 해야 할는지 넌 깊이 생각해보았니?" 아버지의 목소리는 언제나처럼 낮게 억제되어 있었다. "전 그릇된 걸 보았습니다." "앞뒤가 바뀐 소리지, 그건. 그게 처음부터 깨끗한 물로 흐르던?"

에서, 아버지에게 격하게 대들던 나-그가,

상처를 통해, 마침내 우리는 다른 삶을 살기 시작할 것이다.

에서, 상처까지도 긍정하고 나아가는 나-그의 아버지의 입장에 이르를 수 있게 되는 것은 그 전체에 대한 작가의 통찰력 때문이다. 그것이 이 작품을 단순한 언어적 유희, 의식의 장난 이상의 것이 되게 하고 있다. 한국 문학은, 이제, 그를 통해, 1974년에 23살 혹은 24살에 이르른 한 상처받은 젊은이의 전형적 모습을 갖게 되었다. 그 모습은 성숙한 모습이다. 그 성숙한 젊은이가 말한다.

돌이킬 수 없는 것은 돌이킬 필요가 없는 것이 되어야 한다.
(김현, 「전체에 대한 통찰」, 『낯선 시간 속으로』, pp. 329~31)

주 이인성은 자주 이런 말을 뇌곤 했지요.

(A) 내 이야기의 상대적 초점은, 이 세계의 진정한 변화란 지극히 구체적으로, 다층적으로, 그럼으로써 총체적으로 이루어지는 것인즉, 바로 그런 방식으로 다양한 모색들이 수행되기를 희망하는 데 있으니까. (「소설의 변화, 변화의 소설」, 『식물성의 저항』, p. 140)

(B) 한 예로 제3세계 문화에서는 전위를 곧 반전통성이라 부르기 어렵다. 그렇다고 전위적 체제 비판에 전통 양식을 그대로 되살려 쓸 수도 없다. 현실이 그것만으로 포용되기에는 삶의 양상이 너무 달라졌기 때문이다. 그래서 전통의 현대화라는 주장이 일어나기도 하는데, 아직은 그 성과가 미지수이며, 그것이 전통과 현대의 이분법을 전제로 한 단순한 접목이 되지 않기 위해서는, 그리고 이 시대의 삶을 총체적으로 조명해 주고 미래의 비전을 제시해 주기 위해서는 어떤 방향 설정이 이루어져야 하는가라는 큰 과제를 안고 있다. (「'전위'의 인식, 그리고 소설」, 『식물성의 저항』, p. 27)

(C) 내가 오랫동안 실험을 계속해 온 인칭 사용을 하나의 예로 들 겠다. 「이미 그를 찾아간 우리의 소설 기행」(1988)에서 "기어이 당신 이 이 앞에 떠오른다"고 썼을 때 이 '당신'의 영상화는 불가능해 보인 다. '우리'도 마찬가지다. 더 먼저, 「낯선 시간 속으로」(1980)의 한 장면에서 '나-그'라고 1인칭과 3인칭을 동시에 겹쳐 썼던 그 표현은 또 어떤가? 그것들은 문학이 아니면 환기시킬 수 없는 어떤 의미를 찾아가고 있는 것이다. (「언어의, 언어에 의한, 언어를 위한」, 『식물성 의 저항』, p. 176)

김현이 먼저 지적하고 이인성이 해설을 한 형국인 총체성, 즉 1인 칭과 3인칭의 병행이야말로 소설 쓰기의 목표였던 것. 그것이 그토 록 지난한 일이었으면 외부와 내부, 우리와 나 사이의 벽의 두꺼움 을 환상적 거울로만 가까스로 비추어볼 수밖에. 총체성 모색이란 지 난한 것이며, 그 누구도 이에 이를 수 없었다고 봄이 훨씬 정직한 법. 꿈이란 그 누가 꿀 수 없으랴.

제2장 습작기에서 '낯선 시간 속으로'
── 전위성의 근거

1. 이상한 중편 형식

객 '방'에서 나와 자력으로 걷게 된 이인성의 글쓰기 놀음이란 지금부터이겠습니다그려. 출발점이 확실했던 것. 1인칭과 3인칭의 동시성 그러니까 '나는……' 속에는 '우리는……'이 내포되고 또 그 역도 진실인 것. 이는 종래의 주어와는 다른 '투명한 그 무엇'이었던 것. 통속적으로 말해 총체성. "소설이란 인간적 요소들을 그 '전체'에 있어 활성화하기"(大江健三郞, 『소설의 방법』, 岩波書店, 1998, p. 230)라는 것과 겉으로는 같은 문맥이기도 하겠지요. 이 점이 선생 생각으로는 어째서 이 나라 소설사적으로 중요한가요. 또 말해 실험적 전위적인가요.

주 지금껏 실험이나 새로움이란 종래의 도식인 샤머니즘과 참여파에 대한 비판 극복으로서의 총체성 추구였는데, 김현만 해도 이 함정에 빠져 악전고투했는데, 이인성의 총체성 추구는 이와는 번지수가 다릅니다. '나와 우리'의 통합성 추구였으니까. 개인적으로 나는 이인성이 지나가는 말투로 흘려놓은 다음 대목을 좋아합니다.

그 동인지(『언어 탐구』를 지칭―인용자) 덕분에 죽어서도 잊지 못할 두 스승을 만나게 된 것은 엄청난 행운이었다고밖에 말할 수 없다. 지금의 내 나이였던 두 젊은 스승은, 대학은 학문하는 곳이지 문학 나부랭이나 하는 데가 아니라는 미묘한 풍토 속에서, 우리에게 참으로 따뜻한 애정을 쏟아주셨다. 대개는 소주집이나 통닭집으로 우리를 데려가 술을 사주시며 〔……〕 그러고는 필요한 대목에선, 어떤 어떤 작품이나 글을 읽어보지 하시거나, 거기 대해선 이렇게 생각하는 사람도 있더군 하는 투로 반응을 주시곤 했었다. 그런 식으로, 두 분은 언젠가 우리가 우리 자신의 삶 속에서 스스로 터득하기를 바라셨다. 그 바람은 참으로 인내심 깊은 애정에 밑받쳐진 것이어서, 내 경우엔, 몇 년이 지난 후에야 그때 왜 그런 말씀을 하셨던가 겨우 알아듣게 된 적도 있었다.
그 분들을 통해 내가 문학에 대해 터득한 바가 있다면, 바로 문학은 스스로 터득해 나가야 한다는 것이다. 문학에는 정답이 없다.
(「정열 가다듬기」, 『식물성의 저항』, p. 130)

객 또 선생께서는 그 『육조단경』을 꺼내 들고 싶겠네요. 문학판에서는 스승도 없다는 것. 스스로 깨쳐야 된다는 것. 그러니까 이제 분명해졌네요. 『칠조어론』의 박상륭처럼 이인성도 '7조'에 해당된다는 것. 자기만의 세계, '나/우리'의 세계 추구일 수밖에. 김현도 혜가도 홍인이나 혜능도 될 수 있다는 것. 왜냐면 문학이란 각성, 깨침에 다름 아닌 것이니까.

주 창작집 『낯선 시간 속으로』의 헌사에 다시 주목하십시오. 가족에게 바쳤던 것. 두번째 창작집 『한없이 낮은 숨결』의 헌사는 김현에게만 바친 것. 이 두 헌사를 기둥으로 하여 검토해야 좀 더 이인성에게 다가갈 수 있습니다. 말을 바꾸면, 이제부터 가까스로 혹은 대담하게 이인성론에로 향할 수 있다는 것. 제1장이 길어진 곡절이기도 합니다.

객 첫번째 창작집 『낯선 시간 속으로』(1983)는 「길, 한 이십 년」 「그 세월의 무덤」 「지금 그가 내 앞에서」 「낯선 시간 속으로」 등 네 편의 중편으로 되어 있군요. 「화무십일」 「공산토월」 등 단편 여덟 편으로 된 이문구의 『관촌수필』(1977), 「뫼비우스의 띠」 「칼날」 등 열두 편의 단편으로 된 연작 소설집인 조세희의 『난장이가 쏘아올린 작은 공』(1978) 등과 겉으로는 그 형식의 유사성을 갖고 있어 보입니다그려. 아마도 당시의 유행이 아니었나 싶습니다만.

주 이른바 단편이 소설판의 주류임을 늘 염두에 두지 않고는 이 나라 소설사를 이해하기 어렵다는 점을 먼저 상기시키고 싶습니다. 이효석, 이태준 등이 단편을 쓸 때, 또 그들의 소설관에 따르면 단편이란 '인생의 단면'이라는 데 집착하여 그 표준으로는 말끝마다 모파상, 체호프, 도데, 오 헨리, 아쿠타가와 류노스케 등을 들었지요. 두루 아는바, 단편의 발전 기반은 저널리즘의 제약에서 연유된 것. 갑자기 불어난 신흥 시민 계급의 수요를 위한 신문, 잡지 등에 오락거리로 실리는 자투리 채우기로 생겨난 것이 단편 형식이었던 것. 그러나 4·19를 겪고 5·16 군사 독재 아래에서의 이 나라 소설계는 이런 식의 단편으로는 도저히 감당할 수 없을 만큼 에너지의 축적이 팽팽해졌지요. '인생의 단면'이라니, 어림도 없다. 인생의 단면이 아니라 인생 전체, 인생의 총체성이 아닐 수 없다. 인생이란 그러니까 역사, 사회성을 막바로 가리킴이었던 것. 그러한 사례의 기념비적인 것이『광장』이었지요. 잡지『새벽』(1960. 11)에 발표된 『광장』은 원고지 매수 6백 장이었소. 순문학 작품 6백 장을 전재한 사례란 일찍이 없었던 일. 장편은 물론 아니지만 단편일 수도 없는 것. 그렇다고 이를 중편이라 부르기도 좀 뭣한 것. 요컨대 단편이란 그 충적된 에너지로 말미암아 암묵리에『광장』을 지향성으로 안고 있었던 것이지요.

김동리 주간의 월간『한국문학』(1973. 11)이 창간됐을 때 이호철·송병수·이문희·천승세·한남철·송상옥·강용준·전병순·홍성원 등의 작가를 맨 앞에 내세웠거니와, 이들의 작품은 단편 형식을 취했으나, 그 구성, 내용, 주제 등에서는 단편을 훨씬 초월하는 것이었지요.

객 그럼에도 지면의 제약으로 말미암아 여전히 구차스러운 단편 형식에 갇혀버린 형국. 그 억압의 돌파구가 과격성으로 화산처럼 분출한 것. 이른바 역사·사회적 조건에서 오는 제약의 돌파. 이른바 참여 문학일 수밖에 없었다. 그런 설명이겠는데요. 이에 비할 때, 이인성의 에너지 축적과 그 분출 현상으로서의 중편화는 어떻게 보아야 할까요?

주 이제 우리는 중요한 지점에 닿았소. 역사·사회적 조건에서 오는 인간 억압 기제에 대한 저항이 참여파 소설이며, 당연히도 당시로서는 주류이자 긴장력을 동반할 수밖에요. '사람은 벌레가 아니다!'의 명제가 그것. 분단 문제, 노사 문제가 강력히 이를 뒷받침하고 있었으니까요. 독자와 작가의 관계란 저절로 일체화될 수밖에. 이에 비할 때 이인성의 저러한 중편화란 대체 무엇인가. 더구나 스스로 총체성을 지향한다고 우기고 있는데 그 총체성이란 대체 무엇인가.

객 좋게 말해 그것은 지식인 특유의 귀족 취향의 편향성에 불과한 것이 아니었던가. 지식인만이 갖는 자의식 과잉, 또 말해 '의식'의 문제이겠는데, 당시로서는 누가 보아도 고공 행진이 아니었던가요. 사르트르처럼 소설 쓰기가 아니라 글쓰기 말이외다.

주 맞는 말. 지식인 특유의 의식 문제라 했지만 폭을 좀 넓히면 이런 비유가 가능할지 모르겠습니다. 가령 러시아워 때 지하철을 타려고 모두가 급히 지하로 달려간다. 그때 지하 쪽에서 거꾸로 나오는 사내가 있다고 합시다. 「지하생활자의 수기」에서 도스토옙스키는 이렇게 말했소.

나는 확신한다. 인간은 진짜 고통을, 다시 말해서 파괴와 혼돈을 결코 거부하지 않는다고. 고통, 이것이야말로 자의식의 유일한 원인인 것이다. 나는 이 수기의 첫 머리에서 자의식은 인간에게 가장 큰 불행이라고 말한 바 있지만, 그러나 인간이 그 불행을 사랑하여 어떤 만족과도 바꾸지 않는다는 것을 나는 잘 알고 있다. 자의식이란 2×2는 4 따위보다는 비할 수 없을 만큼 훌륭하다. 2×2는 4 다음엔 두말할 것 없이 아무것도 할 일이 없어질 뿐더러 더 이상 알아야 할 것도 없게 된다. 그때 가서 할 수 있는 일이란 다만 자기의 오감(五感)을 틀어막고 명상에 잠기는 것밖엔 없을 것이다. 그런데 자의식을 지니고 있으면, 결과적으로 역시 아무것도 할 일이 없어지기는 해도, 하다못해 이따금 자기 자신을 때릴 수는 있을 것이고, 따라서 다소는 제정신이 들 게 아닌가. 좀 퇴보적이기는 하지만 그래도 아무것도 하지 않는 것보다는 나을 것이다. (『지하생활자의 수기』, 이동현 옮김, 문

예출판사, 1990, p. 52)

설사 내 괴로운 의식이 진리의 바깥에 있는 것일지라도 나는 자신의 고통과 함께 있겠다, 진리와 함께 있지는 않겠다는 것. 대리 가능한 진리 쪽보다 절대로 대리할 수 없는 것이 있다는 것. 이인성이 이쪽에 서 있었다고 보면 어떠할까.

객 "모든 산맥이 바다를 향해 치달릴 때도 차마 이 광야를 범하지는 못했으리라"(이육사)는 시구가 절로 떠오르네요. 선생이 하도 힘주는 바람에. 그렇기는 하나 지금 우리는 중편 형식을 검토하고 있지 않습니까. 이인성에 있어 네 편의 중편이란, 범주상 역사·사회적 조건에서 벗어난 지식인 본래의 '자의식'에 속한다는 것까지는 어느 정도 설명이 되었는데요. 당시로서는, 극소수 외에는, 거의 관심 밖에 놓인 '한데 같은 곳'이었다는 것도 이해가 되는데요. 이인성은 그러니까 「지하생활자의 수기」를 쓰고자 작정했겠는데, 그것이 하필 중편 형식이어야 했던 이유란?

주 너무 조급하지 않았으면 합니다만. 참여파 쪽에서의 단편의 팽창화가 한편으론 연작으로 뻗어나가지 않았습니까. 다른 한편 중편으로도 뻗어나갈 수 있었겠지만 『광장』처럼 특별한 경우가 아니고는 역시 저널리즘의 제약에 발이 묶였을 터. 그런데 이인성은 어떠했던가. 자의식의 과잉이 폭발 직전까지 갔다고 보면 어떠할까. 진리 쪽보다는 자의식 편에 서겠다는 이인성이고 보면 그 내공의 강도가 유달랐을 것. 그렇다고 장편으로 나가기엔 너무 생소했던 것. 왜냐면 장편이란 적어도 통념상 '시작, 중간, 끝'이, 또 주제가, 주인공이 있어야 하니까. 이 구속에서 벗어나야 했을 테니까. 남이야 보든 말든 '내 맘대로 하겠다'면 자비 출판이어야 하고, 단 한 사람이

읽더라도 된다는 각오가 서야 하는 법.

객 그런데 이인성은 거기까지 나가지 못하고 저널리즘과 타협했다?

주 최소한 타협했지만, 이것만 해도 얼마나 대단한가. 가히 '7조'가 됨 직하지 않은가. 그렇지만 그는 아직 거기까지 다짐하고 있지는 않았지요. 너무 여렸다고나 할까. 자의식과 이에 맞서는 현실을 동시에 포착하는 글쓰기, 그래서 이를 총체성 탐구라 불렀을 것이겠지요. 이에 대응되는 것이 중편 형식인 것. 이인성은 끝까지 이 형식으로 일관해나갔습니다. 참여파의 그 대세와 맞서 비참여파의 총두목 격으로 자각하긴 했으나 첫 창작집에서는 아직 엉성한 편이지요. 그 중편 형식의 진수는『한없이 낮은 숨결』에서 비로소 확인됩니다. 이 중편 형식과 이인성의 소설은 몸이 함께 붙은 샴쌍둥이라 할 것입니다. '나는 단편 따위는 안 쓴다'가 아니라 '못 쓴다'는 것. 겉으로는 장편인 듯이 쓴『미쳐버리고 싶은, 미쳐지지 않는』(1995)도 시를 한 편씩 따서 주석한 것에 지나지 않은, 그러니까 어쩌면 중편이기는커녕 단편 쪽으로 후퇴한 형국이니까.

2. 자기 확인의 과정 (1)

객 첫 창작집『낯선 시간 속으로』를 읽어보기로 합니다. 네 편의 연작인 이 창작집에 실린 순서대로 하면「길, 한 이십 년」이 먼저입니다. 부제가 선명하군요. '1974년 봄, 또는 1973년 겨울'이라고. 이어서「그 세월의 무덤」「지금 그가 내 앞에서」「낯선 시간 속으로」의 순서이나 연작인 만큼, 또 특이하게도 서로 종횡 관계인 만큼 한 작품으로 묶였다고 하겠지요. 이는 습작기에 해당되는 것. 선생이 지적한 대로 첫 창작집은 가족에게 바친 것. 따라서 성장 소설 계보인 셈. 본격적인 자의식의 언어적 탐구에 이른 것은 아닌 단계이겠군요. 문단은 나누지 않고 중편 전체를 이어 쓴 줄글이지만, 그렇다고 특별히 새로운 것은 아니지요. 겉멋이라고나 할까.

그때, 그가 돌아오려 했던 곳은 어디인가? 여기인가? 그렇다면, 여기서, 그가 여전히 돌아가려 했던 곳은 어디인가? 어디론가 돌아가야 한다는 막연한 절실함, 그는 지나는 길에 잠시 머문 춘천을 떠나 돌아오기 위해 서울행 직행 버스에 앉아 있었다. (『낯선 시간 속으로』, p. 9)

서두치고는 범속한 편. 여기 나오는 '그'는 누구인가. 억지로 줄거리를 따져볼까요.

주 그보다 먼저 '그'를 주인공이라 부르기엔 매우 미흡하다는 점에 주목해야 합니다. '자의식'이 주인공인 만큼(인식의 주체가 바로 인식의 대상이니까) '그'는 한갓 그 안내인에 지나지 않지요. 그럼에도 굳이 관습적인 소설 독법에 따른다면? 김현도 이 방식을 따랐으니까.

객 편의상인지 '사건만 따라가자면'이라고 했더군요. 사건이란 '그'의 행동을 가리킴일 텐데, 정리하면;

1) 아버지가 죽자, 군 복무 중이던 나-그는 의가사 제대(특별한 가정 사정에 의해 군 복무를 마치게 하는 제도. 장남이거나 외아들이어서 가족을 돌봐야 할 경우에 해당됨 —인용자)를 하여 서울로 돌아온다.

이 장면의 나/그의 의식은 실로 참담하여, 굳이 비교하자면 전후 세대의 기수 서기원의 「이 성숙한 밤의 포옹」(1960)에서 보여준 휴가병의 의식의 방향에서 드러난 몸 둘 곳 없음에 비해 일종의 엄살이기도 할 수 있지 않겠습니까?

　주　엄살이라? 차라리 소년적 순수성이라 할 수 없을까요. 잠시 보시라.

　　그는 억지로 자세를 낮추고 좌석 깊숙이 등을 파묻었다. 자, 잠깐 동안이라도 좀 편안한 마음이 되도록 하자. 이 통증을 진정시킬 겸. 어차피 앞으로 두 시간은 버스에 내맡겨야 하니까, 그러면 어쨌든 이 귀향—서울을 고향으로 느껴본 적은 한 번도 없건만—의 종착점에 다다를 테니까, 그래, 그렇게 이 하루는 지나갈 테니까, 이 모습을 가늠할 수 없는 괴로움들은 내일로 좀 미루도록 하자. 그는 억지로 눈을 감았다. 눈을 감는다고, 거리에 선 그가 다른 곳에 가 있을 수는 없었다. 그는 뜻하지 않게 빗나간 그 시간을 어떻게 수습해야 좋을지 알 수 없었다. 정류장 앞에서, 그는 한 손에 들고 있던 책으로 허벅지를 툭툭 두드리며 사방을 두리번거렸다. 그는 더듬이를 잃은 벌레처럼 제자리를 한 바퀴 맴돌았다. 빌어먹을, 어쩐다? 어디로 가야지? 그가 누군가에게 물었다. 아무도 그에게 대답하지 않았다. 무심히 오가는 사람들, 무심히 오가는 차량들. 무심하다고? 아니, 결코! 그가 허점을 보일 때, 저들의 무심함은 소름끼치는 어금니를 드러낼 것이었다. 허점을 보이지 않기 위해, 그는 마치 어떤 버스를 기다리기라도 하는 듯한 모습을 지니려고 애썼다. 초조함이 목구멍 근처로 모여들었다. 그는 꿀꺽 침을 삼켰다, 남모르게. 저 혼자 표정 없이 간직한 마음의 어려움을, 누가 담담한 모습으로 귀향하는 한 평범한 제대병에게서 찾아볼 것인가? (『낯선 시간 속으로』, p. 11)

부대를 떠나 서울행 버스 속에 앉은 나/그는 "서울을 고향으로 느껴본 적은 한 번도 없건만"이라고 했것다. "더듬이를 잃은 벌레"라고 한 것도 일종의 엄살이라 할 만하지만 군대라는 별세계를 겪은 한 청소년의 귀향에 대한 막연한 두려움이라고 하겠지요. 말을 바꾸면 귀하게 자란 가문의 자식이 갖는 새로운 체험과 그 연장선에서 뭔가 탈락된 듯한 좌절감이랄까. 의가사 제대가 아니고 당당히 만기 제대였더라면 사정은 판이했을지 모릅니다(실제로 대학원에 든 이인성은 1977년 체중 미달, 가슴둘레 미달로 방위 복무 판정을 받았다고 스스로 밝힌 바 있다. 「어쩌면 '그'일 '나'의 간추린 40년」, 『마지막 연애의 상상』, 솔, 1992). 정상에서 벗어난 의가사 제대란 일종의 별종 의식 혹은 결함 의식, 특권 의식에 닿은 자괴심을 낳지 않았을까. 특권 의식과 자괴심의 이율배반 속에서 갈팡질팡하는 자의식의 소산이 글쓰기로 승화되었다고 보면 어떠할까.

객 잠깐. 선생께선 시방 너무 일반화시키고 있소이다. 이인성에 있어 의가사 제대(방위 복무)란 일종의 '운명적인 것'이 아니었을까요. 체중 미달이나 가슴둘레 미달이란 주어진 운명이지 누군가 조작해낸 것이 아니었으니까.

주 '운명적인 것'이라? 참 적절한 지적이군요. 좀 더, 김현이 쓴 대로 줄거리를 따라가볼까요.

2) 나-그는 아버지의 무덤에 간다.

3) 나-그는 아버지를 자기가 죽였다는 느낌에 시달린다.

4) 자살을 하려고 미구시(迷口市, 강릉)에 갔다가, 새로운 활력을 얻고 서울로 되돌아오려 했다.

김현은 해설에서 나/그가 어째서 서울행(귀향)을 망설이고 초조해하는지 그 이유에 대해 그가 입대 전에 버린 여자 때문임을 의미 있게 지적했더군요.

다음 대목이 바로 여자에 대한 죄의식을 드러낸 것. 젊은이란, 더구나 군에 입대한 연령이라면 여자 문제가 핵심이 아니겠는가. 초조감의 근거 말이외다. 아비 무덤, 의가사 제대는 명분상의 과제이지 직접성일 수 없다는 것.

……그는 스물한 살의 나이에 군대로 갔지 〔……〕 그런 그에게 정말로 가혹한 일이 닥쳐왔어. 어느 날, 그는 전혀 예상할 수 없었던 방문을 받은 거야. 방문한 사람들 자체가 뜻밖은 아니었어. 둘이었는데, 그가 사랑하던 혹은 그렇게 믿었던 여자 아이와, 또 그와 그녀의 친구였던 남자 아이였어. 둘은 모두 그와 함께 일했던, 그리고 언제나 함께 움직였던 '그들' 중의 한 사람들이었지. 헌데, 상상해봐, 자신과 사랑하는 사이라고 믿던 여자의 입을 통해, 그녀가 그녀를 동반한 그의 친구와 사랑하고 있다는 말을 듣는다는 걸. 그리고 바로 그것을 밝히기 위해 왔다는 걸. 그 여자가 솔직하고 자유분방한 여자긴 했지. 또 사실 그게 '그들' 속의 한 사람다운 행동이었고. 하지만, 병정이 되어 있는 그를 찾아와, 바로 눈앞에서, 손을 뻗으면 닿을 그 거리에서, 그 살아 있는 입술로, 그런 고백을 한다면? 그녀와 그의 과거는 사랑이 아니었다, 그건 일종의 깊은 동지애였다, '그들' 속에서 맺어온 그런 친구로서의 관계는 지속해나가자, 그리고 그 사실을 분명히 밝혀두는 것은 세 사람뿐 아니라 그들 전체의 관계를 위해서 필요한 일이다, 라고 이야기한다면? 그건 남이 손댈 수 없는 논리였으니까, 그는 그걸 고스란히 받아들일 수밖에 없었지. 뜬눈으로, 그 둘을 번갈아 바라보며. 그 자신에게 그토록 관계 깊은 일이, 그건 사

실 그가 간직해오며 자기 자신에게조차 숨기려고 애써온 어떤 꿈이었는데, 그런 일이, 자신이 전혀 가담하지 않은 채 수정되어 엄연한 사실로 다가온 거야. (『낯선 시간 속으로』, pp. 308~10)

그렇긴 하나, 이것은 자의적 선택 사항이지 '운명적인 것'과는 별개의 것. 나는 그쪽이 지적한 '운명적인 것'에 관심이 갑니다. 이인성이란 한 인간은 하늘에서 떨어진 신종자일 수 없으니까.

객 그 문제에 대해서는, 이곳저곳에서 이인성 자신이 분명히 혹은 암시로 말해놓고 있습니다. 이인성의 가계보 작성에 공들인 논문도 나와 있을 정도이니까요. 그 논문(정혜경, 「불연속적인 얼굴들, 그 낯선 아름다움 속으로」, 『작가세계』, 2002년 겨울호)에 따르면, 1953년 12월 9일 피난 중 진해에서 맏이로 출생. 부는 사학자 이기백 교수(육사·이화여대를 거쳐 서강대 교수). 1966년 경기중학 입학. 1973년 서울대 문리대 불문과 입학. 대학문학상(1974)을 받음. 1977년 대학원 불문과 입학. 그해 방위 근무, 같은 과의 심민화와 결혼. 1980년 딸 은지가 태어남. 1978년 복학, 조교 생활. 1980년 봄 「낯선 시간 속으로」로 본격 작가로 활동 시작. 1982년 한국외국어대학 불어과에 재직하다 1989년 서울대 인문대 불문과 교수로 부임. 1994년 1년간 프랑스 체류 등등으로 투명합니다. 그림자가 없으니까. 원래 '문학적 연대기'란 이 투명성이 작품의 불투명성과 대조되기 위해 쓰어지는 것이니까. 그러나 이 투명성 중에는, 본인도 감당할 수 없는 가계부(족보)가 가로놓여 있는 법. 또한 이 계보학은 본인의 운명을 좌우하는 것인 만큼 신비적이어서 투명성에 먹칠을 하는 요소 아니겠습니까. 적어도 일반론에서는 말입니다.

주 그쪽에서 무슨 말을 하고자 하는지 짐작됩니다. 가령 이런 대목 아니겠습니까.

부친의 원래 고향은 평안북도 정주인데 그곳에서 과수원을 하던 조부 이찬갑은 해방 이후 지주로 분류되어 이주 명령을 받았으나 1948년 가족들을 이끌고 월남하였다. 그들이 자리 잡은 곳은 종로구 누상동의 한 적산 가옥이었다. 〔……〕 이인성은 이 누상동 집에서 20여 년의 성장기를 보낸다. (『작가세계』, 2002년 겨울호, p. 68)

이 대목은 황순원의 장편 『카인의 후예』(1954)를 연상시킵니다. 해방 후 월남한 황순원의 이 작품은 지주인 박훈이 과수원과 땅을 내놓고(무상 몰수, 무상 분배의 토지 개혁 원칙에 따라) 머슴인 도섭 영감의 딸 오작녀와 월남하는 것으로 되어 있지요. 조부 이찬갑에 대해 정작 이인성은 이렇게 적었군요.

(A) 할아버진 요즘 어디 가 계셔? 강원도 산골에 가 계셔. 거기서 뭐 하셔? 학교 못 가는 시골 사람들 공부 가르치시지. 왜? 그 사람들이 잘 살게 하기 위해서야. 할아버지가 보고 싶으냐? 응, 하지만 성경 공부 안 해서 좋기도 해… (『낯선 시간 속으로』, pp. 69~70)

이상은 어린 나/그와 조모의 대화. 다음은 죽은 조부 무덤을 부와 동행하여 나누는 대화.

(B) 영구차가 숲에 가린 벽제 화장터를 끼고 오른쪽으로 꺾어 들었다. 숲속에서, 시커먼 연기가 뭉텅뭉텅 뭉텅이며 죽음의 근육인 양 여름의 열기를 밀어올리고 있었다. 으악새 슬피 우는 사연에 죽은

넋을 달래고 있던 아버지가 마침내 말길을 찾아내셨다는 듯 입을 열었다. "요즘엔 왠지, 내가 죽으면, 날 화장해줬으면 좋겠다는 생각이 들곤 하는구나… 그게 깨끗하지 않겠니?" 그는 오랜만에 아버지를 돌아보았다. "허지만 전 아버질 화장할 자신이 없는 것 같네요." 아버지가 고개를 끄덕거렸다. "나도 마찬가지였을 게다. 네 할아버진 그걸 원하지도 않으셨지만. 철저한 크리스천이셨으니…" 그는 다시 창밖으로 고개를 돌렸다. 그리고 가만히 아버지의 이야기를 기다렸다. "어떤 땐, 난 너에게서 할아버지의 어떤 모습을 보는 것 같더라." "네? 그건 무슨 말씀이세요?" 뜻밖의 말에, 그는 물처럼 흐르려던 아버지의 목소리를 잠깐 거슬렀다. "글쎄… 네가 크리스천이 아니니 형태가 좀 다르긴 하다만… 뭐랄까, 검은 두루마기에 성경책을 들고 날 응시하시던 그 눈빛의 막막함과, 내 자식이면서 손 닿지 않는 곳에 있는 것만 같은 네 앞에서 느끼는 막막함이 닮았기 때문일까… 젊었을 때 나에겐 아버님의 삶이 커다란 바위, 암담한 절벽 같았지. 오로지 믿음만으로 뭉쳐 있었으니까. 아마도 그래서 난 크리스천이 될 수 없었을 게야" 하더니, 아버지는 다시 흐름의 방향을 찾았다. "평안도 쪽이 워낙 기독교가 강하긴 했다만, 네 할아버진 정말 성경대로만 사시려던 분이었어. 곧이곧대로만 말이다. 교회가 타락했다고, 무교회주의자가 되실 정도였지. 하느님의 말씀에 어긋났다고 생각되는 일에는 닥치는 대로 불같이 싸우셨어. 신앙 때문에, 감옥에도 들어가셨더랬지." 아버지가 할아버지에 대해 이야기하는 건 처음 있는 일이었다. 아버지는 자신과 가족의 과거를 들춘 적이 없었다. 나는 그것을 메꾸기 위해 어린 상상의 공간을 끝없이 헤매야 했지만, 그래도 아버지는 서재의 책상 앞에 우뚝 앉아 한없이 책을 읽고, 한없이 생각에 잠기고, 한없이 글을 쓸 뿐이었다. 〔……〕 그는 잠깐 아버지의 말을 놓쳤다. "…그러다가 강원도 산골로 들어가시면서, 그때도 참 정정하셨다만, 당신의 신앙을 마지막으로 시험해보시려는 뜻이라고 말씀하셨더랬다. 하지만 그때쯤부터 눈에 띄게 두 가지 집착을 드러내셨어. 하나는 자손에 대한 집착이었단다. 나도 외아들인 데다가, 난 또 널 조금 늦게 본 편이지 않니? 그것도 전쟁중에. 그리고 다른 하난, 고향이었어. 북쪽 고향…" 그는 호적초본의 첫머리에 써 있는 제 핏줄의 먼 주소를 외우고 있었다. '원적: 평안북도 정주군 갈산면 익성동…' 한 번도 발 디뎌보지 못한 그곳이 때때로 그에게 자신의 고향처럼 여겨지곤 했었던 것이다. "네 할아버지 묘소를 북쪽으로 정한 건, 그 때문이다." 거기서, 아버지의 목소리는 더 이상 가라앉을 수 없는 소리의 물바닥에 닿아 있었다. (『낯선 시간 속으로』, pp. 105~07)

(A)에서도 (B)에서도 계보학 타령이지요. 조부 사망 후 비로소 그토록 듣고 싶었던 부자간의 가족 대화가 이루어졌던 것. 그것도 화해의 방식으로.

이를 두고 현실(실제)과 허구의 혼란이라고 누군가 비판한다 해도 별로 반박할 수 없지만 그렇다고 반론을 펼 수 없다는 뜻은 아니지요. 이유는 두 가지. 첫번째 창작집 『낯선 시간 속으로』가 실상은 성장 소설 범주라는 사실이 그 하나. 다른 하나는, 이 점이 중요한데, 헌사를 가족에게 바쳤다는 점. '낯선 시간 속으로'라는 제목은, 따라서 지극히 '낯익은 시간 속에서'부터 벗어나고자 하는 몸부림인 것. 그러나 조용한 아비(족보) 비껴가기의 방식. 낯익은 시간에서 벗어나 타자가 득실거리는 낯선 시간 속으로 진입함에 대한 초조함, 두려움, 그러면서도 그것을 운명처럼 감행해야 할 단계였던 것. 이른바 조용히 '비껴가기'의 방식.

객 선생께선 자꾸만 운명 타령을 내세우고자 하는군요. 『육조단경』을 끌고 들어오는 방식과 흡사하다고나 할까. 그러고 보니, 이인성보다 선생의 정신 분석부터 해보아야 될 듯한데요. 어떻습니까?

주 계보학(족보)에서 운명을 읽고, 그것이 『낯선 시간 속으로』인 만큼, 운명적인 것이 아니고 어쩔 터인가. 조부 이찬갑, 부 이기백이란, 천하가 아는 공적 인물 아닙니까. 소월의 고장 정주(定州)의 남강 이승훈의 계보이기에 이인성의 선택 사항일 수 없다(이기백 교수의 계씨는 소월 시 「진달래꽃」에 사용된 '즈려밟고'를 평북 방언에 의거해 분석한 바 있다: 이기문, 「소월 시의 언어에 대하여」, 『문학과 방언』, 역락, 2001).

여기까지 이르면 계보학의 '운명스러움'이 감지됨 직하지요. 결코 선택 사항일 수 없다는 것. 그렇다면 이 '운명적인 것' 중 제일 고통스러운 것은 무엇이었을까. 이 물음이 습작기의 무게이자 초조감의 근거가 아닐 수 없지요. 바로 아비의 서재의 압력, 지적 압력. 회색의 공포. 그렇지만 사르트르처럼 과격한 방식이 아니라 아비(족보)의 압력에서 조용히 비껴가기인 것. 그것이 글쓰기(소설)라는 간접적 방식이었던 것.

3. 자기 확인의 과정 (2)

객 첫 창작집인 네 편의 연작 소설들은 그 자체가 한 편의 작품이라는 것, 이름하여 습작기의 초조감으로 충만해 있다는 것, 그러기에 총 제목을 '낯선 시간 속으로'라고 붙였다는 것. 여기까지는 유독 이인성스럽다고 할 만한 것은 아니겠는데요. 습작기란 누구에게나 대체로 같은 것이니까요. 그럼에도 선생은 이 습작기의 이인성을 무슨 대천재의 성장기인 듯 내세우고 싶은 모양이지요. '운명적인 것'이라고까지 들먹이면서 말이외다. 가령 소월 시 「진달래꽃」의 해독에도 관여한 고명한 국어학자 이기문 교수까지 내세우지 않았습니까. 평안북도 정주군 갈산면 익성동. 그곳의 지주 이찬갑이 무상 몰수, 무상 분배의 정책에 따라 토지를 뺏기고 월남한 바 있지 않습니까(갈산면 익성동은 춘원의 본적지이기도 함). 그 이찬갑이 시골 오지에 가서 농사를 지으며 교육 기관까지 만들어 이상촌을 꿈꾸었다는 것은, 위의 인용 (A)에 잘 나와 있긴 합니다. 그렇다고 그게 손자인 이인성과 어떤 점에서 직결된다고 우기실 작정입니까.

　주　부친 이기백 교수의 위상을 강조하기 위한 방편이었다고 하면 어떠할까요. 어린 아들의 처지에서 볼 때, 집은 자기 집이 제일 크고, 자기 아비가 절대적 존재이고, 그 자체가 세계였을 터. 그 아비의 존재는 과연 어떠했던가.

　　그는 아버지의 서재 앞에서 공연한 망설임에 머뭇거렸다. 서재 안에서 확인할 수 없는 수군거림이 들려오는 듯싶었다. 할아버지와 아버지의 수군거림, 아버지와 어머니의 수군거림… 그는 서재의 문을 열었다. 텅 빈 서재는, 그러나 어떤 내음으로 가득차 있었다. 아니, 그 반대였다. 사방의 벽과 바닥이 책들로 꽉차 있었는데, 방은 텅 비어 있는 것만 같았다. 그리고 분위기와 내음만이 자욱했다. 그 내음은 오래된 책들의 종이가 풍기는, 그 싸아하면서도 부드러운 그것만이 아니었다. 그것은, 이 방을 둘러싼 책들의 의미로부터 스며나오는, 저 책이라는 것의 추상의 내음만도 아니었다. 숨은 구석에서 조

124

금씩 조금씩 실줄기처럼 번져나오는 내음… 떠도는 넋을 부르는 듯한, 또는 어루만지는 듯한, 또 다른 내음이 있었다. 그는 그 내음 속을 서성거렸다. 방 가운데, 다다미 위에 놓인 커다란 책상 하나가 그 내음 속에 가라앉아 있었다. 상 위에는, 색이 몹시 바랜 '奉德寺鐘飛天像'이 엽서만한 크기로 액자에 담겨 있었다. 그 옆에, 푸르스름한 유리로 만든, 잉크통과 펜꽂이가 함께 달린 구식 잉크 세트가 놓여 있었다. 그는 잉크통의 뚜껑을 열었다. 바싹 말라붙은 검푸른 잉크가 유리벽에 달라붙어 있었다. 녹슨 펜촉이 그대로 꽂힌 펜대 두개가 가지런히 누워 있었다. 그는 책상 앞에 꼿꼿이 발을 꼬고 앉았다. 그의 아버지처럼. 아버지는 여기에 우뚝 앉아 한없이 책을 읽고, 한없이 생각에 잠기고, 한없이 글을 썼었다. 그는 고개를 들었다. 책상 바로 맞은편에, 벽으로부터 불쑥 튀어나온 나무 기둥 위에 액자가 하나 걸려 있었다. 검은 두루마기를 입고 성경책을 가슴께에 들고 있는, 폭풍 같은 목소리를 가두어 꽉 다문 입과 불 같은 눈을 가진 할아버지의 사진은 누렇게 변색되어 있었다. (『낯선 시간 속으로』, pp. 70~71)

이것이 『한국사 신론』의 저자 이기백 교수의 서재였을 터(나는 1989년 이인성의 한국문학창작상 시상식에 심사 위원 자격으로 참석했을 때 그 자리에서 고명한 사학자 이기백 교수를 뵐 수 있었다). 책으로 가득 채워진 서재란, 물론 '추상'의 세계이지만, 이를 넘어서는, 떠도는 어떤 넋이 숨 쉬는 곳.

객 무슨 말인지 알겠소. 서재에 조부의 모습, 어머니의 목소리, 조부와 부의 대화도 스며 있었다는 것. 그러니까 서재야말로 세계의 중심이라는 것. 추상/관념의 세계이고 거기에는 또 추상/관념이 냄새로 느껴졌다는 것. 그 냄새란 육체적인 감각으로 몸에 배었다는 것.

　주　요컨대 현실/자연이란 끼어들 구석이 전무하다는 것.

　객　아, 이제 분명해지는군요. 선생은 시방 '이인성＝사르트르'의 도식을 염두에 그리고 있습니다그려.

　　좋은 아버지란 없는 법이다. 그렇다고 남자들이 나쁘다는 것이 아니라 원래 썩어빠진 부자관계 때문이라는 말이다. 자식을 낳는다는 건 물론 좋은 일이다. 하지만 자식을 제 소유물처럼 '가지다'니 무슨 당치 않은 말인가! 나의 아버지가 살았더라면 그는 반드시 나를 깔고 길게 누워서 짓눌렀을 것이다. 다행히도 그는 젊은 나이에 죽었다. (사르트르, 『말』, 이경석 옮김, 홍신문화사, 1993, p. 21)

　그러니까 사르트르가 한 살 때 죽은 아비를 두고 '다행히도'라 했것다. 천하 후레자식이 아닐 수 없지요. '나에겐 초자아가 없다'를 깃발처럼 내세우는 이 자서전에 노벨 문학상이 주어진 것은 1964년도였고, 또 한 번 놀랄 일은 그 대단한 노벨상을 사르트르가 일거에 거절했음인데, 이를 번역한 분이 이인성의 늙은 은사 김붕구, 정명환 교수였지요(지문각, 1964). 아직도 중학생인 이인성에게 무의식적으로나마 '문학＝프랑스 문학'이라는 도식이 각인되지 않았을까요. 전후의 세계는 실존주의가 판을 쳤고, 그 분위기 속에서 중학생의 감수성이 물들었다고 보는 것은 자연스럽지요. 그의 은사인 달마 김현이 이 사정을 증거해준 바 있지요. 불어 '나의 조국은 프랑스다'를 이탈리아어로 번역하면 '나의 조국은 이탈리아이다'임을 까맣게 몰랐으니까.

주 이인성이 프랑스 문학과 실존주의가 몸이 한데 붙은 샴쌍둥이임을 '선험적'으로 받아들였다는 것은 구체적으로 무엇인가. 이 점은 아무리 강조되어도 지나침이 없겠지요.

객 알겠소. '경기고 → 서울대 문리대 → 불문학'의 또 다른 계보학이 거기 성좌처럼 놓여 어두운 1960년대 이 나라 새벽하늘에서 빛나고 있다는 것. 요즘 식으로 하면 최고의 지적 엘리트의 계보학인 셈. '실존주의 → 사르트르'의 계보학이 성좌처럼 군림하고 있었다. 이인성이 이 『육조단경』에 끼어들어 달마의 계보에 침입하고자 했다. 그러니까 이 새로운 계보학은, 이른바 '운명적인 것'인 '조부 이찬갑 → 아비 이기백'을 조용히 비껴갈 수 있었다? 맞습니까?

주 조용히 비껴감을 잠시 보면 어떠할까요. '나는 아비 없는 후레자식이다'라고 선언한 사르트르와 얼마나 다르며 또 같은가를 엿볼 필요가 있겠으니까. 조부 무덤에서의 부자간 대화에서 아들 이인성이 느낀 것을 잠시 보실까.

"무덤에 닿기 전에 더 말씀해주세요, 아버지. 아버지 자신에 대해서도…" 그는 돌아보지 않고 말했다. 물이 되어 그에게 다다른 아버지는 대답하지 않았다. "압니다, 아버지 자신을 털어놓으시기 어려워하신다는 걸. 허지만 왜 그토록 그걸 피하시는지, 그것부터 정말 알고 싶어요." 아버지는 여전히 대답하지 않았다. "그런 삶이 혹 할아버지에 대한 아버지의 반항이었나요? 할아버지의 행동에서, 아버진 허무한 신념을 읽으셨던 건가요?" "……" "그래서 수천 권의 책 속으로, 그 긴 역사 속으로 들어가셨어요? 전, 정말이지 아버지가 전쟁중에도 군복을 입고 책을 읽으셨는지 알고 싶어요." "……" "알고 싶어요, 아버지가 거기서 무얼 바라셨는지. 아버지도 이 세상에 대한 어떤 꿈을 꾸셨던가요?" "……" "그렇다면 그 꿈이 아버지 자신의 책을 만들어가고 남겨주는 것으로 언젠가는 이루어질 수 있다고 생각하신 거예요? 그게 아니라면, 아버지가 바라보신 것은 무엇인가요? 그것이 무엇이길래, 아버지는 생활을 지워버리셨어요?" "……" "아니, 지워버리신 게 아니라 숨기신 거라는 걸 이젠 어렴풋이 깨닫겠어요. 그런데 그게 더 혼란스러워요." (『낯선 시간 속으로』, pp. 108~09)

이러한 죽은 아비와의 대화란 실상 그전에 부자간의 조부 앞에서의 대화를 비껴간 것. 이를 새삼 반추하는 의가사 제대 한 '나/그'는 아비의 무덤 앞에서 핏빛 노을 속에 젖어갑니다.

……노을 속에서, 이름을 확인할 수 없는 나무들이 드문드문 무덤들을 굽어보고 있다. 중턱을 얼마큼 넘어올라, 그와 나는, 저 앞에 보이기 시작한 그와 나의 목적지를 알아본다. 그리고 그 앞에 놓인 기이한 풍경을 목격한다. 아버지의 무덤 아래, 흙더미가 쌓여 있고, 거기에 부삽 하나가 꽂혀 있다. 또 하나의 주검을 위해 무덤을 판 모양이다. 사람 없이 홀로 부삽이 꽂혀 있는 모습은 흡사 여기가 삶의 땅이 아님을 보여주는 듯싶다. 그와 나는 아버지와 아버지의 아버지의 무덤에 다가간다. 두 무덤은 위아래로 나란히 숨죽인 어머니의 젖가슴처럼 자리잡고 있다. 잔디가 제법 무성한 무덤을 돌며, 그와 나는 잡풀을 뜯어낸다. 그와 내가 무덤 앞에 나란히 앉을 때, 서쪽에 걸린 해는 문득 그 목숨의 극점에 도달한 듯 진홍빛 노을을 한껏 뿜어낸다. 그러자 그가 그 빛 속에서 격정에 사로잡힌 듯, 환희인지 비탄인지 알 수 없는 표정에 떨며 침묵을 울린다. 이 둥근 하늘을 봐!

양쪽으로 뻗은 산등성이 위로 정말 하늘은 둥글어 보인다. 마치 무덤 속의 천장 같아. 그리고 이 핏빛 불노을, 이건 하늘의 불이 스러지며 흘리는 피… 나에겐 이제 이 세상이 온통 그 불의 피를 머금은 무덤 인 거야. 나는 그의 눈길이 가는 방향을 가늠하지 못한다. 지금, 그도 이 그윽한 그의 불의 피의 향기를 몸 속으로 받아들이고 있을까? 부드러우면서도 진한 피꽃 향기라고나 할지, 나는 그 강렬함에 취해 버릴 것 같다. 그가 일어서고, 내가 따라 일어선다. 저기야, 내가 오고자 했던 곳. 그는 아버지의 무덤 아래 파여진 흙구덩이로 간다. 직육면체로 파인 흙구덩이 속에는 벌써 어둠이 잔뜩 깃들여 있다. 아, 갑자기 생각이 나는군, 기억나지 않던 꿈의 한 장면이. 그가 말한다. 그래, 해가 떠오르던 새벽 바다… 왠질 모르겠어, 꽃처럼 피어오르는 해를 등지고 긴 그림자를 앞으로 밀면서 바다로부터 걸어 나오고 있었어, 내가… 그는 평온한 표정을 띤다. (『낯선 시간 속으로』, pp. 114~15)

'나는 빈 주먹을 움켜쥔다'고, 1980년 9월에 이인성은 나/그의 자격으로 결심하지만, 그것은 저항도 아니고 그냥 조용히 비껴가기이다. 왜냐면 나/그에겐 사르트르—실존주의—프랑스 문학이라는 세계 최고의 진리인 새로운 계보학이 관악산에 성좌처럼 걸려 있었으니까.

객 새로운 계보학에 나아가기란 그러니까 '낯선 시간 속으로' 나아가기이겠는데, 이로써 습작기는 종언을 고했다고 보겠는데요.

주 그게 또한 이인성다운 데가 있습니다. 『한없이 낮은 숨결』식으로 전개되니까요. 사르트르와 이인성의 유사점과 차이성이 문제이겠습니다. 그러기 위해서는 사르트르→『구토』→실존주의를 좀 더 살펴볼 필요가 있겠지요.

4. 자기 확인의 과정 (3)

객 사르트르 전공자가 이 땅에 아직 없었음과 무관하지 않다고 선생은 주장하고 싶은 모양인데요. 이인성이 연극과 음악에 각별히 관심을 가졌음도 이와 무관하지 않겠지요. 물론 부친이 이를 달갑게 여기지 않았음도 짐작되는 일이지요. 장남이 문학에 빠져든다는 것을 방관할 부모는 찾기 어려운 것이 순리이니까.

아버지가 문학과 음악 하는 것을 반대했던만큼 이인성에게 그 두 가지는 아버지의 세계 바깥을 향한 욕망으로서의 의미를 가지면서 경기고등학교 입학 이후 더욱 심화되어 갔다. 고등학교 때 특별활동을 문예반으로 고른 것도 〈순전히, 문예반에 들어가면 교지를 제작하는 2개월 동안 수업을 빼먹을 수 있다는 친구의 달콤한 귀띔 때문〉이었다. 그것이 계기가 되어 차츰 글쓰기에 열중하였고 1학년 때 처음 써 본 소설이 교내 문학상에 당선되면서 진로의 향방이 결정된다. 그는 글을 써서 교내의 지면에 발표하거나 〈문학의 밤〉 행사에 참여하고 교지를 직접 만들고 하는 일들이 큰 즐거움이었고 삶의 유일한 출구처럼 여겨졌다고 회상한다. 문학을 통하여 여러 가지 생각들은 복잡해졌고, 고3 때는 시국사건으로 학내 시위를 모의하여 며칠간 학교에 나가지 못한 적도 있었는데 그럴수록 성적은 뒤처져 대학 입시에 실패한 후 일 년간 재수생활을 하였다. (정혜경, 「불연속적인 얼굴들, 그 낯선 아름다움 속으로」, 『작가세계』, 2002년 겨울호, p. 76)

그러나 새로운 계보학은 별세계였고, 낡은 운명적 계보학을 능가한다고 믿었는데, 불행히도 달마 사르트르를 이은 이 땅의 혜가도 혜능도 없었다고 선생은 주장하고 싶은 모양인데요.

주 달마 김현은 달마 말라르메에 매달렸다가 이에 절망하여 서정주로 직행하고 말았고, 김붕구 교수는 보들레르 언저리와 『불문학산고』에 어정대었고, 날카로운 정명환 교수도 사르트르 전공자라 하기는 어렵지 않았을까. 『구토』가 갖고 있는 의의를 어느 수준에서 짐작할 수는 있으나, 본질에 육박했다고 하기엔 무리. 더구나 현상학적 존재론이라는 철학적 과제, 요컨대 『존재와 무』(1943)에 이른 분은 거의 없었던 셈. 구세대인 손우성이 이를 초역했으나 사정은 역시 마찬가지. 이인성의 사르트르 이해란, 방향은 확실한데 구체성이 모자랐다고 봄이 옳겠지요. 그렇기는 하나 중요한 것은 그 지향성이 아니었을까.

객 선생께서는 습작기를 거친 이인성의 『한없이 낮은 숨결』이란, 비유하면 사르트르의 『존재와 무』에 해당된다는 것.

주 오늘날의 방식으로 사르트르의 자전 소설이자 노벨상 수상작 『말』을 조금 살펴보아야 되지 않을까요. 『구토』(1938)의 본질도 그 속에 녹아 있으니까. 앞에서 우리는 부친 이기백 교수의 서재를 보지 않았습니까. 그 무언의 서재의 냄새, 추상/관념의 냄새, 접근할 수 없는 죽음의 세계. 사르트르 식으로 하면 '공동묘지'에 다름 아닌 것. (사르트르, 『문학이란 무엇인가』, 김붕구 옮김, 신태양사, 1989. p. 49) 이 공동묘지에 대한 어린 이인성이 받은 무언의 압력과 아비가 죽어 홀가분한 사르트르의 경우를 잠시 비교해볼까요.

나의 인생이 시작된 것은 책 속에서였다. 물론 끝날 때도 그럴 테지만. 우리 할아버지의 서재는 책으로 꽉 차 있었다. 1년에 한 번, 10월에 신학기가 시작되기 전의 한 번을 제외하고는 책의 먼지를 터는 일은 금지되어 있었다. 책을 읽을 줄 모르던 때부터 벌써 나는 선돌(立石) 같은 그 책들을 존경하였다. 서 있기도 하고 기울어져 있기도 하고, 서가에 벽돌처럼 빽빽하게 들어차 있기도 하고, 선돌이 늘어선 것 같은 오솔길을 이루어 드문드문 고상하게 놓여져 있는 그 책들, 우리집의 번영이 그것들에 달려 있다는 것을 나는 느끼는 것이었다. 그것들은 모양이 다 비슷하였다. 나는 육중하고 고색창연한 기념물들에 둘러싸인 조그만 성전에서 뛰놀고 있었다. 내가 태어나는 것을 보았고 또 나의 죽음도 보게 될 유물들, 그 영원한 존재가 과거와 마찬가지로 평온한 장래를 내게 보장해 주고 있는 것이었다. 나는 자랑스러움으로 먼지를 손에 묻혀보기 위해서 남몰래 책들을 매만져보는 것이었지만, 그것들이 어떻게 쓰이는 것인지는 몰랐다. 그래서 매일매일 그 의식에 참석하여 보았지마는 여전히 그 의미를 알 수가 없었다. 할아버지는 — 보통때는 하도 손놀림이 둔해서 어머니가 그의 장갑 단추를 채워줄 지경이었건만 — 그 문화재만은 예식을 집행하는 자와도 같은 능란한 솜씨로 다루었다. 나는 그가 정신나간 사람처럼 책상을 한 바퀴 돌고는 두서너 걸음으로 방을 가로질러가서 골라내기 위한 잠시의 망설임도 없이 책 한 권을 뽑아들고 의자로 돌아오면서 오른손 엄지손가락과 집게손가락으로 책장을 뒤적이고, 의자에 걸터앉자마자 어김없는 손짓으로 구둣발소리 같은 탁 소리를 내며 '적절한 페이지'를 펼치는 것을 천 번도 더 보았다. 이따금 나는 굴처럼 벌어지는 그 상자 속을 들여다보기 위해 거기에 다가서는 일도 있었다. 그럴 때면 그것들의 내장의 노출된 모습을 볼 수 있었다. 희끄무레한

종잇장이 약간 부풀어올라 그 위에 온통 검은 줄이 가늘게 가 있고 잉크를 머금어 버섯 냄새를 풍기고 있었다. (사르트르, 『말』, pp. 43~44)

아비가 일찍 죽어 큰 다행이라 여긴 사르트르는 막바로 조부 아래 놓였고, 누나 비슷한 어미와 함께 살면서 그를 둘러싼 것은 책으로 둘러싸인 성곽이었다는 것. 내가 태어나는 것을 보았고, 또 나의 죽음도 보게 될 유물들.

객 아비 이기백 교수의 서재에서 어린 이인성이 느낀 그런 것과 비슷하면서도 다르군요. 사르트르에 있어 조부의 서재가 성전이면서도 놀이터의 전부였다면 이인성이 아비 서재에서 본 것은 공부하고 있는 근엄한 아비상이었고, 봉덕사 종 비천상이었고, 오직 그 분위기 속에서 나는 냄새만이 전부였던 것. 그렇지만 이인성에 있어서도, 아비의 서재가 가문의 절대성으로 군림하고 있었던 것은 분명합니다. 어린 사르트르가 조부가 펼친 책에 다가가보니 '내장이 노출된 것' 같았다고 한 것과 비교해보면 이인성에 있어 부친의 서재는 '냄새' 곧 후각의 대상이지 촉각의 것은 아니었지요.

주 '냄새' 그것이 전부였다는 것, 봉덕사 종의 비천상도 '시각' 축에 못 든다는 것, 곧 모든 것이 '회색'이었다는 점에서 둘은 서로 닮았다고 볼 것입니다. 내가 강조하는 점이 바로 여기에서 오오.

나에게는 시골 소년들의 진한 추억도 즐거웠던 시작없는 짓도 없었다. 나는 흙을 파헤쳐본 일이 한 번도 없었고, 새 둥우리를 찾으러 다닌 일도 없었다. 식물채집을 한 일도 없고 날짐승들에게 돌을 던진 일도 없다. 그러나 책들이 나의 날짐승이었고, 새집이었고, 가축이었고, 외양간이었고, 전원이었다. 서재, 그것이 거울에 비친 이 세상이었다. 서재야말로 이 세상의 무한한 부피, 다양성, 예측 불능함을 내포하고 있었다.

나는 대단한 모험에 뛰어들었다. 나를 매몰해 버릴지도 모르는 눈사태를 일으킬 위험을 무릅쓰고 의자들이며 테이블들 위에 기어올라가야만 했기 때문이다. 맨 위칸에 있는 작품들은 오랫동안 나의 손이 미치지 못한 채로 있었다. 어떤 책들은 찾아내자마자 빼앗겨버리는 것도 있었다. 또 어떤 책들은 그 자취를 감추기도 했다. 나는 그 책들을 가져다가 독서를 시작했다가 제자리에 갖다놓았다고 생각하고 있었는데, 그것들을 다시 찾는 데는 일주일씩이나 걸리곤 했다. (『말』, pp. 52~53)

얼마나 솔직한가. 파리의 상류층이 아니더라도(조부는 교과서 저술가) 지식층이라면 건물, 거리, 길 등이 전부였던 것. 요컨대 '자연'이 없었다는 것. 시골, 자연, 흙, 새집, 식물, 날짐승 등과는 무연한 서재의 세계가 어린 사르트르를 키워냈다. 서재 그것이 바로 자연이었다는 것. 살아 숨 쉬는 '자연'과 '책'이라는 것의 대립 속에 놓인 아이가 앓아야 하는 병을 치유하기에 30년이 걸렸다고 했을 정도.

삽화, 그것은 그네들의 몸이었고 설명문, 그것은 그네들의 영혼이며 기이한 본질이었다. 옥외에서 우리는 완전무결하지는 못하지만 다소 그 원형에 가까운 소묘(素描)와 만나는 것이었다. 즉, 파리의 '불로뉴 숲 동물원'에서 보는 원숭이들은 원숭이답지 못하고, 뤽상부르 공원에서 보는 사람들은 사람답지 못하였다. 본래가 플라톤학파인 나는 지식으로부터 출발해서 사물로 향해가고 있었다. 나는 사물에서보다 관념에서 더 많은 현실을 보고 있었다. 왜냐하면 관념이 먼저 나에게 주어졌기 때문이며, 그 관념은 마치 사물처럼 주어졌기 때문이다. 내가 우주와 만난 것은 책 속에서이다. 동화되고, 분류되고, 꼬리표가 달리고, 사유(思惟)되고, 그러면서도 가공할 우주 말이다. 그래서 나는 책에서 얻은 경험의 무질서와 현실적 사건의 위엄성 있는 흐름과를 혼동하고 있었다. 내가 벗어나는 데 30년이 걸린 그 관념론이 거기에서 비롯됐다. (『말』, pp. 54~55)

책 속에 그려진 원숭이가 진짜이고, 불로뉴 숲 동물원에서 보는 원숭이가 가짜로 보였다는 것. 뤽상부르 공원에서 보는 사람들 또한 가짜로 보였다는 것.

객 자연과 서재 사이에서 어쩔 줄 몰라 하는 상태를 벗어나는 데 30년이 걸렸다고 했군요. 책에서 얻은 경험의 무질서와 현실적 사건의 위엄성 있는 흐름을 혼동했다는 것. 요컨대 관념론의 희생자였다는 것. 그 병의 근원은 결국 언어였다고 했군요.

나는 눈을 통해서 독이 있는 낱말들을 나의 머릿속에 집어넣고 있었다. 그 낱말들은 내가 알고 있는 것보다는 무한하고도 풍부한 의미를 내포하고 있었다. 나와는 상관없는 격분한 사람들의 이야기들을 통해서 가슴을 에이는 듯한 슬픔이랄까, 극도에 다다른 삶의 피로감을 느끼게 하는 이상한 힘이 생겼던 것이다. 나도 그들의 병에 전염되고 독살당하는 것이 아닐까? '말씀(그리스도의 말을 가리킴)'을 주워삼킨 다음 그림에 열중한 나는 결국 그 동시적인 두 위험의 부조화에 의해서만 구원을 받을 수 있었다. 해질 무렵이면 언어의 밀림 속에서 길을 잃고 조그만 소리가 나도 소스라치게 놀라며 마룻바닥의 삐걱거리는 소리를 외침으로 여기면서, 나는 인간이 없는 원시상태의 언어를 발견한 것처럼 생각하고 있었다. (『말』, pp. 60~61)

이 지경에 이르면, 어린 사르트르가 측은하게 느껴지기도 합니다그려. 그러나 모르긴 해도, 잘 따져보면, 근대의 중심부인 백화점 '봉마르셰'가 세계 최초로 문을 연 파리, 벤야민이 감격적으로 묘사한 『파사주론 *Das Passagen-werk*』의 파리, 보들레르의 파리에서 살아가던 지식층이란 많건 적건 사르트르 집안과 같지 않았을까요. 흙과 나무, 날짐승과 곤충이 살아 숨 쉬는 자연과는 무관한 관념의 세계가 지배하고 있었다고 보는 것이 일반적이겠지요. 조금은 민감하긴 해도 사르트르만이 겪었던 것은 아닐 터.

주 요컨대 모두가 헤겔의 도당들이었다, 그런 말이겠는데요. 일찍이 괴테는 『파우스트』에서 악마의 힘을 빌려 시골서 학문하기 위해 대학 문을 두드린 학생에게 이렇게 훈계한 바 있지 않습니까.

나의 소중한 친구여, 모든 이론은 회색이라네. 그리고 삶의 황금나무는 녹색이라네(Grau teurer Freund, ist alle Theorie und Grün des Lebens goldner Baum).

이 대목을 『법철학』 서문에서 헤겔은 이렇게 복창하고 있더군요. "철학이 그 이론의 회색에 회색을 겹쳐 그릴 때 이미 생의 모습은 노후해 버리는 것이며, 회색을 색칠하는 데 회색을 가지고 바르더라도 생의 모습은 젊어지지 않으며 오로지 인식될 뿐이다. 미네르바의 부엉이는 황혼이 짙어지자 비로소 날기 시작한다"(강문용·이동춘 옮김, 박영사, 1976, pp. 48~49)라고. 일의 진행 과정 속에서는 진리를 확정할 수 없고, 일단 그 일이 끝났을 때 비로소 진리가 드러난다는 것. 물론 나폴레옹이 유럽 역사 속을 휘저을 때, 오지인 독일에서 방관만 하던 헤겔이고 보면 황혼의 부엉이를 내세울 만도 했겠지요.

객 잠깐, 지금 우리는 사르트르를 얘기 중이 아닙니까. '사르트르도 결국 헤겔의 아이이다', 그런 뜻입니까.

주 내가 어찌 감히 사르트르나 헤겔을 논하겠습니까. 20세기를 온통 사르트르 혼자가 살았던 세기이고, 무수한 조무래기들은 명함도 낼 수 없다고 단언한 본바닥 사르트르 전문가의 견해이지요. 물론 고등 사범 출신인 사르트르는 코제브(Alexandre Kojève)의 헤겔 강의에 참가한 그들의 친구들과는 달리 후설의 현상학에 몰두했다고 하나, 그래서 『존재와 무』가 씌어졌다고 했으나, 실상은 헤겔의 세계를 꿈꾸었다는 것.

제1단계. 그(사르트르)는 헤겔을 닮고자 했다. 자기의 목소리보다 한층 들리도록 동시대인들에게 자기가 대헤겔의 자신 혼자 손자임을 넌즈시 암시한다. 그는 신분을 증명해 보인다. 헤겔 철학의 언급이 철학적 풍요로움의 외적인 표시라고 여기는 인텔리겐차에 공물을 바친다. 〔……〕 사르트르는 꼬제브의 계획표를 메워간다. 헤겔이 미결 상태에 남겨둔 책을 쓴다. 『존재와 무』를 『정신현상학』의 일종의 모작 혹은 속편으로 보는 제일 레벨의 해독이 있다. (베르나르-앙리 레비, 『사르트르의 세기』, 石崎晴己 監譯, 藤原書店, 2005, pp. 698~99)

프랑스인답게 20세기를 오직 사르트르 한 사람만이 온몸으로 담당한 세기라고 우기는 베르나르-앙리 레비도 헤겔 앞에 탈모, 무릎을 꿇은 사르트르를 묘사하고 말았지요.

객 문제는 회색, 이론, 관념/추상의 세계 예찬론이겠습니다그려. 이인성도, 큰 범주에서는 헤겔 도당이겠다고 선생께선 밀어붙일 심산이겠습니다. 일종의 지적 폭력이 아닐까요. 이인성이 보면 펄쩍 뛸지도 모르지 않습니까. 그럴 경우 선생은 어떻게 대처할 작정이십니까.

주 내가 이인성을 잘못 읽었다고 하면 되지 않겠습니까. 우둔하고 생각도 모자란 탓이니까요. 다음 장면을 내세울 수도 있긴 합니다만. 의가사 제대 후 지난날 부자가 조부 무덤을 찾아가면서 나눈 대화를 연상하며 이번엔 죽은 아비의 무덤을 혼자서 찾아갑니다. 그 아비와 환각 속에서 대화를 하면서 말입니다.

문득 바람 한 줄기가 길을 스치자, 길을 따라 늘어선 미루나무의 잎새들이 저 나름대로 몸짓해대는 작은 불꽃처럼 흔들리며 심지를 돋우었다. 무수한 불점들이 그의 눈을 어지럽혔다. 그는 붉은 흙길의 냄새를 맡았다. 오랫동안 맡아보지 못한 그 내음이 그의 가슴속으로 몰려들어가 응어리졌다. 그것은 아버지의 방에 스며 있던 그 내음 같기도 했고, 향불에서 피어나는 내음 같기도 했다. 그는 무엇인가가 생각났다는 듯 발길을 멈추고, 신발과 양말을 벗어들었다. 그는 붉고 뜨거운 땅에 닿는 맨발의 촉감을 놓치고 싶지 않다는 듯, 한걸음씩 한걸음씩 발을 옮겨나갔다.

그는 터벅 터벅 터벅 터벅 걷고 있었다. 언제쯤부턴가, 어디서 길로 끼여들었는지 모를 노인이 저 앞에서 걸어가는 것이 보였다. 노인은 모시옷을 헐렁하게 입고, 꺼부정한 등 위에 샛노란 햇살을 짊어지

고 있었다. 그는 노인과 걸음을 맞춰, 거의 비슷한 거리를 유지해나
갔다. 노인이 슬레이트 지붕을 올린 어느 납작한 흙집 옆에 섰을 때,
그의 발은 저절로 따라 멈췄다. 시야가 가려진 흙집 뒤에서, 리어카
를 밀며 한 중년의 사내가 나타났다. 그 둘은 뭐라고 손짓으로 말했
다. 그러더니 노인은 리어카 위로 올라앉았다. 중년의 사내가 리어카
를 끌기 시작했다. 그는 다시 먼발치로 그것을 뒤따랐다. 흙길에 덜
컹거리는 그 한 묶음의 노오란 형체는 그의 마음에 기묘한 문양을 그
리고 있었다. 어린아이같이 단순한 마음으로 그린 태양의 문양이랄
까. 길 저편에서 숲이 점점 커져 보이더니, 리어카는 길을 벗어나 숲
속으로 스며들어갔다. 그들 때문에, 그는 숲 그늘 속에서 빛을 보고
있었다. (『낯선 시간 속으로』, pp. 110~11)

객 드디어 맨발로 땅을 밟았군요. 황톳길의 흙, 거기서 나는 냄
새가 부친의 서재에서 나던 그 냄새이기도 하고, 향불에서 나는 냄
새 같기도 하다는 것. 신발과 양말을 벗어 들어야 비로소 나는 냄
새. 아비 무덤 찾아가기란 냄새 찾기였고, 또 그것은 자연에서 촉발
되었다는 것. 맨발이 갖는 의의가 구원이었던 셈이군요. 사르트르
가 30년 걸린 기간을 이인성은 군 복무 기간의 수년 만에 깨쳤다는
것. 그래봤자 결국 이인성은 사르트르의 아들이거나 손주라는 것.
이게 선생이 몰아붙이는 논법이겠는데요.

주 제가 말하고 싶은 것은 일반론이겠는데요. 『육조단경』을 들먹
인다고 핀잔을 하겠지만, 내가 조금 할 수 있는 것이 이 나라 문학
사입니다.

5. 전위성의 재음미

객 이인성 하면, 누구나 전위적 작가 또는 실험적 작가라 하지 않습니까. 선생의 일반론의 상층에 놓인 것이 바로 '전위적'이라는 규정이겠는데요.

주 그렇소. 이인성은 입만 벌리면 '나는 전위 작가도 실험 작가도 아니다!'라고 외쳐 마지않았소. 이 속에는 자기가 '전위 작가'임을 역설적으로 말해놓은 것일 뿐. 왜냐면 모든 진짜 작가는 '전위적이니까'. '나는 진짜 작가다!'를 뇌성처럼 혹은 깃발처럼 울리고 펄럭였던 것. 또 다르게 말해 '나의 조국은 프랑스다'라는 프랑스어 문장을 이탈리아어로 번역하면 '나의 조국은 이탈리아이다'가 아니라는 것. 여전히 '나의 조국은 프랑스다'라는 것. 이 점에서 달마 김현과는 결정적으로 변별되는 것. 프랑스 문학만이 문학이고 따라서 소설이라면 『보바리 부인』『잃어버린 시간을 찾아서』만이 소설이라는 것. 이 점에서 이인성은 또 다른 달마인 셈.

객 이제야 선생의 논법이 그 마각(?)을 드러냈군요. 가문의 계보학(습작기)과 관념(프랑스)의 계보학의 두 체계가 이인성의 전위성을 규정하는 두 기둥이다!

주 나는 이인성이 실토해놓은 다음 대목을 좋아합니다.

식민지·해방·분단·전쟁·독재로 이어지는 얼룩진 현대사 속에서 우리에겐 어쩌면 부정보다는 생존과 이해의 과정이 더 숨가쁘고 절실했을 수도 있는 것이다. 그래서 뛰어난 지적 통찰력을 드러내는 새로운 기술 방식을 보여준 최인훈에게서조차 이해와 인식의 양식을 읽게 되지, 해체와 해방의 양식을 읽을 수는 없다. '감수성의 혁명'을 몰고 온 김승옥, 지적 통찰력과 예술적 장인 의식을 결합시킨 탁월한 소설가 이청준에게서 느껴지는 것도 어떤 의미 있는 세계를 구축하려는 노력이지, 기지의 세계를 붕괴시키려는 노력이 아니다. 그러나 그들이 구축한 세계 인식법은 전위적 시야의 근거가 될 것임이 분명해 보인다. 그런 의미에서, 일상성의 빈틈으로 스며 들어가는 서정인의 문체와 보다 공격적인 비수를 들이대는 오정희의 현실 일탈에의 욕망은 그 전위의 예각화 현상일지도 모르겠다. 이들에게서 어떤 자기 절제에 감싸여 있는 전위의 직접적 숨결은, 작품 자체에 대한 불만은 더 크다 하더라도, 오히려 장용학이나 이제하에게서 호흡된다. 그리고 보다 야심에 찼던, 기존의 정신 체계에 대한 조직적 대항체를 창조해 내려 했던 박상륭의 작업은 우리다운 문맥에서 다시 읽힐 필요가 있다. 다른 한편, 이문구의 고향 소설이 구사하는 그 끈끈한 문체가 내게 전위적 양상으로 읽히는 이유는 무엇일까? 나아가 70년대적 문제가 조세희의 실험 정신을 통해 한 고비의 마감을 이룬 것은 특히 의미심장해 보인다. 70년대를 통과하고 나서 최근에 보이는 소설의 소강 상태를 나는 한국 소설의 전환의 모색으로 보고 있다. 그리고 그 전환이 새로운 문학 세대의 강렬한 전위 의식에 의해 충전되어 수행되리라는 예상을 해보는 것이 그리 엉뚱한 일은 아니다. (「'전위'의 인식, 그리고 소설」, 『식물성의 저항』, pp. 31~32)

객 소설사 일별이군요. 그러니까 모조리 달마 김현이 묘사해놓은 이른바 문지(文知)파 계보 아닙니까. 최인훈·이청준·오정희·서정인·조세희까지도 문지파의 비호 속에 있었고, 김현의 상세한 해설의 목욕탕에서 때를 씻은 작가들이지요. 그게 어째서 선생의 흥미를 끌었는가요.

주 박상륭은 김현에겐 더 각별한데, 반김동리론의 기수였기 때문. 샤머니즘의 자국화가 문지의 적이었음을 염두에 둘 때 박상륭이 샤머니즘에서 출발하되 그 방식이 세계화 방식인 만큼 전위적이라고 김현은 보았지요. 나머지는 모두 고만고만한 작가들이지요. 그런데 이인성은 이문구에 와서는 '?'를 던져놓았소.

객 이인성에 있어 이문구란, 전위적으로 보였다는 것. 이는 무슨 의미일까요. 금방 해답이 나오는군요. 이인성의 전위성과 이문구의 전위성의 대립 구도란, 사르트르와 이문구의 대립 구도, 곧 '관념성'과 '자연성'의 대립 구도라는 것. 이문구 쪽에서 볼 때 비로소 이인성은 진짜 전위 작가인 것. 이문구는, 말은 하지 않았으나 속으로 그렇게 보고 있었을 터. 최인훈·이청준·오정희·서정인 등등은 이인성을 그냥 보통 후배 작가로 보지 않았을까.

주 동감. 내가 유독 관심을 갖는 것은, 이인성의 이 글은 아직도 달마 김현이 시퍼렇게 살아 있던 1983년에 씌어졌다는 점입니다. 이 1980년대 초라면, 김현의 나이 41세. 바로 한 해 전에 폐간된 『문학과지성』 대신 『우리세대의 문학』(이성복·이인성·정과리 등)이라는 이름으로 무크지를 냈었지요. 김현은 『프랑스 비평사』(근대편)를 간행한 것이 1983년이었고, 또 『책읽기의 괴로움』을 간행했지요. 이미 소설에서 한 발자국 멀어진 형국. 이 막막한 상태에서 문지파는, 또 이 땅의 소설계는 어떤 전망이 요망될까. '새로운 문학'이 요망될 수밖에.

객 이에 나설 수 있는 작가란 '바로 이인성 나다'라고 했것다?

주 '전위적 작가의 등장이어야 한다!'

객 그의 전망대로 되었군요. 이인성 다음 세대인 정영문·김중

혁·황정은·김연수·김태용·박민규·백가흠·조현·박형서·서준환· 편혜영·김영하·김경욱·한강·고예나·배수아·한유주 등등은 알게 모르게 또 크게건 작게건 '이인성의 아이들'이 아니었을까. 그만큼 이인성의 존재는 '달마 이인성'이 아니었을까.

주 그쪽에서도 『육조단경』을 내세우는군요.

객 하도 선생이 강조하니까 모르는 사이에 제게 옮겨온 탓.

주 그건 그렇고, 문제는, 이인성이 말하는 '전위성'의 문제이겠는 데요. 앞에서도 이미 지적했거니와 이인성은 스스로 전위성에 대해 별것 아닌 듯 주장하고 있습니다.

(A) 정색을 하고 자문해 보건대, 겉으로는 그렇게 말하면서도 속 깊은 곳의 나는, 문학이 별로 새로울 것도 없는 방식으로 명맥이나 유지하리라 예감하고 있는 것은 아닌가?⋯ (「언어의, 언어에 의한, 언어를 위한」, 『식물성의 저항』, p. 184)

(B) 내게 주어진 하나의 아이러니는 이렇다. 15년 전부터 지금까 지 내 소설은 새롭다, 실험적이다라고 지칭되어 왔었다. 동시에 어렵 다, 읽히지 않는다라는 단서가 덧붙여지면서. 아마도 나는 새로우면 서도 쉬우며, 더 좋자면 그러면서도 깊이 있을 능력이 없었던 모양이 다. 나는 항변하지 않겠다. 다만 변명하는데, 나는 이 세계의 문화 조류에 견주어 내가 너무 낡았다고 줄곧 느껴왔고, 그러면서도 낡은 소설에 매달릴 수밖에 없었고, 그런 이상 소설이 갈 수 있는 끝까지 가보자고 생각했고, 또 지금도 그럴 뿐이다. 아이로니컬하게도, 낡은 소설의 세계에선 나는 너무 빨랐던가? 너무 빠르게 느림의 세계에 도 달했던가? (「흐르면서 가라앉으면서」, 『식물성의 저항』, pp. 159~60)

1995년 파리에 1년 머물며 느낀 소감이 이러했지요. 요컨대, 세월이 지나 전위적이라고 스스로 꽤 자부심을 가지고 한몫한 것에 대한 통렬한 반성적 고백이라고나 할까요.

객 과연. 당초 이인성은 '전위적'인 것을 두고 이런 식으로 말했으니까.

여기서 우리가 한 가지 확실하게 알 수 있는 점은, 적어도 아직까지는 '전위'란 말이 20세기적 특성을 요약한다는 사실이다. 그런 의미에서 '전위'는 영미 비평에서 사용되는 '모더니즘'이란 용어와 어느 정도 동반자적 위치에 자리잡고 있다. (「'전위'의 인식, 그리고 소설」, 『식물성의 저항』, pp. 23~24)

19세기적 특성을 드러낸 것이 말라르메·보들레르·랭보, 20세기적 특성으로는 조이스·베케트·사르트르·카뮈 등이 그것. 적어도 이인성은 스스로를 이런 전위급에 올리고자 하는 지향성으로 충만했던 것. 그렇다면 조금 막연하지만 모델이 있었을 텐데요.

주 『구토』의 사르트르, 『말』의 사르트르가 아니었을까. 이것이 내가 지적하고 싶은 거멀못이지요. '낯선 시간 속으로' 진입하기 위한 습작기를 첫 창작집으로 묶어낸 다음 두번째 창작집은 진짜 전위성 찾기였던 것. 제2창작집 『한없이 낮은 숨결』이란, 사르트르에 있어서는 『구토』『자유에의 길』『말』 등이 습작기였다면 『존재와 무』는 습작기를 벗어난 전위적 산물이었던 것.

객 선생의 억지도 못 말리겠군요. 어느새 '달마 사르트르'가 등장했습니다그려. 이인성의 어느 산문에도 사르트르에 대한 언급이 거의 없는데도 말입니다. 사르트르가 20세기를 대표한다고 칩시다. 후설의 현상적 존재에 입각한 사르트르 식 실존주의 해명서 『존재와 무』란 20세기를 대표할 수 없는 것. 왜냐면 헤겔이어야 했으니까. 이 점에서 20세기를 싸잡아 '사르트르의 세기'라 설파한 베르나르-앙리 레비의 견해란 탁견이라 하지 않을 수 없는 것. 이 나라 1980년대 이후의 소설계란 정작 달마 이인성이었던 것. 많든 적든 알게 모르게 그를 무시하고도 소설질을 할 수 있었을까. 리얼리즘이 발붙일 곳을 잃은 상태에서도 소설을 써야 한다면 과연 이인성의 전위성을 피해 갈 수 있었을까.

제3장 홀로서기로서의 또 다른 전위성 모색

—— 달마에 헌사를 마친 다음 순서

1. 홀로서기의 과정

객 달마 이인성이라? 달마 사르트르라? 이인성의 습작기가 '낯익은 것에서 벗어나기', 곧 가계보(조부, 아비) 그리고 또 다른 가계보인 소림사(관악산)의 『육조단경』에 대한 수련 기간이었다면 이제부터는 진짜 전위에로 향한다! 그것이 제2창작집 『한없이 낮은 숨결』이 아닐 것인가. 그리고 이 제2창작집에 이인성 글쓰기의 핵심이 놓인 것이다? 따라서 그 이후의 글쓰기란, 가령 『강 어귀에 섬하나』(1999)라든가 「돌부림」(2006), 또는 그보다 앞선 『미쳐버리고 싶은, 미쳐지지 않는』(1995) 등은 일종의 후일담이지 전위적인 것 축에 들 수 없다! 이것이 선생께서 갖고 있는 완고한 편견이겠는데요, 맞습니까? 이인성의 표현으로 하면 "돌이킬 수 없는 것은 돌이킬 필요가 없는 것이 되어야 한다"이겠는데요.

주 습작기는 끝났으니까. 다시는 습작기로, 아비의 비천상 있던 서재에 주눅 들 필요가 없다는 것. 미지의 세상 속으로 나아갈 수밖에. 달마 사르트르는 미지의 세상 속으로 나아가서 습작기를 되돌아 보기까지 30년이 걸렸다(『말』)고 했는데 이인성은 대체 얼마나 걸 렸을까. 이 점이 중요하지 않을까 싶소.

객 그야 따져볼 수밖에. 제2창작집, 그러니까 선생 표현으로 하 면 전위로 자처하며 탐구한 이인성의 역작이겠는데, 그리고 그것은 물론 언어의 탐구이겠는데, 품이 썩 걸리더라도 촘촘히 읽어볼 수밖 에요. 염두에 두어야 할 것은 이 제2창작집을 달마 김현에게 바쳤다 는 것.

주 바로 그 말. 대체 김현은 이인성에게 무엇을 어떻게 하라고 가르쳤을까. 제1창작집에서 아비의 서재 냄새와 더불어 그것을 아 비 무덤에 묻음으로써 습작기를 마쳤고 그로써 헌사를 가계보(가족) 에게로 바쳤다면, 두번째 창작집은 그러니까 바야흐로 진짜 낯선 시 간 속으로 들어가려는 길목에 버티고 서 있는 김현을 의식하지 않았 을까. 아가야, 자 보아라. 저기 길이 있다. 그쪽으로 가느냐 마느냐 는 네 선택에 달렸다. 감수성의 밀도가 네 운명을 결정할 것이다! 프랑스 문학 밭 말이다! 그 이름이 '전위적'이란 것이다! 모든 훌륭 한 작품은 다 전위적이다!

객 읽어보기 전에 먼저 이것 하나는 묻고 싶은데요. 가령 사르트 르의 처녀작『구토』(1938)에서처럼 마로니에 나무뿌리를 보고 존재 의 감각적 실체에 마주치지 않습니까. 많은 잘난 해설가들이 인용하 는 대목을 잠시 볼까요.

조금 아까 나는 공원에 있었다. 마로니에 뿌리는 바로 내가 앉은 의자 밑에서 땅에 뿌리를 박고 있었다. 그것이 뿌리였다는 것이 이미 기억에서 사라졌다. 어휘가 사라지자 그것과 함께 사물의 의미며 그것들의 사용법이며 또 그 사물의 표면에 사람이 그려놓은 가냘픈 기호가 사라졌다. 어깨를 움츠리고 고개를 숙인 채로 나는 혼자서 그 검고 울퉁불퉁하고 마디가 져서 내게 공포심을 주는 나무더미와 마주 앉아 있었다. 그러다가 나는 그 계시를 받은 것이다.

그것이 나의 숨을 멈추게 했다. 〔……〕 존재가 갑자기 탈을 벗은 것이다. 그것은 추상적 범주에 속하는 무해한 자기의 모습을 잃었다. 그것은 사물의 반죽 그 자체이며 그 나무의 뿌리는 존재 안에서 반죽 된 것이다. (『구토』, 방곤 옮김, 문예출판사, 1983, pp. 342~43)

구토(멀미)를 느끼는 순간이지요. 존재란 추상적 범주에서 벗어 나 무질서한 사물의 덩어리라는 것. 이 발견은 충격적인데, 왜냐면 그동안 알고 있던 세계 질서에서 벗어나 새로운 세계 속으로 진입하 는 입구였으니까. 또 이런 사례도 들 수 있겠지요. 유명한 헬렌 켈 러의 체험기. 그녀가 water(물)라는 단어(추상의 세계)를 익힌 과정 은 실로 기적이랄까. 사르트르가 나무뿌리를 보고 숨을 멈추게 됐던 것에 비견됨 직하지요.

누군가 물을 긷고 있었는데 선생이 수도꼭지 밑에 내 손을 이끌어 차디찬 물이 한쪽 손 위로 세차게 흐르는 순간에 다른 손에는 처음엔 천천히 그 다음엔 신속히 '물'이라는 말이 압축되었다. 나는 몸을 움 직일 수 없이 선 채 온몸의 주의를 선생의 손가락 운동에 맡겨졌다. 그런데 돌연 나는 무언가 잊은 것을 생각해낸 듯한 혹은 회상되는 듯 한 사상의 전율 같은 일종의 신비한 자각을 느꼈다. 이때 처음으로

'water'는 자기의 한쪽 손 위를 흐르고 있는 차디찬 사물의 이름임을 알았다.(『헬렌 켈러 자서전』, 윤문자 옮김, 예문당, 1996, p. 30)

혼의 해방을 느낀 이 신비로움은 『구토』와 진배없는 것〔『구토』가 추상(주어적 사고에서 술어적 사고)에 이르기라면 헬렌 켈러의 '자서전'은 술어적 세계에서 주어적 세계에로 닿기여서 정반대 현상이나, 당사자에게 벼락 같은 신세계임에는 같은 것〕.

　주　이인성이 들어간 낯선 시간 속에는 『구토』의 뿌리 체험이나 헬렌 켈러의 'water' 체험 같은 결정적 순간이 있었던가. 곧, 김현의 암시가 아니고 이인성의 자력으로 그런 결정적 체험이 있었던가. 그렇게 묻고 있습니다그려.

　객　'전위적'이란 이름은 그런 것에 값하는 것이 아니었던가요. 요컨대 그런 것을 찾아야겠는데요. 제2창작집, 그러니까 이인성이 새롭게 나아간 세계는 「당신에 대해서」를 비롯, 「다시 그를 찾아갈 우리의 소설 기행」 등 열두 편으로 구성되어 있는 연작 소설들입니다. 습작기의 네 편 연작과 족히 대칭점을 이루고 있다고나 할까요. 『관촌수필』이 여덟 편 연작이고 『난장이가 쏘아올린 작은 공』이 열두 편 연작임을 상기시킬 수 있는 구성법입니다. 『관촌수필』이 이른바 습작기 네 편이라면 제2창작집 『한없이 낮은 숨결』은 『난장이가 쏘아올린 작은 공』에 비유됨 직하지요. 이런 현상은 시대적인 문단 관습과 관련된 것이어서 크게 내세울 만한 이인성의 고유한 요소라 하기는 어렵지만, 그렇다고 그냥 넘길 수도 없는 노릇인데요. 왜냐면 모종의 문단적 안정감을 얻었으니까. 그 바탕 위에서 이인성은 당시로서는 대담한 목소리로 임할 수 있었겠지요.

　주　훌륭한 지적이오. 소설사적 과제이니까.

객 이 열두 편의 연작들의 주제랄까 인식의 주체는 '나/그'도 아니고 이인성도 아니고, '소설' 자체라는 것. 한국어에는 없지만 훗날 많이 사용된 '글쓰기(écriture)'이겠는데요. '소설 쓰기는 무엇이며 또 그 의의는 무엇이며 그것이 어째야 가능한가'라는 것. 그러기 위해 이인성이 맨 먼저 내세운 것, 묻는 것, 그것은 '소설 독자'의 분석에 있습니다. 그것은 협박조이기도 하고 또 달래기도 하면서, 추어올리기도 꼬집기도 하면서 넋을 송두리째 흔들고 빼어놓을 필요가 있었습니다. 독자를 주눅 들게 하고, 묵사발을 만듦으로써 소설 쓰기의 자유랄까, 또 말해 불발의 성스러움을 얻어내고자 하는 전략이 깔려 있었다고나 할까.

우선, 이 소설을 읽으려는 당신에게, 잠깐 동안 눈을 감도록 권하겠다.

눈을 감지 않고 위의 비어 있는 한 줄을 뛰어넘었다면, 제발, 아래의 비어 있는 한 줄을 건너기 전에, 꼭, 눈을 감아보기 바란다. 이때 눈을 감고 무엇을 어떻게 할지는, 전적으로, 또한 기필코, 당신 자신이 깨달아내야 할 일이다. 그러니 앞에서 눈을 감았었더라도 그저 눈꺼풀을 덮어본 놀음에 불과했다면, 이 경우 역시, 다시 한번 당신 눈 속의 그 어둠과 마주하는 게 스스로 뜻 깊겠다. 이번엔 가능한 한 오랫동안, 눈꺼풀 안으로 쫓아들어온 현란한 빛무늬가 완전히 암흑의 뒤편으로 스러지도록. 그래서 원컨대, 그 짙은 어둠의 응시가 이 소설 읽기를 지탱하도록.

분명, 당신은 눈을 감지 않았거나 너무 일찍 눈을 떴다. 그렇다면,

그러므로, 이제 이 순간, 돌연히, "오, 빌어먹을! 늘 똥 마려운 듯한 그대, 성급한 독자여! 속물이여! 개새끼여!"라는 격한 욕설―써놓고 나니 지나치게 시적이다―을 당신에게 퍼부어버려도 상관은 없으리라. 용기 있게 그랬던 그 누군가들처럼. 그러나, 그렇게 강풍처럼 당신을 몰아치는 것이 결코 무턱댄 짓은 아니더라도, 그러나, 현재의 나―나? 나, 누구?―로서는 그러고 싶은 생각이 전혀 없다. 다름아닌 당신에 대해 당신에게 이야기하기 위해서는, 지금 여기서, 끝끝내 당신을 끌어안아야만 하겠기 때문에. 아니, 아무래도 '전혀'라는 말은 좀 거짓이다. 죄송하다. 게다가 글이란 대개 순서적으로 읽히는 것이니까, 앞서의 문장들에서 당신은, '그러나'의 반전이 일어나기 전까지 잠깐 동안, 이미 약간의 불쾌한 충격을 느꼈음직하다. 솔직히 이야기해, 이런 시대―어떤 시대?―를 함께 살면서, 그 미풍 같은 충격조차 빼버리고 싶지는 않았다고나 할까. 이 마음이 당신에게 이해되기를. 지금 당장은 아니더라도 그 언젠가는. (『한없이 낮은 숨결』, pp. 11~12)

자기가 장차 쓸 소설을 읽을 독자의 자격을 작가 쪽에서 선택하고 있는 형국. '함부로 내 소설을 읽을 수 없다!' 어째서? 왈, '내 소설은 지금까지 씌어진 어떤 소설보다 뛰어난, 아니, 전혀 별종의 소설이니까!' 이 굉장한 허풍, 이 대단한 자부심. 기껏 '소설'이라는 종래의 낡고 케케묵은 말을 답습한 주제치고는, 그래봤자 남들이 쓴 소설에서 한 발자국도 못 나갈 테지만('소설'이라 하지 않고 '글쓰기'라든가 철학 또는 새로운 장르라면 또 모를까) 이런 허풍이나마 서두에 깃발처럼 걸어놓았습니다그려.

주 좀 더 인내심을 가지고 들어가보면 안 될까요. 나도 젊은 세대인 그쪽도 함께 이인성이 쓴, 또 장차 쓰게 될 소설의 독자이니까.

   객 잠깐, 이인성의 소설 독자가 선생과 저라고 했는데 실상은 선생도 저도 함께 소설 쓰기에 관여한 당사자들이 아니겠습니까. '나, 저＝이인성'의 도식.

   주 그렇소. 이인성이 나와 그쪽을 이끌어들인 것이 아니라 나와 그쪽이 자진해서 들어갔으니까. 보실까.

   그렇다, 그 '그 언젠가'를 향해 막막히 이 소설은 시작되고 있다. 아마도 멀고먼 그 언젠가, 당신을 다르게 참답게 만나겠다는 마음을 꾸면서. 하지만 그 언젠가가 아닌 지금의 당신은, 오히려 이런 내 태도에 반발하고 싶은 것이 아닐까? 어쩌면 이런 식으로 나를 비웃고 싶을는지도 모른다. "미풍 같은 불쾌감은커녕 입김 같은 느낌도 없는 걸." 뭐, 더 심하게, "좆같은 새끼, 지랄하고 자빠졌네. 지가 뭔데 남을 갖고 놀라구 그래?" 하는 소리——써놓고 나니 이건 상당히 사실적인 욕이다——가 들려올 듯도 하다.(『한없이 낮은 숨결』, p. 12)

   이처럼 이인성의 소설적 실험 또는 싸움이란 독자와의 싸움이지요. 왜냐면 '독자＝작가'의 등식 위에서 줄다리기를 하는 싸움. 어느 쪽인가 줄 위에서의 싸움에서 실수하여 땅 위에 떨어져 박살 나는가의 곡예 놀이. 그것도 필사적인 싸움.

2. 소설 곧 근대 소설임을 의심치 않은 이유

   객 그런 곡예랄까 싸움이란 이 땅에서는 처음 시작한 것이다, 이것이 바로 이인성의 전위성이다, 그런 논리입니다그려. 그렇다면 정작 '소설'이란 장르는 어디로 갔는가? 그런 것은 안중에도 없는가? 대체 '소설' 자체에 대한 '자의식'이란 아예 없고 '독자＝작가'만이 있다?

주 좋은 지적. 여기서 한 가지 분명히 짚어두고 나가기로 해야겠소. 이인성의 전위성의 근거란 '소설이란 이런 것이다!'라는 긍정 위에 서 있다는 사실. 그는 이를 절대로 의심하지 않았소. 왜냐면 소설은 소설이니까. 그 시점에서는 문학의 중심부인 산문이었으니까.

객 소설이란 기껏해야 '근대의 산물'에 지나지 않음을 이인성은 까맣게 몰랐다? 근대란 인류사의 시선에서 보면 겨우 2백 년(1789년 프랑스 혁명 이래) 정도의 연륜밖에 안 되며 따라서 근대가 끝나면 여지없이 사라질 물건에 지나지 않는 것. 근대의 초극, 탈근대, 후기 구조주의에 이르면 소설 따위란 여지없이 해체되거나 쇠락하기에 이름을 우리는 시방 너무나 똑똑히 보고 있지 않습니까. 1980년대만 해도 서구에서는 이런 징후가 농후했는데 이인성은 이를 투시할 안목이 없었다고 봐야겠지요.

주 그야 오늘의 현실이고, 1980년대의 이인성에겐 무리였겠지요. 겨우 2백 년 정도밖에 안 된 이 '근대 소설' 장르는 근대 곧 시민 계급이 창출해낸 예술 형식 아닙니까. 진작부터 이 점을 간파해온 선구자의 한 사람은 아르헨티나 소설가 보르헤스가 아니었을까. 그는 소설과 이야기를 구분할 줄 알았소. 이야기란 태초부터 지금까지, 또 미래에도 지속된다는 것. 인간의 본능에 속하는 것이니까. 보르헤스에 의하면, 인류사에서 '이야기'의 기본형은 셋밖에 없다는 것. 트로이(아킬레스), 오디세우스 그리고 복음서. 결코 정복되지 않는 성을 공략하고 있는, 그래서 그 성이 함락되기 전에 자신의 죽음을 알아차린 분노의 사내 얘기. 오디세우스는 어떠한가. 고향에의 귀환 불가능에 대한 기대와 공포 속의 모험담. 마지막으로, 자신을 신으로 여겼으나 결국 한갓 인간임을 알아차린 인간의 이야기. 인류사는 이 세 가지 얘기로 족하다는 것. 여기서 무수한 가지 치기가 가시밭처럼 펼쳐졌으니까. 보르헤스가 스스로를 유럽 정통주의자라 자부하고 있음도 이 때문. 남미 아르헨티나 작가이기에 앞서 서구 정통파라는 사실이 유독 강조되어 있습니다. 위의 세 가지 얘기로 충분하다는 것. 사람은 많은 얘기가 요망되지 않는다는 것.〔『문학을 말하다(*This craft of Verse*)』, 鼓直 譯, 岩波書店, 2002, p. 70〕

객 카프카도 이 사실을 알고 있었다고 보르헤스는 주장했는데요. 그는 일찍이 카프카의 단편집을 번역한 바 있는데, 그 해설문 「카프카와 그 선구자들」(1938)에서 대충 이런 식으로 말했더군요. 당초의 생각으로는 카프카란 불사조 같은 천재로 여겼으나 잘 따져보니 각 시대의 갖가지 텍스트 속에서 카프카의 목소리가 들렸다는 것. "내가 틀리지 않았다면 내가 든 이질의 텍스트는 어느 것이나 카프카의 작품을 닮았다는 것, 정도의 차이는 있으나 이미 있었던 얘기에 관련되어 있다는 것."(『카프카 단편집』, 池內紀 譯, 岩波書店, 1987, p. 270)

주 보르헤스 자신은 절대로 장편 따위를 쓴 바 없고, 또 쓰지 않는다고 공언했소. 이유는 간단명료. 장편이란, 얘기에 군더더기를 처넣는다는 것. 단편으로도 족한데 그 이유는 명백하다는 것. 어떤 얘기도 전에 있었던 이야기의 요약에 지나지 않는다는 것. '각각의 작가는 스스로의 선구자를 창출한다'라고. 그 작가가 그 작품을 쓰지 않았다면 우리는 그 사실에 주의를 기울이지 않는다는 것. 곧 카프카가 그 작품을 쓰지 않았다면 그 이야기의 족보는 존재하지 않는

154

것으로 된다는 것. 이런 시선에서 보면 '소설'이란 실로 하찮은 근대 부르주아의 노리개 정도였을 뿐. 근대와 운명을 공유하는 것.

　객　이인성은 그런 하찮은 소설을 무슨 보물처럼, 선생 식으로 하면 '선험적으로' 안고 있었다? 달마 김현처럼 '나의 조국은 프랑스다'를 한국어로 번역해도 '나의 조국은 프랑스다'인 것. '나의 조국은 한국이다'로 할 수도 없었다. 이 점에서 이인성은 단연 달마 이인성이다. 어째서? 왈, '나의 조국은 프랑스보다 더한 프랑스이다'이니까.

　주　'소설은 절대로 소설이다'에서 의심 없이 출발한 이인성이고 보면 '누보로망'의 작가 로브그리예, 나탈리 샤로트 등에 귀를 기울이긴 했어도 소설 장르까지는 의심하지 않았다고 하는 대전제를 세워놓고 이인성이 벌이는 곡예를 감상해야 된다는 것. 여기까지가 『한없이 낮은 숨결』의 세계라는 것. 이인성이 어느덧 정신을 차려보니까, 21세기가 시작되지 않았겠는가. 실로 앞길이 막막할밖에요. 그럴 수밖에 없는 것이 그 소설이란 장르가 저물고 있지 않겠는가. 소설이란 기껏해야 근대(자본제 생산 양식)와 국민 국가(nation-state)의 산물에 지나지 않는 것. 그것은 전형적으로 18~19세기에서 20세기의 산물이었던 것.

　21세기가 시작되자 이인성은 문득 길을 잃을 수밖에. 그렇게 잘난 척 '독자는 작가고 작가는 독자다, 함께 개새끼다'라고 하던 줄타기 곡예에서 균형을 잃을 수밖에. 여차하면 땅에 떨어져 죽거나 치명상을 입을 수밖에요. 작가 이인성도 독자인 우리도.

　객　그러니까 우선 다급해서 영화 앞에 무릎을 꿇을 수밖에.

　문학과 영화는 다르지만, 문학이 '영화적인 것'을 문학적으로, 영화가 '문학적인 것'을 영화적으로 활용할 수는 있다. 문학 편에서 이야기하자면, 그 핵심은 언어를 '보게' 만드는 데 있다(반대 경우로, 가령 타르코프스키의 영화는 영상을 '읽게' 만든다). 언어를 통해 다른 것을 보는 것이 아니라 언어 자체를 보며, 그것이 상상과 성찰을 빚어내는 과정에 동참하도록 하는 것. 이런 태도는 차후 내 소설 쓰기에 점철될 것이다.(「언어의, 언어에 의한, 언어를 위한」, 『식물성의 저항』, p. 176)

이때 이인성은 벌써 영화의 압도적 힘, 혼성 모방의 기법 앞에 무릎을 꿇었던 것. 왜냐면 소설 장르의 쇠약이 비로소 감지되었으니까.

주 동감. 21세기에 오면, 이인성은 소설 쓰기의 포기랄까 절망 직전에 닿지 않을 수 없었지요. "이런 태도는 차후 내 소설 쓰기에 점철될 것"이라 했지만 그런 기회는 실상 영영 올 수 없음을 직감하지 않을 수 없었지요. 『강 어귀에 섬 하나』도 그렇지만 「돌부림」에 오면 거의 확실해졌지요. 그런 자각이 산문으로 고백체로 퉁겨나간 것이 『식물성의 저항』이었던 것. 성기완 시인의 말을 빌려 "새로운 세기는 식물성의 가능성을 시험하는 세기가 될 것"이라 보고, "과연 저항마저도 그렇게 식물적으로 길게 고요히 수행될 것인가?"라고 자문하면서 "새로운 문화적 상황 속에서, 21세기의 작가들은 더 이상 떠돌이가 될 수 없을지 모른다"(『식물성의 저항』, p. 186)는 비장한 예언자적 목소리를 낼 수밖에. 민들레 씨앗처럼 바람에 날려 시멘트 바닥에 떨어진 형국. 거기 틈새 흙 속에서 가까스로 생명을 이어가는 민들레. 이 민들레의 생명력에 비유된 소설이란 물건은 아예 죽을 수도 없다는 것. 이를 증명해 보인 것이 시인 김지하의 옥중 체험이었던 것.

그때가 봄날인데, 서울교도소─ 이곳은 일제시대 교도소라 지금의 교도소하고는 틀려요 ─ 창살 사이에 허공이 있는데요, 하얀 민들레가 날아들곤 하는데, 아침이었죠. 그날따라 유난히 햇살이 밝게 빛나고 쇠창살과 시멘트 받침 사이에 ─ 비 때문에 홈이 파였는데 거기 흙먼지가 쌓이고 풀씨가 날아와서 비가 오면 빗방울을 빨아먹고 자랍니다 ─ 개가죽나무라고, 풀인데 크게 자랐어요.

늘 봐 왔던 것이지만 그날따라 유난히 클로즈업(close-up)되어서 민들레씨와 그것을 보면서 온종일 울었습니다. 울음이 터져 나와서 이유도 모르고 울었습니다. 그때 허공에서 한마디가 에코(echo)되며 크게 들리는 거예요. 바로 '생명'이라는 한마디였습니다. 그러면서 생각에 빠지기 시작했습니다.

'생명이라는 것이 없는 데가 없다'는 것이었지요. 민들레씨가 감옥 안에 들어오고 개가죽나무가 감옥 안에서 자라듯이 생명은 없는 데가 없는데 ─ 무소부재(無所不在)지요 ─ 고등생명인 내가 이 생명의 이치만 깨달을 수 있다면 감옥의 벽이라든가 이런 것이 의미가 없는 것 아닌가, 안에 있으면서 밖에 있을 수도 있고 또 담 이쪽에서 생각하면서도 담 밖의 식구들과 같이 있을 수 있는 것이 아닌가, 땅도 연결되어 있고 하늘도 담 너머로 연결되어 있지 않은가, 잠자리나 나비도 날아다니지 않는가…… 이런 생각을 하게 되었습니다. (김지하, 『예감에 가득 찬 숲 그늘』, 실천문학사, 1999, pp. 18~19)

요컨대 소설도 생명체라는 것. 민들레 씨앗처럼 시멘트 틈새에도 뿌리를 내릴 수 있다는 것. 이 얼마나 비장하고도 초라한가.

객 소설이란 장르의 속성을 보르헤스처럼 진작 알았더라면 이런 구차하고도 비장한 발견이란 넉넉히 넘어설 수 있었을 텐데요.

　주　이인성이 철날 무렵 몸에 익힌 소설이란 고정 관념 탓이지요. 누구나 이런 세대 감각의 지평에서 벗어날 수 없는 법. 이인성은 이 점에서 정직했던 것입니다.

　객　문제는 그러니까 이인성이 다시는 소설 쓰기에로 나아가기 어렵다는 것이겠는데요.

　주　동감. 「돌부림」(2006) 이후 이인성은 침묵할 수밖에요. 이 모든 일은 이인성 혼자서 겪은 것이 아니라 이 나라 소설판의 현실이었다는 사실. 요컨대 우리는 이인성의 '독자=작가'의 외줄 타기 곡예에 집중할 수밖에요. 그것만으로도 이인성은 소설사에서는 불멸이라 할 만하니까. 전위성 말이외다.

3. 전위성의 정체 (1)

　객　그러고 보니, 구경꾼들을 모아놓고 두 사람이 높은 곳에 설치된 광대의 줄타기 무대에서 결투(곡예)를 펼치고 있는데, 두 사람이 칼을 들고 결투를 하고 있는데, 그 둘은 독자와 작가라는 것. 실력이 막상막하라는 것. 거기까지는 말이 되긴 하는데, 매우 딱한 것은, 다음 두 가지. 하나는 '독자=작가'라는 것. 두 사람의 결투란 없고 오직 한 사람의 곡예만 있을 뿐이라는 것. 또 다른 하나는 헛것과 헛것의 결투라는 것. 유령의 싸움. 이런 실험은 이 나라 소설사에서는 초유의 일. 더구나 그 철저성에 있어서랴. 그렇다면 과연 구경꾼들은 누구이며 어디에 있는가.

　주　우리가 제대로 찾아온 느낌입니다. 관객이란 안중에도 없다는 것. 바로 여기에 이인성 식 '전위성'이 숨어 있지 않았을까. 보통의 경우라면, 마당에 관객들이 있고, 광대가 외줄을 타고, 잘하면 긴 장대나 부채로 균형을 잡으며 일부러 약간의 기교를 부리며 아슬아슬한 장면을 연출하기 마련. 그러면 마당의 관중들은 가슴을 졸이며 환성을 지르거나 박수를 보내기 마련. 하지만 이인성의 줄타기 곡예는 이와는 전혀 다른 것. 관객 따위는 안중에도 없지요. 있는 것이라곤 독자와 작가뿐. 이 둘의 외줄 위에서의 칼싸움을 잠시 볼까요. 4백 페이지가 넘는 연작 중편의 전부가 이 칼싸움이니까. 어느 대목이랄 것도 따로 없지요.

　　하나마나한 소리지만, 하여튼, 하나마나한 소리로 시작되는 이 첫 문장부터, 하나마나할지 하나마나하지 않을지 두고 봐야 할 저 끝문장에 이르기까지, 이 글 전체는, 하나마나한 소리마저 하나마나하지 않은 어떤 울림의 한 결로 엮어내고 싶다는 꿍심을 품고, 한 편의 소설로 짜여져나갈 것입니다. 다름아닌 소설로! 그러니까 이건 명백히 허구를 목표로 삼고 있는, 상상 속에서 무엇인가를 펼쳐나가려는, 한 언어의 장치로 구상되고 있습니다. 역시 하나마나한 소리인가요? 좋습니다. 그렇다면 하나마나해지지 않기를 바라는 속을 조금이라도 덜기 위해, 이 소설이 소설이라는 하나마나한 소리로부터 시작한 내 의도를 대뜸 드러내도록 하지요. 이 소설을 쓰는 나는, 이 소설을 통해, 이 소설을 읽는 당신과, 당신 자신을 가지고 노는 놀이를 한판 벌였으면 합니다. 여기서 '당신 자신'이란, 문자 그대로 당신들 각자의 자기 자신을 뜻합니다. 되풀이 보태자면, 그 '당신 자신'은, 이 소설 앞에 다가와 있는 여러 독자들을 모두 하나의 동질성 속에 묶고자 할 때의 '당신'이 아니라, 서로 얼굴이 다른 만큼 다르게 읽고 다르게 반응하는 이질성으로 무수히 흩어지는 '당신'에 가깝습니다. 요컨대, 이 세상 저마다의 터전에 실제로 살아 움직이는 실존적 개체로서의 당신을 놀이의 소재로 요구하는 거지요. 그러니 이 점이 아주 중요해집니다. 이 소설 놀이는 허구가 아닌 현실 속의 당신을 그대로 허구 속에 불러들이려 한다는 점이. 나는 무엇보다도, 그때 당신이 내 부름까지도 현실로 착각할까봐 경계하는 중입니다. 그러면 어느 정도 이해하시겠습니까, 시작부터 흰소리를 곱씹어댄 까닭을? (『한없이 낮은 숨결』, pp. 71~72)

현실의 독자를 허구 속에 끌어들여 놀이로 삼겠다는 것. 그렇지만 작가인 '나'가 부른다고 해서 그 '나'가, 또 그 부름이 '현실'은 아니라는 것. 왜냐면 독자 너희들이 자진해서 '나'의 유혹에 이끌려왔으니까. 독자는 응당 이렇게 대들 것입니다. "하필이면 왜 당신 자신의 노리개가 되어야 하는가"라고 말입니다. 그러나 잘 따져보면 그렇게 억울할 것도 없다. 어째서? 독자인 당신도 작가인 '나'를, 그러니까 '나'의 소설을 노리개로 삼으면 될 테니까.

　객 독자도 이 놀이에서 잃을 것이 거의 없다. 최악의 경우래야 이 놀이에 끼어든 시간 정도겠지요. 거기다가 약간의 피로, 불쾌감이 덧붙여지는 것이 손해라면 손해이겠는데, 그 나머지는 이 소설에 놀아나느냐에 달려 있다는 것. 이인성이 자주 쓰는 수사법으로 하면 '당신의, 당신에 의한, 당신을 위한' 놀이니까. 이 놀이에서 얻는 성과랄까 즐거움 혹은 가치란 무엇일까. 서로 손해를 보지 않는 게임이 되려면 어째야 할까. 이것이 선생이 말하는 두 광대(유령)의 줄타기 쇼이겠습니다그려.

　주 독자가 읽었던 다른 소설과 이인성의 소설을 비교해보고, 이인성이 세워놓지 못한 이 소설의 어떤 몫을 캐내준다면 작가인 이인성이 이기는 게임이겠고, 독자가 이 소설 속에서 헤매면 그럴수록 독자의 승리(쾌감)가 온다는 것.

　이쯤에서 이미 이 글의 평면이 당신의 상상에 의해 입체적 공간으로 일어서 있다면 바람직하겠지만, 그렇지 못한 경우 이 지시문에 의해 상상력을 한번 발동시켜보기 바란다. 그 공간은 그저 완전한 암흑일 뿐이다. (『한없이 낮은 숨결』, p. 73)

이렇게 게임을 진행하다 보면 어느 지점에 이르러선 이인성은 점점 껍질이 벗겨져 알몸이 되고 또 가벼워져 자기 정체성이 얇아지는 반면, 독자는 이인성이 가졌던 육체, 옷가지, 외모, 생활 태도 등을 하나하나 얻어 걸쳐 몸이 무거워질 것입니다.

객　문제는 그러니까 양쪽의 균형 감각이겠는데요. 니체의 권력 의지에 나오는 정오의 사상, 또 카뮈의 정오의 사상과도 같은 그런 지점에 딱 멈추기.

주　이인성에 있어 그런 지점을 무대라고 한 바 있지요. 무대에선 이인성을 배우로 인정해라, 왜냐면 독자인 당신도 배우니까. 소설 쓰는 이인성도 흐릿하게 사라져 '목소리'와 '몸짓'만 남고, 독자도 그렇다는 것. 다음 대목은 바로 이를 가리킴인 것.

　허구와 현실 사이의 그 알 수 없는 경계선까지, 당신은 '당신 자신'을 버텨내야 합니다. 현실과 허구를 바짝 다붙여, 그 변형이 어떻게 이루어지는지 한번 들여다보기 위해서라도. (『한없이 낮은 숨결』, pp. 74~75)

객 무대라면 이인성이 습작기에 한동안 빠져든 것 아닙니까. 무대 위에 부친 살해 청년을 세웠던 '1974년 가을'의 「지금 그가 내 앞에서」의 그 무대이겠는데요. 20대 청년 '부친 살해 도주' 사건의 무대란, 도스토옙스키의 부친 살해 모티프를 연상시킨다는 점에서 무의식 속에서는 아비에게서의 탈출 시도였는지도 모르거니와 요컨대 이인성에 있어 '무대'란 선생이 공들여 비유한 광대 줄타기보다 포괄적이고 또 설득력도 있어 보이는데요. "무대는 무대다. 그 무대는, 지금, 어쨌든, 그의 **'있음'**의 밭이다"(『낯선 시간 속으로』, p. 148)라고 했으니까. 다분히 예술적 비유이니까.

주 마지못하긴 하나, 그럼 나도 동의하오. 그러나 동시에 동의하지 않습니다. 두 가지 이유에서. 하나는, 무대란 아무리 단출해도 종합 예술이라는 점. 분장을 해야 하고, 가면을 써야 하고, 조명을 받아야 하고 등등. 소설은 다르지요. 골방에 혼자서 하는 작업인 것. "소설가는 자신의 가장 중요한 관심사를 더 이상 표현할 수 없고, 또 자기 자신이 남으로부터 조언을 받지 못했기 때문에 남에게도 아무런 조언을 해줄 수 없는 고독한 개인"(벤야민, 『발터 벤야민의 문예 이론』, 반성완 옮김, 민음사, 1983, p. 170)이기에 무대와 비교하기엔 무리. 다른 하나는, 이 점이 중요한데, 이인성의 후기 작품에 관련된다는 것.

객 그러고 보니 선생이 내세운 광대 줄타기 놀이 비유의 숨은 뜻이 짐작됩니다. 「강 어귀에 섬 하나」와 「돌부림」을 염두에 둔 것 아닙니까. 전자는 처용무, 후자는 반구대의 암각화, 순종 한국인 이인성의 국보 121호와 285호에로의 회귀점.

주 이인성이 벌여놓은 '독자＝작가'의 도식이 칼을 품고 공중에 매달린 줄 위에서 벌어진다는 것. 서로 목숨을 건 놀이(싸움)를 벌이고 있다는 것. 이런 필사적 싸움이기에 관중 따위란 안중에도 없지요. 관중을 의식한다면 '놀이'가 되겠지만, 관중을 전혀 의식하지 않는다면 '놀이'일 수 없는 것. 그렇다면 그걸 과연 무엇이라 규정해야 할까. 이인성은 이를 '한없이 낮은 숨결'이라 했습니다. 그냥 낮은 것이 아니라 한없이 낮은 것. 숨결이기에 언제 끊어질지 모르는 곳까지 이르기인 것. 무한성.

객 '한없이'라면 무한성을 가리킴이 아닙니까. 비유클리드 기하학에서 말하는, "평행선은 어느 무한점에서 교차한다"는 것. 또 말해 원주율(π)이라든가 제논의 토끼/거북 경주론 등이 모두 이 '무한성'에 걸리는 것. 실상 이 무한성은 아인슈타인의 상대성 이론의 근거이기도 했던 것. 이 역시 소립자론(입자냐 파동이냐)에서 다시 번복되었던 것. 이인성이 설마 이론 물리학의 무한성론을 이끌어들인 것은 아닐 테지요.

주 『한없이 낮은 숨결』에서 '숨결'에 주목한다면 독자/작가의 광대놀이도 살아야 한다는 것. 이 점을 염두에 두고 함께 한번 따져볼까요.

4. 전위성의 정체 (2)

객 어째서 전위적인가, 실험적인가의 물음은 이제 조금은 분명해졌습니다그려. 소설은 간데없고, 관중도 간데없고, 오직 독자＝작가만이 허공에 매달린 줄을 타고 곡예를 벌이고 있으니까. 그것은 이미 놀이가 아니라 생사를 건 모험인 것. 그렇다고 어느 쪽이나 죽어서는 안 되는 것. '한없이 낮은 가벼운 숨결'이어야 한다는 것만이 최후의 조건인 것. 이러한 경지는 「아를의 카페」에서 적색과 녹색에 의해 인간의 무서운 정열을 나타낸 반 고흐의 방법과 흡사한 것. 사물에 색깔이 있는 것을 그린 것이 아니라 사물은 안중에도 없고 색깔만을 문제 삼았으니까. 물건에 색채가 있는 것이 아니라 색채 자체가 문제인 것. 이인성은 타동사의 사물이 아니라 자동사의 상위층, 너(독자)와 나(작가)의 관계, 대결 구도를 문제 삼은 것. 이는 지적인 방법이자 이를 넘어선 황당무계하면서도 확실한 발견인 것. 이미 소설을 초월한 것. 이러한 경지는 1970년대 유행하던 수용 미학과는 전혀 별개입니다그려.

　주　옳게 보셨소. 독자/작가에 대한 당시의 학문적 이해란 바르트에 와서는 '작가의 죽음'으로 선포된 바 있어 큰 논란에 놓였던 것으로 회고됩니다. 이 구조주의 거장의 논리에 따르면 '작품에서 텍스트에로'의 전환을 가리킴이었지요.

　객　그렇다면 미국 중심의 뉴크리티시즘과 비슷한 것입니까? 작가로부터 시대로부터 작품을 분리시켜(의도의 오류) 작품만을 떼내었을 때 그때의 작품이란 '언어의 유기적 조직체'이겠고, 이를 연구함이 바로 과학적이라는 것. 가히 작품 제국주의인 셈. 특히 시의 해석에서는 썩 타당한 것이었으니까. 바르트의 구조주의는 작품이란 말 대신 텍스트라 했는데, 그것은 "그 이전까지 동시대의 갖가지 종류의 문화적 언어 활동"에서 온 '인용의 직물'이라는 것. '환원 불가능한 복수성'을 갖고 있는 이상, 이를 읽는 행위란 인용된 텍스트들을 횡단하는 재생산이라는 것. 모든 텍스트의 통일성은 텍스트의 기원이 아니라 텍스트에 닿기 이전 곧 역사도 전기도 심리도 갖지 않은 인간인 것. 작가의 죽음이란 이를 가리킴인 것. 작가란 어디든 어느 때든 적절한 의미에로 변신되는 이른바 메타레벨의 초월적 기호인 셈. 독자의 경우는 어떠했던가. 그동안의 작가 제국주의 태도에서 이번엔 독자 제국주의로 방향 전환이 이루어졌더군요. 정확히는 '텍스트와의 상호 작용과 수용의 이론'을 펼친 이른바 수용 미학론이 그것. 선생께서도 교단에서 볼프강 이저의 이론을 목소리 높여 떠들던 것이 기억납니다.

　주　목소리를 높였다? 아마도 연구자의 무의식의 발로가 아니었을까 싶네요. 연구자가 늘 주눅 들지 않을 수 없는 것이 '작가 제국주의'였을 터. 뉴크리티시즘 쪽은 이를 어느 수준에서 해결했던 것으로 보입니다. 그러나 작가의 사망을 들고 나왔을 때 바르트가 큰 매력을 던진 것은 연구자의 자존심 회복이겠지요. 나도 그런 축에 들었던 것으로 회고되오. 서독의 콘츠탄츠 대학에서 연유된 야우스의 『도전으로서의 문학사』(1976)가 큰 반향을 일으켰지요. 『수용미학의 선언』(1970)에 이어진 이 책의 요점은 작품 읽기란 독자와 텍스트의 협력 행위라는 것. 좀 전문적으로는 읽기 행위에 있어서의 지향적 관계를 현학적으로 문제 삼고자 한 것. 그는 첫 줄에서 이렇게 썼지요.

　　문학과 예술의 역사는, 싸잡아 오랜 동안 작가와 작품의 역사였다. 문학과 예술의 역사는 이른바 이 분야서의 '제3계급'인 독자, 청중, 관객을 은폐하거나 침묵 속에 비밀에 부쳤다. 이 제3계급의 기능은 불가결한데도 불구하고, 거기에 대해 말하는 것은 아주 드물었다. 불가결이라 함은 문학이나 예술은 작품을 수용, 향수, 판단을 내리는 사람들의 경험을 매개로써 비로소 구체적인 역사 과정으로 되는 것이다. 그들은 작품을 수용하거나 거부 또는 선별하거나 망각하는 사람들인 것이다. 그들은 이로써 전통을 형성하거니와 다른 한편 나아가 그들은 스스로 작품을 생산함으로써 전통에 응하는 적극적 몫을 담당하는 힘을 갖고 있음을 놓쳐서는 안 된다.(일어판에 부친 저자의 서문, 岩波書店, 1976)

이쯤 되면 가히 독자 제국주의 선언이라 할 만하지 않습니까. (A) 작품 제국주의, (B) 작가 제국주의, (C) 독자 제국주의를 겪으면서 연구자인 내 처지로서는 (A)와 (C)가 마음에 들었지요. 내가 그땐 젊었으니까.

객 이인성이 내세운 '독자=작가'의 도식이란 (A) (B) (C) 중 어느 것에도 해당되지 않겠는데, 바로 이 점이 유례없는 이인성의 독자성이겠는데요. '유례없는'이 어폐가 있을지 모르긴 합니다. 세상은 넓으니까 누군가 그런 실험을 했는지도 모르긴 합니다만 적어도 이 땅의 강단이나 평단에서는 유례없는 일이겠지요. 그렇기는 하나, 또 하나 따져볼 것이 있습니다. 자아, 무의식, 의식, 주체성 등등과 '나'인 독자 또는 작가의 관계, 이른바 인간 말입니다.

주 프로이트와 마르크스를 썩 미워하던 사상가로 칼 포퍼라는 분이 있지요. 『역사주의의 빈곤』(1957)에서 그는 프로이트나 마르크스의 이론이란 한갓 가설에 지나지 않고 단 한 번도 '논증'된 바 없다는 것. 가설이야 그 누가 못 세울까 보냐. 논증도 되지 않은 이론에 목을 매달고 이런저런 논의를 펼치고 있음이란 가소롭다는 것. 적어도 포퍼는, 아인슈타인의 상대성론(1904)이 영국 천문대에 의해 논증(1919. 3. 29)되던 역사적 순간을 목격했으니까. 이인성은 적어도 이런 것에서 썩 멀리 벗어나 있습니다. 이인성이란 자기 말대로 그냥 작가 이인성이니까.

작가로서의 나? 나는 내가 작가라고 믿어왔다. 그러나 나는 태어나면서부터 작가는 아니었다. 나는 내 삶이 어느 정도 성숙해진 이후, 그 언젠가부터 작가가 되었다. 그런데 무엇이 나를 작가로 만들었으며, 또한 무엇이 나를 작가로 보장해주는지 알지 못한다. 내가 작가가 된 것은 아마도 문학에의 무의식적 열망과 의식적 결단이 결합된 결과일 것이다. 그렇지만 그게 언제 어떻게 초래되었는지 자백할 근거가 없다. 공식적으로 나는 한 문학지에 작품이 발표되면서 그 문학지의 수준을 인정하는 사람들에 의해 작가로 인정되기 시작했다. 스물일곱 살 때였다. 나는 쓰고 싶었고 썼다. 그렇게 나를 작가로 만들어준 그 작품은 그러나 3년 전부터 씌어졌고, 그 최초의 단서가 되는 메모들은 6년 전부터 마련되었다. 그 6년 전 스물한두 살 무렵, 나는 오로지 한 사람의 '당신'을 위해 연애시를 썼었고, 가능한 한 많은 독자를 기대하며 소설과 희곡을 써서 내가 속한 작은 공동체—학교 말이다—내의 문화 매체에 발표했었다. 똑같이 쓰고 싶었고 썼던 그때는 내가 작가로 존재한 것이었을까 아니었을까? 그러면 내가 첫 소설을 썼던 열여섯 살 때는? 그때는 더 요란스럽게 나는 작가가 되겠노라고 떠벌리고 다녔는데, 결심만은 확고했었던 것 같다. 그럼에도 지금의 나 스스로가 그 수작을 그리 신뢰할 수 없는 이유는? 혹시, 내가 작가가 된 것은 내가 한 개인으로 독립해가는 과정에서 다른 가능성들이 사라져갔기 때문일까? (『한없이 낮은 숨결』, p. 53)

객 그렇다면 독자인 우리도 꼭 같다? 첫째, 사람은 성인 의식이나 그 의식에 나타나는 자기만을 의식이나 자기의 본질로 다룬다. 둘째, 사람은 '의식성·자기성'의 갖가지 레벨을 무시한다(높은 레벨의 눈에 띄는 의식의 자기만을 문제시하고, 잠재적 의식, 잠재적 자기의 가능성을 배제한다). 셋째, 현대의 인간의 의식이나 자기를 무조건 전제한다(현재의 의식이나 자기란 역사적으로 형성되었음을 무시코자 한다). 넷째, 사람은 이른바 문명사회라 부르는 특정 문명권의 인간 의식이나 자기를 전제로 한다. 다섯째, 이른바 정상적 인간의 의식 구조나 자기의 구조를 전제로 한다(미개나 이상한 것을 배제코자 한다). 여섯째, 구체적으로 행동하는 인간의 의식이나 자기가 아닌 관조적 반성적 상태의 의식이나 자기를 대표적인 사례로 한다. (三浦雅士, 『나라는 것의 현상』, 講談社, 1996, p. 24; 市川浩, 『정신으로서의 신체』, 講談社, 1992, pp. 32~33)

이인성도, 선생이나 저도 현실적으로는 이런 식의 인간, 요컨대 보통 인간이겠는데요. 그런데, 그러니까 이인성이 저토록 전전긍긍하면서 자부심으로 여기는 전위성, 실험성이란 우리 보통 인간과 다르다는 것, 별개의 위치에 선 인간으로서의 독자/작가이겠습니다그려. 말을 바꾸면 독자 제국주의도 작가 제국주의도 작품 제국주의도 아닌 차원, 또 보통의 우리 인간과도 별개인 차원의 독자/작가 관계이겠는데요. 그러니까 이런 차원의 설정 자체가 '전위'라는 말에 제일 알맞지 않았을까. 1983년에 이인성은 이렇게 외칩니다. "단칼에 내 생각의 단면을 잘라 드러내 보이자면, 나는 '전위 문학'이나 '전위 소설'이라는 용어를 사용하고 싶지도, 또 그것을 문학의 특수한 영역으로 분할하여 논하고 싶지도 않다."(『식물성의 저항』, p. 17)

세상에서 말하는 '전위'란 것과 자기가 하고 있는 독자/작가의 싸움(줄타기 곡예)이란 판이 아주 다른 게임이다! 그러기에 나를 두고 전위 작가라는 케케묵고 애매모호한 에피셋을 함부로 쓰지 마라, 딱 질색이다. 이만한 자부심, 자존심이 있었던 선배로는 「오감도」

(1934)의 작가 이상 정도였을 터.

주 그쪽이 이인성론에 제일 육박한 수준을 보이고 있습니다그려. 김현조차도 실험 정신을 이 나라에서 어떻게 이해할 것인가를 문학적인 문제로 생각하게 된 것은 이인성의 『낯선 시간 속으로』를 읽고 나서였다고 할 정도였으니까. (『책읽기의 괴로움』, 민음사, 1984, p. 191)

다음 한 가지만 더 확인하고 나아가면 어떠할까요. 독자인 '우리'를 이인성 '작가'가 어떻게 보고 있는가. 그 시선이랄까 눈대중 말입니다.

독자로서의 당신은 이미 저 침묵의 자리로 되돌아갔는가, 작가로서의 나는 아직 작가로서의 나에 대해 무엇부터 진술을 시작해야 하는지조차 가늠치 못하고 있는데? 그런데, 무슨? 작가로서의 내가 작가로서의 나에 대해? 작가로서의 나? 문득, 당신이 한정시킨 내 진술의 범위에 물음표가 달라붙는다. 침묵으로 나와 겹쳐진 당신에 의해, 물음표가 물음표를 낳는다. 나여, 너는 과연 작가인가? 나여, 작가로서의 너와 작가가 아닌 네가 따로 있는가? (『한없이 낮은 숨결』, pp. 52~53)

5. 탈춤과 에로티시즘

객 선생께서는 광대 줄타기의 일종, 그러니까 이인성이 벌이고 있는 공중 곡예라는 비유를 처음부터 계속 쓰고 있고 또 그 이유도 두 가지로 밝히긴 했으나, 여전히 이인성의 저러한 실험성 앞에선 당황하는 눈치로 느껴집니다. 이런 제 느낌이 어떠신지요.

　　주　잘 보았소. 유령에 홀렸다고나 할까. 그런 기분입니다.

　　객　유령이라?

　　주　정작 이인성도 그래놓고는 스스로 유령에게 홀렸다고 했더군요.

　　이 세상 안에 사람으로 살며 유령과 같은 존재가 있다면, 그건 오히려 나 같은 놈이 아닐까? 불광 1동 동회 앞의 내가 막 발걸음을 떼는 모습을 쓰고 보려던, 이 책상 앞의 나는 또 그런 자의식에 휘말린다. 늘 나를 유령처럼 떠돌게 하는 나. 어쩔 수 없는 생존의 몸부림이 육신을 떠돌게 처한 것이 아닌, 결심만 세운다면 언제나 떠돌기를 멈출 수도 있는 자의적 떠돌이. 그런 결심을 맺지 못하는 게 나에겐 생존의 몸부림과 다름없다는 자존심이 맞서 있다고는 하지만, 서른 다섯의 나이에 당신을 만나야 한다는 둥 그를 찾아가야 한다는 둥 지껄이며 정신의 고통을 찾아 잃는 말의 떠돌이, 허구의 떠돌이… 그러고 보니, 아무리 유령 같은 존재일지라도, 이 소설을 읽는 당신에게 이 소설의 문맥에 맞는 구체적인 나를 제시할 필요가 있을 듯싶다. 물론 이 소설의 현실 속에서도 내가 소설가라는 역할을 맡고 있음은 이미 밝혀져 있다. 그러나 나는 어떻게 어떤 꼴로 살고 있는가? 이렇게 평일날 시내를 떠돌아다닐 수 있으려면 어떤 신분이 적당할까? 그저 소설장이로만 생활을 한다? 무엇보다도 밥벌이를 염두에 두자면, 이런 유의 소설을 써서 그럴 수 있다는 건 너무 그럴듯하지 못하다. 그렇다고 첫머리부터 내가 작가 이인성과 동일시되길 거부한 터에 그의 실제 현실을 옮겨놓기도 그렇고… 그럼, 아내가 직장에 다니고 나는 글만 쓰며 얹혀사는 걸로? 아니, 그건 아까 아내가 과일 접시를 들고 와 소설 쓰는 내 뒤치다꺼리하던 장면 때문에 앞뒤가 맞지 않지. 뭐 비교적 자유롭게 시간을 낼 수 있는 직업은 없을까? 대학원까지 나온 처지에 갈 데는 없고 소설에 매달려 있는 인물이라면, 글쎄… 조그마한 출판사의 편집장 정도라면 어떨까? 그래, 그건 나도 제법 아는 세계니까 그쯤 설정해두는 게 편하겠다. 출판사라고 다 그런 건 아니지만, 필요하다면 급한 자기 일거리를 핑계로 며칠쯤 자리를 비울 수도 있는 곳이니 말이다. (『한없이 낮은 숨결』, pp. 225~26)

작가 스스로 '유령'이라면 '독자'도 유령일 수밖에요. 유령끼리 곡예를 한다로 되겠지요. 유령이란 보통 사람의 눈엔 보이지 않는 헛것이겠는데요.

객 바로 거기가 '급소'이겠네요. 곡예를 하자면, 관객이야 있든 없든, 눈에 보여야 하지 않겠는가. 유령을 눈에 보이게 하는 한 가지 길은 '육체 부여'가 그것. 독자도 작가도 육체를 갖추어야 적어도 눈에 보이는 게임(곡예)이 성립되는 법. 이 경우 그들에게 육체를 빌려준 것은 무엇일까. 바로 '언어'인 것. 그런데 언어란 주체적으로 획득된 것이 아니라 주어진 것이 아닌가.

주 아주 중요한 대목에 왔습니다그려. '언어'라? 바로 그것이지요. 우리가 언어를 사용하고 있지만 이는 주체적으로 획득되는 것이 아니라 '주어진 것'이 아니었던가. 이쪽에서 시스템(문법) 속으로 들어가야 되는 것이지요. 사람들은 이 시스템을 불러들이는 것을 '학습'이라 하여 마치 주체적으로, 자기가 멋대로 부리는 것이라고 착각하지요. 인간은 생각하면서 말하는 것이 아니라 언어라는 시스템에 잘 올라타서 말하고 있기에 그런 레벨의 것을 '사고'라는 것으로 볼 뿐이지요. 언어라는 시스템이 절반은 자동적으로 의미를 엮어

내고 있는 광경은 만화경 속에 갖가지 파편의 모임이 흩어져 무한한 모양을 묘출하는 광경과 흡사하지요. 이런 사태임에도 불구하고 사람은 언어라는 시스템이나 자기 속에 누적된 지식을 떠나서 나아가 '나'가 존재한다고 느끼고 있는 형국. 문학이란 무엇인가라고 묻고 '글쓰기'라고 우긴 사르트르는 이 점에서 분명했지요. 글쓰기(문학) 란 언어로 하는 것, 정확히는 언어의 시스템에 끼어드는 것일 뿐. 누구도 이런 함정에서 절대로 벗어날 수 없는 법.

객 유령으로서의 작가/독자도 한갓 비유일 뿐 '언어 시스템'의 산물인 동시에 언어 시스템에 포섭되는 것. 인간의 주체성이란 이 점에서 보면 한갓 허구 또는 유령이라는 것. 유령에다 육체를 빌려주는 언어 시스템이기에 이인성도 우리도 유령 아닌 구체적 인간이라는 것. 그러니까 유령끼리의 곡예일지라도 언어 시스템의 마법(도움)에 의해 절로 육체를 부여받을 수밖에. 요컨대 아무도 '유령일 수 없다!'이겠습니다그려. 맞습니까?

주 이인성이 이렇게 대답하고 있네요. '한없이 낮은 숨결'로 말이외다. 나/너, 독자/작가의 사랑, '나/작가=너/독자'의 동성애.

(A) 소설이므로, 「그는 왜 그럴 수밖에 없었을까」라는 축축한 이야기는 「그는 그럴 수밖에 없었다」라는 건조한 이야기에 맺어지지 못했다(라는 이야기를, 그러나 다른 관점에서, 「'그는 그럴 수밖에 없었다'고 쓰지 못하다」의 이야기꾼도 이야기했었다). 작가는 말했었다: "여기서, 육체는 성적이다." 예컨대, 저 자신에 도취되어 있던 「당신에 대해서」는 밋밋하게 저와 닮은 「나에 대해서」를 못 본 척 지나쳐, 자학적으로 요염한 「나의 자기 진술…」을 대담하게 껴안았었다. 경박하게 가학적인 「당신 자신인 당신…」이 질투에 달아 「나의 자기

172

진술…」의 꼬리를 문 것도 그때였다. 때때로 작가는 그 저속함에 역겨워한다. 남의 꼬리를 문 「당신 자신인…」의 그 더러운 아가리 같은 것에. 「글주정」 따위의 틈을 끼우는 외엔 다른 도리도 없으면서. 작가는 덧붙였다: "이 성적 관계들은 너무도 자율적이다."

이 소설들을 총체적 관계로 엮는 책의 제목으로 『한없이 낮은 숨결』을 고른 것은, 거기서 가장 소설적인 에로티시즘을 엿본 작가의 감각 혹은 취향에 의해서다. (『한없이 낮은 숨결』, pp. 382~83)

(B) 어찌 보면, '작가'인 작가는 참으로 희한한 광대라고나 할까. 웃음을 주지 못하다못해 처량스런. 하기야, 뒤늦게 우습긴 하다. 웃기지 못하는 광대라는 게 우스우니까. 그런데도 작가는 그 광대 놀음을 그치지 못한다, 않는다. 그 모습이 소설적으로 사회적인 그의 초상화다.

그래서 거듭 되뇌어보면, 작가는 부인하려 하겠지만, '한없이 낮은 숨결'이란 표현이 풍기는 에로티시즘에는 어떤 숙명적 체념이 서려 있다. 체념한 자의 나지막이 퇴폐적인 온기 같은 것. 나지막이 퇴폐적이어서, 그것이 또한 소설적으로 사회적이다.

"숨소리도 아직 소리다. 숨결만이 존재의 침묵에 우물을 패이게 한다." 그러나 이건 벌써 말, 소리다. (『한없이 낮은 숨결』, p. 385)

객 '에로티시즘'이라고 두 번씩이나 실토하고 있군요. 오해가 있을까 봐 불어로 '에로티즘(érotisme)'이라 하지 않고 '에로티시즘(eroticism)'이라 했군요. 퇴폐적(색정적)이라 할 수밖에요. 그런데 이인성은 이를 '소설적인 에로티시즘'이라 규정했습니다그려. "웃기지 않는(못하는) 광대"야말로 웃음거리라는 역설도 육체를 얻은 뒤에야 비로소 가능한 법.

　주　『한없이 낮은 숨결』이라는 4백 페이지에 육박하는 연작 열두 편의 소설집이 얼마나 전위적인 것인지는 이제야 비로소 분명해졌다고 해도 되지 않을까. 숨이 끝나기 직전까지 가서야 가까스로 확보한 전위성이니까. 일찍이 이런 경지에 이른 광대놀음은 아마도 그 유례를 찾기 어렵지 않을까. 한 발만 나서면 낭떠러지 목숨(소설)을 영영 잃을 테니까. 1980년대 이래 이 나라 소설계가 많건 적건 서서히 이런 광대놀음에 휘말려들지 않았을까. 종래의 소설 장르가 사라지고 없는 마당에 직면한 신세대층은, 이인성의 이 '낮은 숨결'에 귀를 기울일 수밖에 없었을 터. 왜냐면 '소설 이전' 혹은 '소설 이후'의 일이 '글쓰기'라는 사실을. 이런 인식의 현장을 이인성은 '한없이 낮은 숨결'이라 부르면서 달마 김현에게 바쳤던 것. 독립성의 선포였던 것. 바야흐로 제6조 혜능(慧能)의 몸부림의 일종이 아니었던가.

제4장 탈춤의 미학에 이끌린 곡절
──「강 어귀에 섬 하나」읽기

1. 습작기도 실험기도 다한 곳

객 『미쳐버리고 싶은, 미쳐지지 않는』(1995)은 이인성의 본령 정계(本領正系)의 연작『한없이 낮은 숨결』(1989)을 쓴 지 6년 만에 쓴 것이며 세 가지 점이 겉으로 드러나 있군요. 하나는, 이 무렵 아무런 헌사도 없음이 그 하나. 아마도 이는 이인성 글쓰기에 있어 하나의 전환점이 아닐까 싶네요. 부모에의 헌사도 습작기에 끝났고, 달마 김현에의 헌사도 끝난 마당이기에 이젠 헌사할 곳이 아무 데도 없다는 것. 혹시 이는 자기 자신에의 헌사일까요. 다른 하나는, 연작도 장편도 아니고 그냥 '소설'이라 한 점. 정확히는 '이인성의 소설'. 장편도 연작도 아니고 그냥 '소설'이라면 그만큼 애매모호한 장르관이 아닐까. 셋째, 제목의 역설적 표현. '미쳐버리고 싶은'이라면 무엇에 미쳐버리고 싶었을까. 아무리 그래봤자 결국 '미쳐지지 않는' 것은 어떤 경우일까. 도로 아미타불을 말했음일까. 아니면 이러지도 저러지도 못하는 엉거주춤한 상태임을 말해놓은 것일까.

주 좋은 지적. 이 소설의 판형이 4×6판의 반에 지나지 않음도 고려하면 어떠할까. 페이지는 겨우 228쪽이고, 52명의 동시대 현역 시인(이성복에서 황지우까지)의 시 구절을 떼와서 장을 나누고 구성했다는 것.

> 기차는 기차답게 기적을 울리고 개는 이따금 개처럼
> 짖어 개임을 알리고 나는 요를 깔고 드러눕는다 완벽한
> 허위 완전 범죄 축축한 공포, 어째서 이런 일이 벌어졌을까
> (『미쳐버리고 싶은, 미쳐지지 않는』, 문학과지성사, 1995, p. 7)

이것이 첫번째 장 앞에 놓인 제사, 일종의 제목 아닙니까. 그러니까 시인의 시구 한 토막을 제목으로 삼아 감상문 식 콩트 형식의 산문이라 해야 적당하겠지요. 갈데없는 콩트집. 시인과 이인성의 합작품이랄까. 시구에 대한 해석문에 해당되는 것. 그렇다고 이를 평론이라 할 수 있을까. 달마 김현의 『젊은 시인들의 상상 세계』(1984)는 김광규에서 김정환에 이르는 당대 현역 시인을 논평한 명저였지요. 어째서? 김현의 본령의 발휘, 또 말해 김현이 제일 잘할 수 있는, 김현 스스로의 표현으로 하면 "타인의 뿌리를 만지고 싶은 것"이었으니까, 그 뿌리가 '언어'인 만큼 '시적 현상'이 거기 해당되는 것이니까. '내 나이는 18세에 정지되어 있다'고 김현이 4·19에 역점을 둔다고 허풍을 쳤지만 실상은 시작부터 말라르메의 졸도(卒徒)였으니까. 김현이 조급히도 불어로 '나의 조국은 프랑스다'를 한국어로 번역할 때 '나의 조국은 한국이다'로 해버렸던 것. 그 순간 말

라르메와 인연을 끊었지요. 그래서 서정주, 김춘수를 논하곤 했지만, 그것은 그럭저럭 할 수 있었으나, 소설 곧 이청준과 맞설 때, 그 한계점을 통감하게 됩니다. 소설은 김현으로서는 감당할 수 없는 설명 불가능의 역사·사회적 현실에 뿌리를 내린 것이니까. 김현이 이 사실을 통감한 것은 4·19의 허풍 덕이었을 터. 김현 아니라도 4·19는 4·19이니까. 김현의 고독이 내 눈에 선합니다. 다시 말라르메 제자 되기, 달마 말라르메의 졸도 되기의 길이 엿보였을 터. 『젊은 시인들의 상상 세계』가 지닌 높은 경지는 비평이 시인의 뿌리를 만진 최초의 기념비적인 것이 아닐 수 없지요.

객 이인성이 달마 김현을 시방 흉내 내고 있다는 투로 들리는데요. 하기야 외견상 그렇게 볼 수도 있겠네요. 그럼에도 이인성은 '헌사'를 생략했는데, 좀 쑥스러웠을까요.

주 아마도 그럴 만한 이유가 따로 있었을 터입니다. 이성복의 시를 표제로 삼아놓고 이인성은 이렇게 서두를 삼았으니까.

시가 써지지 않는다. 저 시인의 시를 읽으면, 없는 있음인가 있는 없음인가, 불현듯 먼 기적 소리가 배경으로 쳐지며 그 밑 허공을 물어뜯는 개짖음 소리가 울려와. 으스스, 요를 깔고 눕게 되는데. 나 자신이 움직여 나 자신을 움직이는, 내 시는 써지지 않는다.

내 시를 쓰지 못하게 만드는 무엇인가가, 누군가의 어떤 완벽한 허위 혹은 완전 범죄가, 나도 모르게 나를 옥죄어오고 있는데. 아니라면, 나도 모르게 내가 그런 짓을 저지르고 있는데. 나 자신을 단지 남의 시의 시적 정보나 정서로만 알아보는, 나. 〔……〕

빌어먹을, 절망이다. 저 시인에게와는 다른 양태로, 내겐, 어째서 이런 일이 벌어졌을까? 덧없이 되풀이된다. 뇌신경의 가는 선들을

마구 헝클어 얽는 그 막다른 물음이. (『미쳐버리고 싶은, 미쳐지지 않는』, pp. 7~8)

보다시피, 남의 시구를 빌려 자기를 진단하는 자료로 사용하고 있습니다. 문제는 자기 자신이지 이성복의 시 따위엔 눈곱만큼의 애정도 전무하지요. '남의 뿌리를 만지고 싶다'는 욕망 따위란 당초 없지요.

2. 전위성의 숨 막힘

객 그렇다면 이 무렵 이인성은 절망에 빠져 허우적거리고 있으면서 지푸라기라도 붙들고 싶은 상태인 모양인데요. 과연 무엇이 자타가 공인하는 '전위적 작가'를 이런 지경으로 몰아갔을까요. 계속 '전위적 작가'로 나아가기에서 오는 초조감이었을까요. 부담감, 자존심, 최고의 경지, 엘리트 의식 등등.

주 그렇게 몰아붙일 필요까지는 없지 않겠소. 이인성이 몰랐던 것은, 실상은 지금 우리도 모른 채 살고 있으니까. 이인성을 '전위'로 우뚝 세운 것은 잘 따져보면 개인 이인성의 민감성을 별도로 치면, 1980년대 이 나라의 글쓰기판에서 연유된 것. 분단 문제, 노사 문제로 문학판이 치닫고 있을 때 이 거대한 물길에 맞설 존재가 요망되는 법이고, 거기에 이인성이 우뚝 섰던 것. 1990년대에 접어들자 노사 문제, 분단 문제의 글쓰기가 서서히 무너져 내리는 조짐이 여기저기서 엿보였던 것. 이인성이 선 전위적 지위는 동시에 서서히 그 긴장력을 잃어갈 수밖에. 정면의 적이 해체되는 판국에 이인성도 동시에 해체될 수밖에. 이런 징후 앞에 이인성은 알몸으로 놓였다고 하겠지요.

객 그뿐만이 아니었을 것입니다. 노사 문제·분단 문제라는, 타동사, 목적어로서의 글쓰기에서 자동사로서의 글쓰기가 전위성이었다면 무엇보다 이에 대한 자의식이 투철한 이인성인 만큼 계속 그렇게 밀고 나가면 되었을 텐데요. 자동사로서의 글쓰기 자체에 무슨 잘못이랄까 한계랄까 그런 것이 있지 않고서는 '미쳐버리고 싶다!'고 할 수 없지 않았을까요. 자동사로서의 글쓰기(전위성) 내에서의 모종의 도전 세력의 등장이 바로 그 미쳐버리고 싶을 만큼 몰아간 것이 아니었을까.

주 동감, 동감. '혼성 모방'에 주목해야 합니다.

한편, 혼성 모방에 대해서라면, 그것에 매혹을 느끼지 않는 작가도 많을 것이다. 내 경우엔, 이 세상에 대한 야유로서, 온통 베낀 구절들만이 그럴듯하게 짜깁기된 소설을 한 번쯤 시도해 보아도 재미있을 것 같다는 생각을 얼핏 하긴 했었다. 그러나, 그런 건 딱 한 번으로 족하리라. 그 다음부터는, 보다 진지한 자세로 자신이 베낀 모든 구절들의 출처를 하나하나 밝혀주어야 할 것이다. 〔……〕 이 세상에는 내가 먼저 말했어야 하는데 나보다 먼저 누군가에 의해 말해진 것들이 너무 많긴 하지만, 그래서 표절 혹은 모방의 어두운 욕망이 생겨나는 것이지만, 그런 욕망까지를 정직하게 전경화하면서 그것과 마주하는 태도를 보여준다면, 그 역시 문학의 새로운 영토가 될 것이다. 사실, 어떤 위대한 작품도 벼락 치는 듯한 새로운 언어로 하늘에서 뚝 떨어져 내린 것은 없다. (「언어의, 언어에 의한, 언어를 위한」, 『식물성의 저항』, pp. 176~77)

『미쳐버리고 싶은, 미쳐지지 않는』을 쓸 때의 내면 풍경이라고나 할까. "모방의 어두운 욕망"이라 했지 않습니까. 이 욕망을 어떻게 어느 수준에서 억누르느냐의 과제.

객 선생께선 시방 뭔가 건너뛰고 있지 않습니까. '어두운 욕망'으로 이인성을 내몰게 된 장본인 말이외다.

주 그렇소. 그것까지 말해버리면 이인성론은 더 이상 갈 데가 없겠으니까 건너뛰었던 것. 그쪽에서 이미 간파했기에 내키진 않지만 말해볼 수밖에요.

파리에서의 내 게으른 생활에 딱 맞는 문화 양식은 영화와 텔레비전이다. 시내를 돌아다니다 보면 마주치는 게 영화관이고 대개 그 옆엔 또 다른 영화관들이 짝을 짓고 있을 뿐 아니라(파리 시내와 파리나 다름없는 근교를 합해 234개의 상영관이 있다), 한 영화관이 동시에 여러 편을 상연하는 게 보통인지라(파리에서는 보통 300편의 다른 영화가 동시에 상연되고 있다), 지나가다가 시간이 맞으면 이거, 다음엔 저거, 마음대로 골라잡을 수 있다. (「흐르면서 가라앉으면서」, 『식물성의 저항』, p. 155)

1995년도 1년간 파리 체류의 기록입니다. 이 영화의 압도적인 세력 속에서 공포에 질린 소설가 이인성이 있습니다. 이미 '전위'라는 말이 무효가 된 처지. 물론 한번 뻗대어보긴 합니다.

영화의 시대니까 영화를 따라가는 소설을 써야 할까? 아니다. 영화의 시대이기 때문에 소설은 영화를 따라갈 수도 없고, 따라가려 하

면 죽는다. 사라진다는 일말의 의식도 없이 사라진다. (위의 글, 『식물성의 저항』, p. 158)

대세가 이미 기울어진 판. '혼성 모방'이란 일종의 몸부림이었을 터. 그리고 그것은 일회성으로 족한 것.

객 21세기에 접어든 오늘날, 글쓰기가 인터넷 속으로 달려가는 판세가 1990년대까지는 영화였다는 것. 그런데 그 영화의 전면적 폭력 앞에서도 소설이 살아남아야 된다면 어째야 할까. 이인성은 아주 낮은 목소리로 겨우 숨결만 남아서 이렇게 혼자 뇌고 있군요.

21세기의 작가들은 더 이상 떠돌이가 될 수 없을지 모른다. 아무리 떠돌려 해도 정교하게 구축된 체제의 회로를 맴돌다 제자리로, 변두리의 오지로 되돌려질 작가란 존재들. 그들은 마침내 그곳에 뿌리를 내리고 깊어지며, 들꽃 같은 문학을 피우리라. 외롭고 쓸쓸하게, 어쩌다 찾아오는 누군가와 색깔과 향기로 대화하며 견디리라. 하지만, 그 식물은 서서히 민들레 꽃씨 같은 자기의 미래를 허공에 날려 이동시키리라. 그것이 사방으로 날려가 그 기계적인 체제의 녹슨 빈틈에 뿌리를 내려 꽃의 균열을 만들고, 마침내 동시다발적인 컴퓨터 바이러스처럼 전 조직적 착란을 일으킬 수 있기를 꿈꾸며. (「언어의, 언어에 의한, 언어를 위한」, 『식물성의 저항』, p. 186)

주 위의 인용은 내가 제일 아끼는 실로 아름다운 문장입니다. 이것만으로도 이인성의 자질이 새삼 빛나고 있지요. 내가 이 구절을 자주 입에 올리는 것은, 그것이 한국어가 감당할 수 있는 최량의 표현이라 보기 때문이지요. 실상 이인성은 동시대의 영화에 절망하고 겉으로는 드러나 있지 않으나 영화가 있었던 자리에 절대적 강자로 군림하는 인터넷을 올려놓고 있지요. 그렇다면 작가는 이미 죽었고, 소설조차 아사 직전에 있는 만큼 언제 소설의 숨통이 막힐 것인가는 시간문제랄까. 그러나 이인성은 그렇지 않다며 뻗대고 있습니다. 극소수로 살아남아, 시멘트 바닥 틈새에 뿌리를 내리는 민들레의 꿈꾸기가 그것. 다른 길은 아예 없는가. 바로 이인성의 한눈팔기가 시작됩니다. 나는 이 전위 작가의 전위성을 스스로 거두어들이는 장면 또한 감동적으로 바라보았지요. 「강 어귀에 섬 하나」「돌부림」에의 몸부림 말이외다. 굳이 말해 전위가 아니면서 전위라는 것. 모든 소설은 이런 경지라는 것. 이인성, 그도 그렇다는 것.

3. 관악산에서 내려와 물도리동으로 가는 길

객 선생께서 우리 대화의 어디선가 이런 말을 했음이 문득 떠오릅니다. 이인성은 내내 '소설'이란 말을 써오고 있었음을. 장르로서의 소설을 전제로 하고 글을 써왔다는 것. 실상은 단지 글쓰기 범주에 서 있으면서 말이외다. 그 소설이란 것이 한갓 근대의 산물임을 자각하지 못한 듯한 전제 말이외다. 달리 말해 제도로서의 소설. 문학이란 이름의 제도란, 구체적으로는 4·19 이후의 소설. 이청준·김승옥·박태순·이문구·오정희 등의 소설들. 이런 소설을 전제하면서도 이인성은 독자/작가와의 차이성과 동질성의 실험에 전력을 기울이는, 실로 집요한 시도를 감행했지요. 그것도 중편 연작(김현조차 이 기이한 형식 앞에 당황하여 뭐라 규정할 수 없다고 했으니까)을 통해, 그렇더라도 소설 장르를 전제로 했는데 이는 제도로서의 소설을 가리킴이었지요. 제도란 다른 어떤 사고나 몸짓이 제도화되는 경우와 같이 단지 "상대적으로 수용할 수 있는 것에 지나지 않는 차이"를 아주 다른 것으로 절대화한 것. 따라서 이르는 곳마다 허구의 경계선을 그은 데 불과한 것. 계층적 질서에 따라 공간적으로 분할한 억압의 운동이 제도인 만큼 제도로서의 문학도 꼭 같은 것이지요. 문학이란 거기 무엇이 씌어졌다는 것으로 말미암아 따분할 수밖에 없겠지요. 무엇을 누군가가 썼다는 것, 곧 타동사의 제도화. 하지만 누구나 그 무엇을 대번 읽어버릴 수밖에. 온 천지가 이것으로 제도화되었고, 문학도 여기에서 벗어나지 않는다는 것. 진절머리가 날 수밖에. 이를 눈치채고 자동사로 문학에 일찍이 나아간 부류가 있는데, 이를 전위라 불렀던 것.

　'나'가 있긴 하되 '무엇을'이 없는 소설. 이인성은 여기까지 나아갔지요. 이만해도 그 전위의 이름에 값나는 것이 아닐까요.

　주 그 결과는 어떻게 되었을까. 민들레 씨앗, '식물성의 저항'에로 움츠러들어 겨우 생명만 부지하는 꼴이 되지 않았을까. 그게 어째서 이인성의 잘못인가요, 라고 말하지 마십시오. 시대성, 곧 글쓰기판의 제도의 변화 탓이라고 말하고 싶겠지요. 영화, 인터넷, 혼성모방 등의 변화 속에 이인성 식 1980년대의 '전위성'이란 어느덧 전위성이기는커녕 한갓 방식, 삼척동자도 할 수 있는 제도화에 함몰되었던 것.

　객 이인성의 '후기 스타일'(아도르노)을 문제 삼음이겠군요. 선생은 시방 이인성의 막다른 골목을 엿보고 있습니다그려. 민들레 씨앗의 길이냐 전위성 포기의 길이냐의 갈림길. 전자라면 시인 성기완과 같이 시인이 되는 길이겠고, 후자라면 그러니까 전위성 포기라면 도로 아미타불이겠습니다그려. 맞습니까.

주 이 나라 유일한 전위 작가 이인성 앞에 '도로 아미타불'이란 표현은 대단한 실례이겠지만, 그만큼 우리 모두가 아낀다는 뜻으로 이해함 직한 표현이겠소. 소설 장르에로의 회귀, 그러니까 습작기에서 연습했던 타동사로서의 소설. 누가 무엇을 쓴 허구로서의 소설. 작가가 무엇을 썼기에 독자는 그 무엇을 무조건 하고 대번에 소비해야 되는 것. 이 얼마나 어처구니없는가. 이청준·김승옥·오정희·이문구 식 소설 쓰기의 옆으로 접근해가기이겠는데, 『강 어귀에 섬 하나』가 그런 지향성을 품고 있습니다. 이인성의 '후기 스타일'이라 했는데, 제3창작집 『강 어귀에 섬 하나』는 일곱 편의 연작입니다. 이를 셋으로 묶어놓았는데 '메마른 강줄기'에 네 편, '강 어귀에 섬 하나'엔 한 편, '강 어귀 바다 물결'에 두 편이 그것. 이인성 식 연작임엔 틀림없지요. 그 자신은 글쓰기 욕망의 증식의 일종이고, 이 욕망을 혼성 모방으로 다룬 『미쳐버리고 싶은, 미쳐지지 않는』과 쌍을 이루는 것이라 했더군요. 혼성 모방도 해보니 마땅치 않아 이번엔 '인류학적 접근'이라 했습니다. 어째서 또 왜 '인류학적 접근'이 요망되었을까. 그것이 결과적으로 제도로서의 구식 소설, 곧 '타동사'와 어떻게 같으면서 또 다른가. 어째서 도로 아미타불인가.

전위성을 포기하지 않고 끝까지 물고 늘어지면서도 어째서 그 전위성이 무능, 무효화됐는가, 타동사에 야금야금 잠식당했는가. 검토해볼까요.

객 '메마른 강줄기'엔 맨 먼저 「유리창을 떠도는 벌 한 마리」가 놓여 있군요. 부제가 '철들 무렵(1)'로 되어 있네요. "도마질 소리가 뚝 그친다"를 첫 줄로 삼은 이 소설은 병든 여인이 중학생 아들과 동거하고 있다. 그녀는 무엇인가를 기다리고 있다. 남편, 원양 어선에서 돌아오지 않은 상태. 그녀를 가로막는 분위기는 "유리창에 떠도는 벌 한 마리"로 표상되어 있다. 요컨대 이 유리창을 떠도는 벌 한 마리가 '의식'을 가리킴이고 전위성의 흔적이긴 해도, '타동사' 속에 흡수될 수밖에. 주위가 온통 타동사로 채워져 있으니까. 이청준도 이문구도 그러지 않았던가. 「무덤가 열일곱 살」에도 부제는 '철들 무렵(2)'로 되어 있습니다. 아들의 아비 찾기. 서정주의 「화사」에서 배운 뱀, 스며드는 뱀의 이미지.

주 그 정도면 아들은 철이 들었음 직하지요. 이번엔 「문밖의 바람」이라 했군요. 그런데 이것은 부분적인 수정을 거쳤지만 습작기의 「나만의, 나만의, 나만의」를 제목만 바꿔 되살려놓은 것. "투명한 벽이 거기에 가로놓여 있음을 결정적으로, 그러니까 뚜렷한 외적 형상으로 확인시켜주는 것은, 유리 위에 청색 아크릴로 고착시켜놓은 전도된 글자들이다: ⟨MUSIC BOX⟩./이곳에서, 그의 온 의식의 불안은 그렇게 전도된 언어로 그의 시각적 감각 속에 낙인 찍혀 있다."(『강 어귀에 섬 하나』, 1999, p. 57)

도로 아미타불인가. 습작기 『낯선 시간 속으로』의 복창이고 반복이니까. 「편지 쓰기」가 그다음에 이어지는바, 글쓰기의 자의식, 그러니까 자동사냐 타동사냐의 갈림길. 싸잡아 말해 '메마른 강줄기'란 소설 회귀에 지나지 않는 것. 전위성 포기의 순서를 보이는 형국. 문제는 「강 어귀에 섬 하나」에 달려 있겠는데요.

객 '후기 스타일'의 대표작이 「강 어귀에 섬 하나」라는 뜻이겠는데요, 부제가 '처용 환상'으로 되어 있군요. 정현종의 시 "사람들 사이에 섬이 있다/그 섬에 가고 싶다"를 또한 문 앞에 걸어놓았군요. '처용 환상'이라 하고, 또 시를 앞에 걸어놓기란 전위답지 않은 짓이 아니었을까. 왜냐면 온통 타동사의 말뚝들이니까. 그런 말뚝(유리창)에 갇히고 싶다고 했으니까. 대체 이인성은 글쓰기의 막막함,

자동사의 진절머리 나는 '고독'에 더 이상 견디지 못해 옛 신라 적 아랍권의 상인 처용에까지 매달리고 싶었던가. 이런 물음을 물리치기 어렵네요.

주 이인성의 혼자 있음, 외로움 또 고독이 서울의 관악산이나 남의 나라 파리에서도 더 이상 견딜 수 없는 단계라고 할까. 『광장』의 이명준처럼 동중국 바다 밑에서 수압을 견디며 한반도의 정세를 가늠하던 정치적 감각이 이인성에겐 없었지만, 이인성 역시 그만큼의 수압을 견디었지요. 『광장』이 '타동사'의 수압이었다면 이인성은 '자동사'의 수압이었고, 요컨대 이명준의 고독과 이인성의 고독은 막상막하. 이명준으로서는 이 외로움에서 벗어나려면 분단 통일의 그날이 와야 되겠지만 이인성의 경우는 어떠할까. 고독의 무게에 비례하여 그 탈출 의욕도 증대되는 법. 구원의 길인 만큼 본인에겐 필사적일 수밖에.

물도리동을 이루는 강 이쪽 편에는, 둥근 백사장이 고요하게 둘러쳐져 있었다. 강 이쪽 편의 망루랄까, 그 집 베란다로부터 발끝에 거의 수직으로 내려다보이는 높이를 의식하면 아찔했지만, 기묘하게, 그 백사장은 추락하는 온몸을 깊게 받아 감싸안아줄 듯 육감적으로 느껴지기까지 했다. 그렇다고, 그리로 그대로 한 발을 내디뎌 뛰어내리고 싶은 것은 아니었다. 뛰어내리고 싶은 곳은, 정작 가슴속에 따로 있었다. 그러나 조금은 더, 저 백사장 밑에서 먹물이 스며나올 때까지, 그 자리에서 기다려야 했다. 그때가 되어야, 정말 뛰어내리고 싶은 곳이 정말 보고 싶은 그 풍경으로 보였으니까. 그때가 되어야, 이 세상의 마지막 금빛을 머금고 떠오르기 시작하는 섬. 그 섬은 그 집의 서쪽 끝방 창문으로만 보였던 까닭에, 우선은 그냥 백사장 빛의 변화만을 관찰하다가, 이제쯤 철새들이 섬의 갈대숲으로 줄지어 내려앉으리라는 감각적 확신이 들 때, 그 창가로 옮겨가면

                                         그 섬 너머로는, 서해의 수평선이 막 잦아들려는 황금빛 줄 하나로 단면의 암청색 공간을 가로지르고 있었다. 그 배경 앞에서 섬은, 처음엔 얼핏, 강 어귀 바닷머리에 버티고 누워 있는 장승처럼 보였다. 그리고 그 장승이, 곧 스러져버릴 수평선의 마지막 황금빛을 모두 제 안에 끌어모으고 있는 듯이 보였다. 잠시 뒤, 수평선이 홀연 사라지고 나면, 섬의 갈대들은 어둠의 치맛자락이 스쳐가는 대로 굽이치며 그 은은한 금빛을 바람결에 흩뿌리기 시작했다. 칠흑의 어둠 속에서도 밤새 꺼지지 않을 그 섬은, 그러면서 조금씩 조금씩 허공으로 들어올려졌으며, 자정쯤엔 거의 눈높이에 이르러 손에 닿을 듯 환히 건너다보였다. 그럴 때는 그 섬을 바라보는 그 자리의 그 집이 바로 그 섬인 듯싶어, 자칫 갈대숲 속에 알을 품고 잠든 철새라도 밟으랴, 온몸은 일어선 장승처럼 그 자리에 그대로 박혀버리는 것이었다. 거의 생리화된 그런 반응으로 인해

                     아직은 자정이 먼 시점, 이제 막 수평선이 잦아드는 그 찰나에도, 몇 시간 뒤를 상상하는 몸은 지레 어둡게 굳어지곤 했다. 그러니, 그 방에서 맞게 되는 어둠은 항상 검고 딱딱한 고체성의 몸, 그 자체일 수밖에 없었다. 그 다음에 이어지는, 스스로는 어떻게 손써볼 수 없게 된 그 몸을 풀어줄 누군가를 기다리는 시간은 길고도 짧았다. 침마르게 굳어와 금방이라도 바스러질 것 같은 육체를 견디는 시간은 길었지만, 그럼에

도 누군가가 곧 나타나리라는 믿음 덕분에 심리적으로 버티는 시간은 비교적 짧았던 것이다. 그 누군가는 또 다른 어둠, 그러나 고체성이 아니라 기체성인 어둠, 어디선가 소리 없이 미끄러져들어와 한 겹 바람결 같은 얇은 그림자의 형상으로 등을 휘감는 어둠, 그녀였다. 그녀가 길게 흐르는 머릿결과 얼굴 문양의 그림자를 낙인처럼 뜨겁게 등어리에 찍으면, 녹는 몸이 푸르르 떨렸다. 그 때문에 더욱 믿기 힘든 것은, 그 뜨겁던 그림자에서 흘러나오는 가을 같은 목소리였다. 등어리에서 물러난 그림자는, 그 집의 계절처럼 언제나 서늘하게

그녀를 나타냈다. "왔어?" 그 집을 세번째로 방문해 말을 트면서부터는, 반문형의 대답도 똑같았다. "어디 있었어, 안 보이던데?" 그녀가 대답하는 대신, 그녀의 그림자가 저 혼자 소리 없이 웃는 듯싶었다. 가급적 말을 억제하는 그녀의 그런 태도에 눌려, 첫번째 방문 때는 그 방에서 단 한 마디의 말도 꺼내지 못했었다. 그러나 두번째 방문 때는 궁금증을 참지 못했다. "저 섬 너머가 정말 바단가?… 저기가 서해 맞아요? 그게 사실이냐구요?" (『강 어귀에 섬 하나』, pp. 109~12)

객 그동안 상아탑 관악산에서 수도하던 이인성이 기껏 찾아간, 아니 탈출해간 곳이 물도리동(河回)이군요. '반야바라밀다이기 때문에 반야바라밀다가 아니다' '색즉시공 공즉시색'이라고 조아리며 수도승 이인성이 스승도 물리치고, 그러니까 스스로 달마가 되어 숭산 소림사 동굴에서 9년 면벽으로 얻은 것은 '자동사'라는 '반야바라밀', '한없이 낮은 숨결'이 아니었던가. '무한성'이라 했것다. 숨이

끊기기 직전까지 갔다고 했것다. 숨이 끊기면 고독이고 뭐고 무의미한 것이것다. "바람이 분다, 살아야겠다!"(발레리)고 단말마적 외침이 나올 수밖에. 가까스로 찾아낸 것이 '식물성의 저항', 민들레의 생명력이었다. 거기에 닿기 위해서는 최소한 '타동사'와의 타협이 불가피할 수밖에. 그 타협의 모습이 '물도리동행'이다. 물이 돌아서 나가는 지점, 그러니까 섬으로 이루어진 동네, 하회(河回).

　주　관악산 수도승이 기껏 찾아간 곳이 석가세존께서 계신 영취산도 아니고 하회 마을인가고 빈정댈까 봐 심히 저어하오. 병산 서원을 거느리고 영남에 단 하나 좌승상을 지낸 유씨(柳氏)의 고택이 있는 하회 마을이 아님에 주목할 것입니다. '물도리동'이지 하회가 아니지요. 유씨 가문의 처지에서 보면 '하회탈춤'이라는, 저 이 나라 최고의 연희 예술이란 한갓 상것들의 놀이에 지나지 않는 것이니까. 그러나 하회탈춤이란 물도리동의 탈춤입니다. 물이라는 것, 섬이라는 것, 그리고 무엇보다 저 먼 이방인 '처용'이 드나들 수 있는 물길이었다는 것. 한국인의 상징적 얼굴(가면)은 산대도감극이겠는데 여기에 특출한 것이 병산 가면(국보 121호)이지요. 병산(屛山) 서원(유성룡의 서원)은 바로 하회 옆 낙동강 연안에 있는 것. 여기에 있는 가면을 처음 발견한 이두현 교수에 의하면 대륙 전래의 요소와 불교의 요소들의 영향을 받으며 이루어진 것으로 보고 있지만 가면과 처용무 또한 불가분의 관계에 있음이 구명되어 있습니다.(이두현, 『한국 가면극』, 문화재관리국, 1969, p. 176)

　처용무는 그 기원을 신라에 두고 있다는 것, 고려와 조선조를 통해 궁중 나례와 연례 때 '가히 호방한 일종의 무극'으로 연행되어왔다는 것, 벽사진경(악을 물리치고 경사스러움을 영입하는 것)으로 민중 속에서도 널리 수용되었다는 것 등으로 미루어보면 향가 「처용가」와 더불어 상류층·하류층을 가리지 않고 가장 널리 통용된 것임을 알 수 있습니다. (이두현, 『한국 가면극』, p. 70) 요컨대 한국인의 거대한 미학적 상징체계라 하겠습니다.

4. 탈춤과 성감대

객 좀 더 자세히 읽어볼 필요가 있겠습니다그려. 최소한 '타동사'로 기둥을 삼고 있으니까요. 웬만하면 읽을 만한 물건(구식 소설)으로 보이니까요. 우선 나/그가 그녀를 만나고 있지 않습니까. 어디서? 물도리동에서. 뭐 하러? 처용의 가면을 쓰러. 육하원칙이 엄밀히 지배하는 세계. 그녀는 대체 누구인가. 세 번씩이나 만난 여자. 이런 만남이란, 아무리 '나'가 '그녀'가 실체가 아니라 액체 또는 기체 또는 허깨비라 하더라도 만남이란 점에서는 '타동사'가 아닐 것인가. 비유컨대 후배 작가 윤대녕이 사용하는 여자 만나기의 범주와 유사한 것. 가령 윤대녕의 「여름 여행」(2009).

서울에 산 적이 있죠?
나는 뒤통수를 맞은 듯 별안간 그녀에게 물었다. 하지만 그녀는 조금도 당황하지 않았다. 네, 고향이 서울인걸요.
그럼 어쩌다 여기까지, 라는 식으로 나는 또 하나마나한 질문을 했다. 그녀는 오랜만에 말 상대를 만난 듯 무람없이 털어놓았다. 스물아홉에 천둥 같은 사랑이 찾아왔다가 서른에 떠나갔죠. 그 후 마음을 놓쳐 여기저기 돌아다니다 강구항에 오게 됐어요. 그날 서른 마리나 되는 고래가 바닷가로 떠밀려 왔죠. 그런데 죽은 고래들을 보면서 눈물이 한없이 쏟아지더라고요. 그리고 다음날 아침 여관에서 잠이 깼는데 마음이 숲처럼 고요한 거예요. 마치 머나먼 고향으로 돌아온 것처럼 말이에요. 저는 서울에서 태어나고 자랐지만 서울이 고향이라고 생각한 적은 한 번도 없거든요. (『문학사상』, 2009. 12, p. 107)

이는 윤대녕뿐만 아니고 윤대녕들이, 알게 모르게 또 많건 적건 이인성으로 수렴된 것 혹은 가지를 뻗어내린 것. 나/그, 그녀 어느 쪽도 이미 남자나 여자일 수 없는 존재의 자리에 이인성이 서 있다면 윤대녕들은 '나'는 나(남자)이지만 적어도 그녀(여자)만큼은 이혼자, 나이 든 여자였던 것. 처녀란 여자 미달, 기혼녀는 여자 초월, 이혼녀만이 여자 축에 드는 것. 이것만 해도 윤대녕들은 육하원칙, 타동사의 글쓰기에서도 한 단계 깊었지요. 이인성이 있기에 윤대녕들의 저런 경지의 의의를 짚어낼 수 있습니다. 이인성에 있어 나/그 또는 그녀란 남자 원형, 여자 원형이며, 따라서 이혼녀, 이혼남의 차원을 넘어선 원형질, 암/수의 차원, 요컨대 생물체의 자리에 내려앉아 있습니다. '인류학적 자리'이겠는데요.

주 그런 자리를 절묘하게 찾아낸 뛰어난 눈이 이인성의 높은 수련(방법)의 훈련에서 왔던 것. 물도리동 → 가면극(하회탈) → 처용무. 이른바 민속의 무대화, 한국적 샤머니즘의 세계화. 이 벅찬 역사적 과제를 정리해낸 솜씨를 좀 살펴볼까요.

그녀가 '피사의 사탑'이라 불렀던 그 건물은 전체적으로 기우뚱하게 솟구쳐 있었는데, 잘못 짓다 중단되었거나 폐기 처분된 후 철거되지 않은 무슨 고층아파트 같긴 했어도, 그녀의 집이 새둥지로 보일 정도로 폭은 너무 좁고 높기만 해 그 쓰임새를 확신하기는 힘들었다.

그녀의 둥지를 빼고

사방 벽이 뜯겨나간 채 폐허로 버려진 다른 층들
은 당연히 모두 비어 있었다. 콘크리트 기둥들만이 휑한 그 공간을
가로질러 건너편 하늘을 건너다보고 있자면, 정말이지, 그녀의 집이
어떻게 매번 더 높은 곳으로 옮겨갈 수 있는 것인가, 귀신이 되어보
아도 곡할 노릇이었다. 그러나 때로는, 특히 천장마저 허물어내려 두
층이 하나로 드넓게 트인 곳에서는, 그런 불가사의도 덧없었다. 사방
하늘에서 터진 봇물처럼 밀려들던 노을 강에 휩쓸리는 몸이란 한 잎
낙엽에 불과했던 까닭이다. 높이 오를수록 심해지는 마파람이 회오
리라도 일으키면, 노을의 격랑 속에서 그것은 한점 물거품으로 부서
질 것이었다. 아닌게아니라, 그곳에서 그렇게 휩쓸려 사라졌을 부랑
아들의 흔적이 보이기도 했다. 깨진 소주병이나 담배 꽁초, 해진 담
요 조각이나 피 묻은 팬티 따위가 널려 있었던 것이다. 혹시 그런 침
입자들을 피해, 그녀는 위로 또 위로 이주해가는 것일까? 현관문 앞
에 '개 조심'이라고 쓰인 빈 개집이 놓여 있고 거실 벽면 가득 온갖
귀면 같은 가면들이 걸려 있는 것은, 불시에 들이닥칠 침입자들에게
공포심을 불러일으키기 위해서였는지도 몰랐다. 침침한 거실, 어둠
의 벽 위에

가면들은 그 어둠의 벽이 흘리는 어둠의 피가 엉기며 빚어
진 어떤 형상들인 양 더 진한 어둠의 굴곡을 만들며 눌어붙어 있었
다. 그녀가 거실 몇 군데에 촛불과 향불을 붙이면, 가면들은 희미하
게 근육을 씰룩이며 슬그머니 눈꺼풀을 열었다. 사실, 가면과의 첫
대면은 문둥이에게 한쪽 팔을 뜯겨 섭히는 순간으로 다가왔다. 하필
이면 첫눈에 마주친 것이, 암갈색 나무껍질 피부에 흉한 반점 돌기들
이 번져 있고 문드러진 코 아래 콧구멍이 정면으로 뚫린, 거기다 사

192

자처럼 날카로운 이빨을 드러내면서 심하게 이지러진 두 눈의 사팔 눈동자로 삐딱하게 노려보는 문둥이 탈이었던 것이다. 그 탈의 두 눈동자는 서로 색깔이 달라서 더 끔찍했는데, 눈꺼풀을 들어올렸는데도 동공이 그냥 뻥 뚫려 있는 탈들 역시, 금방이라도 두 눈에서 뱀 혀가 날름거릴 것 같아 소름이 끼치기는 마찬가지였다. 그렇지만 그 집의 향내에 조금 취하고 나면, 그 두려움에는 머리만으로 깨우치기 힘든 어떤 흡입력이 있었다. 그녀가 지닌 흡입력이기도 했던

그 야릇한
두려움을 온전히 받아들일 수밖에 없었던 것은 그녀가 거실의 탈들 위에 '望海亭'이라는 현판을 새로 걸던 때였다. 그건 다섯째 날이었던가 여섯째 날, 또는 일곱째 날이었을 것이다. 한 팔 길이만한 크기의 나무판에 파란 분료를 입힌 글자가 돋을새김이 되도록 바닥을 파서 만든 그 현판을 걸 때, 방안에는 돌연 안개가 자욱했다. 그날따라 유독 향불을 심하게 피웠었을까, 안개 속에서 자꾸 희미해지는 그녀를 향해, "망해정이라… 이름은 멋지네. 그렇게 바다가 그리웠어?" 바보처럼 물었다. 그녀는 "나보다도 시인이었던 자기가 더 그리울 텐데, 아니야?" 되물었고, '시인이었던'이라는 과거형 시제가 껄끄럽긴 했으나, 그럴지도 모른다는 생각이 모호한 추억을 불렀다. "그립다면 기억이 있어야 되는데, 떠오르질 않는걸." "천백 년 전의 기억이니까." 그녀의 단정에 얼떨떨해져서, 간신히 내뱉는다는 게 "뭐라구?"였다. "언젠가는 기억나게 될 거야. 그때 자긴 바다에서 왔어." "뭐라구!" 기가 막혀 잠깐 멈춰섰던 생각이 방향 없이 번졌다. "가만, 저 건너 누각 이름은 뭐라 그랬지?" "영취루." 그 후로도 매번 물으면서 번번이 잊을 그 가운데 '취'자. "그게 무슨 '취'자라구?" "독수리 취(鷲)." "독수리?" 그곳은 새롭게 깨어난 말이 환상을 부

르고 환상이 곧 현실인 그런 공간이었던가, 북쪽 베란다 문으로 훌쩍 날아든 환상의 독수리가 큰 날갯짓으로 삽시에 안개를 몰아가자, 안개가 그녀의 옷이었던가

　　　　　놀랍게도, 그녀는 또렷한 알몸으로 돌아섰었다. 그런데 그냥 알몸이 아니고, 소스라치게도, 문신처럼 그려진 검은 뱀 무늬가 친친 그녀의 온몸을 얽어 두르고 있었다. 그건 결코 예사 문신이 아니었다. 그녀가 요술을 부리듯 제 젖가슴을 살포시 밀어 올려 거기 그려진 뱀 머리에 입술을 맞추니까, 그 문신이 동아줄 같은 부피감으로 살아나 그녀의 몸에서 풀어져내리기 시작했던 것이다. 그녀의 발목을 떠나 빠른 곡선을 그리며 바닥을 건너온 그 뱀은, 쉭쉭, 이쪽 발목을 감아도는 즉시, 바짓가랑이 속으로 징그러운 전류를 휘감고 올라왔다. 뱀이 파고들면서 팽팽하게 부풀어오르던 옷은 안으로부터 뜯어져 흘러내렸고, 동시에, 이게 누구 것인가 싶은, 조금 전의 그녀처럼 뱀 문신에 얼룩진 또 하나의 알몸이 모습을 드러냈다. 마치, 그녀가 하얗게 자유로워지려 벗어던진 문신 그물에 꼼짝없이 포획된 꼴이었다. 그 포획물의 사타구니에 곧추서 있던 뱀 머리. 그것을 아예 태워 죽여버릴 듯이 시선의 초점을 모으며 다가선 그녀가, 그러나 문득 무릎을 접고 몸을 낮추어, 다시 거기에 입을 맞췄다. 그러자, 짧은 경련과 함께 되살아난 뱀의 기묘한 꿈틀거림이 지극히 비현실적으로 자연스럽게 온몸을 바닥에 눕혔고, 탄력 있는 몸놀림으로 배 위에 타고 오른 그녀는 쫑긋한 입술 한가운데다 검지를 수직으로 세웠다. (『강 어귀에 섬 하나』, pp. 114~17)

여기서 그녀가 연출하고 있는 기행(생명력)이란 가면을 매개로 하여 작동된 것. 가면이란, 그 원형은 처녀작부터 견지해온 외부/내부

의 도식에 근거하고 있거니와, 여기까지 이르면 가면에 대한 학문적 연구가 불가피해집니다. 가면을 사실주의적 입장에서 보면 황당무계한 아이들 놀음에 흡사하지 않습니까.

객 진실한 얼굴을 감추기 위한 놀이다, 유치하다, 오락이다, 라고 보겠는데 이런 인식이 오늘날 일상성 속에서의 현실이지요. 이러한 시각의 배경에는 의식적 자아와 무한 공간을 축으로 하는 근대 과학의 지식이 자리하고 있는 것. 곧 자연 지배의 사고이며 인간이 사는 집으로서의 코스모스(살아 숨 쉬는 우주)의 상실이라 하겠지요. 학자들이 정리해놓은 가면의 활동에 대해 네 가지 중요한 관점을 제시했군요. (1) 우리 인간을 일상적 공간에서 다시 유기적 우주속에로 자리 잡게 해주는 것. (2) 가면을 씀으로써 인간의 얼굴이 전체화(신체의 일부가 아니라 전체성)된다는 것. 곧, 자기의 맨얼굴을 감춤으로써 인간을 '의식'에서 해방시켜 신체의 다른 부분의 자유로운 표정을 돕는다는 것. (3) 인간의 파토스적, 수고적(受苦的) 존재로서의 측면을 강화하여 체현한다는 것. 곧 상징주의 세계(만물의 조응 관계)를 이룬다는 것. (4) 인간에게 장소(토포스)의 중요성을 상기시킨다는 것. 가면은 우리들 인간을 무한 공간(균질적 공간)에서 유기적 우주에로 해방시킬 뿐만 아니라 구체적 대응물로서의 고유한 무대(소우주)로서의 장소를 요구한다는 것[일본의 가면 무용 노(能)가 이 점에서 현저함]. 근대적 사고에서는 가면이란 참된 얼굴이 아닌, 참 얼굴을 가리는 것으로 인식되지만, 이는 따지고 보면 틀린 생각이라는 것. (中村雄二郎, 『술어집』, 岩波書店, 1984, pp. 37~38)

주 학자들의 연구엔 그만한 근거가 있기 마련이겠지요. 우리가 존중하는 것은 그 근거에 있습니다. 실상 우리는 누구나 일상에서는 남편, 아비, 아들 등으로 살고 있습니다. 각각의 주어진 역할에 따라 행동함인 것. 이 경우 맨얼굴은 도리어 가면을 흉내 낸 것이라 하겠지요. 맨얼굴이란 이미 타자의 눈에 비친, 특정한 타자와의 관계 속에서 성립된 '나의 얼굴'이 아닐 것인가. 그러니까 가면이란, 페르소나(persona)와 전혀 무관한 참된 얼굴이란 있을 수 없지요. 내 참 얼굴도 내게 있어서는 타자 또는 '타자의 타자' 이외의 것이 아니지요. 타자성에 부딪혀 엉키지 않는 순수한 자기, 자기에 절대적으로 가까운 것은 본래 어디에도 없는 법. '나'란 항시 '인칭(personne)' 또는 '가면(persona)'으로서밖에는 형체를 갖출 수 없다는 것. 가면이 맨얼굴의 메타포임과 동등한 자격에서, 맨얼굴은 뭔가의 '원형'이 아니라 가면의 메타포인 것. 가면은 가짜, 맨얼굴은 진짜라는 이 편견은 근대의 편견이자 특정 문화권의 편견이 아닐 것인가. 이렇게 본다면 우리의 처용무는 어떠할까. 신라에서 고려, 조선을 거쳐 궁중과 민간을 관통하면서 놓여 있는 이 굉장한 미학 체계. 지배층의 나례용 처용무, 민간인의 주술적인 제웅으로 이어온 이 굉장한 논리와 심리.

5. 향가 「처용가」, 고려 가사 「처용가」, 궁중 나례 「처용무」

객 야망에 도전할 만한 주제. 이인성의 착상의 패기. 한국인의 생사관을 창작의 모티프로 삼은, 또 한 사람에 김동리가 있지요. 「무녀도」「을화」 말이외다. 흔히 샤머니즘과 기독교의 대결이라고 천박하게 이해하는 모양이나, 김동리의 처지에서 보면 어림도 없는 일. 기독교 따위와는 전혀 무관한 것, 샤머니즘 따위와도 전혀 무관한 것. 왜냐면 한국인의 생사관을 다룬 것이니까. 이런 본새로 하면 이인성이 다루고자 한 가면은 대체 무엇일까. 물도리동, 하회탈춤, 처용무. 이것은 선생이 앞에서 이미 지적한 신라-고려-조선조를 관통한 천 년의, 한국인 전체의 무의식적 미학 체계에 대한 탐구이겠는데요. 우주의 생명력(코스모스)의 만물 조응 관계와 무관하지 않을 텐데요. 서라벌 달밤, 춤추며 놀다가 귀가하자 이불 아래로 다리가 넷이더라, 둘은 내 것인데 다른 둘은 누구의 것일까. 다시 뺏어 무얼 하랴. 춤추며 물러설 수밖에. 춤추기. 이 생명력이 가면의 본질에 닿은 것이라면 여기에서 머물면 그만일 텐데요.

주 적어도 향가(「처용가」)의 공간(자리)이라면 그럴 수도 있겠지요. 춤추기, 섹스, 거기서 이루어진 미학 체계이겠는데, 그것으로 모든 것이 끝나는 것이라면 저토록 천 년을 이어온 곡절의 해명으로 족하겠지요. 춤이니까. 『삼국유사』에 실린 향가 14수 중 하나인 「처용가」를 보시라. 8구체 향가. 14수 중 제5번째.

東京明期月良　　　夜入伊遊行如可
入良沙寢矣見昆　　脚烏伊四是良羅
二肹隱吾下於叱古　二肹隱誰支下焉古
本矣吾下是如馬於隱　奪叱良乙何如爲理古

시볼 불긔 드래 밤드리 노니다가
드러ᅀᅡ 자리 보곤 가ᄅ리 네히어라
둘흔 내해엇고 둘흔 뉘해언고
본디 내해다마ᄅᆞᆫ 아ᅀᅡ놀 엇디ᄒᆞ릿고

(양주동, 『고가 연구』, 일조각, 1965, p. 374)

작자는 물론 처용. 그러니까 처용은 시인이었던 것. 왜 혼자서 달밤에 춤추고 다녔을까. 미녀인 아내와 함께 춤추지 않았을까. 그런데 아내의 부정을 본 처용은 성내지 않고 또한 노래 짓고 춤추며 물러났던가. 춤추어 그 부정한 역신(疫神)을 쫓았던가.『삼국유사』원문엔 '무이퇴(舞而退)'로 되어 있다고 전문가들은 말합니다. 춤을 추어 역신을 물리쳤다고 해석하면 주체성이 강한 해석이겠지요(실제로 북한에선 그런 식으로 해석한 학자도 있다). 그러나 정황으로 보아 처용은 조용히 혼자서 춤추며 물러서지 않았을까. 왜냐면 혼자서 춤추고 다녔으니까. 이런 해석이 자연스럽지요(舞而退의 해석 여부는 『삼국유사』의 기록 체계에서 결정되는 것이며, 그에 따르면 '춤추어 물리쳤다'는 해석은 무리).

  객 선생께서 말하고 싶은 것은 그러니까 '춤'에 있겠는데, '춤에 미친 처용'이겠는데요. 거기까지는 알겠는데 그것만으로 천 년의 미학 체계로 이어오기엔 역부족. 왜냐면 '가면'의 코스모스란 유독 우리나라에만 있는 것이 아닐 테니까. 처용의 춤이 가면화를 겪어 그 것이 미학 체계를 구축하게 된 것에는 또 다른 커다란 이유가 에워 싸고 있지 않았을까. 시방 선생은 그것을 논하고 싶은 모양이군요.

  주 내가 아닌 이인성이 논하고 싶었던 것. 그것도 두 다리씩이나. 하나는 달마 김현에 관련된 것. 말라르메를 버리고 한국어에 달려든 김현의 습작기 그러니까 '낯선 시간 속으로'는 파울 클레(Paul Klee)의 성모상을 표지화로 삼고 창간한 동인지(김승옥·김현·최하림)『산문시대』(1962)에서입니다. "슬프게 살다간 李箱에게 이 책을 드림"이라는 헌사를 가진 이 동인지의 중심 분자인 김현은 "태초와 같은 어둠속에 우리는 서 있다. 그 숱한 언어의 난무 속에서 우

리의 정신은 여기에 이렇게 초라한 모습으로 서 있다. 이 천년을 갈
것 같은 어두움 그 속에서 우리는 신이 느낀 권태를 반추하며 여기
이렇게 서 있다"라는 선언을 했고 막바로 이어서 창작 「인간서설」과
「잃어버린 처용의 노래」를 썼지요. 대학생 '나'의 첫사랑의 고민을
다룬 후자에서 삼각관계의 사랑 얘기를 「처용가」에다 연결시켰지요.
꽤 중요한 대목이라 잠시 볼까요.

　　내 발걸음은 언제나 느리다. 바삐 가면 숨이 가쁘다. 내가 나쁜줄도
모른다. 병원하고는 연이 멀다. 그 정도로 안 간다. 폐병이라면 얼마
나 좋을가 하고 나는 언제나 중얼거린다. 그 하이얀 눈 위에 새빨간
피를 토하는 그때의 기분── 숫처녀의 초경. 순결한 벌판에서 흘러나
오는 피의 강. 나는 그것을 생각하면 기쁘다. 왕의 팔을 잘랐을 때도
그러한 피가 흘렀을 것만 같다. 대문을 열고 들어갔다. 언제나 이 집
은 문이 열린채로 있다. 미쓰 안의 방은 문간방이다. 방문을 본다.
　　열쇠가 안 잠겨있다. 틀림없이 있는 모양이다. 나는 문을 연다. 벽
에 붙인 코니·프란시스가 사르르 웃는다. 다리를 쭉 뻗고 웃음을 웃
고 있다. 목덜미가 안 보인다. 섭섭하다. 이불이 깔려있다. 누가 들
어누어 있다. 새빨간 이불이다. 성숙한 여인의 허리같은 이불이다.
나는 이불을 확 걷어 올린다. 두사람이다. 미쓰 안하고…… K이다.
잠을 잔다. 옷은 벗었다. K의 손이 미쓰 안의 사타구니를 강싸고 있
다. 하이얀 유방이 눈에 간지럽다. 잠을 자고 있다. 장난을 치고 싶
다. 불침을 놓고싶다. 그러면 단 잠이 깨지 않는가. 왜 미쓰 안은 은
행에 나오질 않을가? 아프지는 않는데. 나에게 목덜미를 보이기 싫
어서? 알 수 없다. 꼭 K형과 종일 있어야 하는지 나는 알 수 없다.
이불을 다시 고이 덮어 주었다. 아무리 보아도 새빨간 이불의 고혹적

인 구겨짐은 성숙한 여인네의 허리같다. 나는 미쓰 안의 목덜미가 보고 싶다. 머리를 — 새깜안 머리를 들추고 솜털이 자자레한 목덜미에 입을 대었다. 향기로웠다.

다다의 노래가 생각키웠다. 방문을 조심해서 닫었다. 예수의 얼굴이 생각키웠다. 처용의 얼굴이 생각키웠다.

그 호탕한 웃음을 지으며 춤추며 나가는 처용의 얼굴이. 나도 춤을 추어야겠다. 처용의 웃음을 웃어야겠다. 예수의 낙서를 시작해야겠다. 문을 나서니 눈이 내리고 있었다. 올해 처음 오는 눈이었다. 입에서 곧 피가 나올것 같았다. 숫처녀의 초경(初經)이 나에게는 매력이다. 나는 앉는다. 입을 벌린다. 아무 것도 나오지 않는다. 눈이 더 많이 더 많이 내린다. 눈아 하늘을 뿌리 뽑을 듯이 내려라. 땅위를 덮어라. 내 창자를 빼내어 내 간(肝)을 빼내어 피를 토하마. 우리 같이 숫처녀의 초경을 생각하자. 다다의 노래를 부르자. 나는 이렇게 처용의 호방한 춤을 추기 위하여 여기 앉어있다.

— 백색지대 위에선 바쁘게 살 수가 여엉 없나 봐! 탈모(脫毛)는 자꾸만 계속되는데……

최형! 영화 재미있읍디어? 기분파 O형! 울지 말게 레지가 갔으면 이제 여름방학이 있지 않은가. 미쓰 안 은행에 나가 응! K형 그렇게 죄스러운 표정을 짖지 마시오. 전부 다다의 노래를 부르세요. 처용의 춤을 추세요. 눈이 더 세게 내리고 있었다. 눈에 눈물이 핑 돌았다. 무엇때문인지 몰랐다. (김현, 「잃어버린 처용의 노래」, 『산문시대』 창간호, pp. 34~35)

'가랑이가 넷일러라'의 「처용가」의 복창이 아닐 것인가. "제가 공의 아내를 사모하여 지금 그녀와 관계를 했는데, 공은 노여움을 나

타내지 않으시니 감동하여 칭송하는 바입니다. 맹세코 이후로는 공
의 형용을 그린 것만 보아도 그 문에 들어가지 않겠습니다"(『삼국유
사』,「처용랑과 망해사」)라고 했것다. 이 일로 말미암아 나라 사람들
이 처용의 형상을 문에 붙여서 사귀(邪鬼)를 물리치고 경사를 맞아
들이게 되었다는 것. 이에 비해 처용인 김현은 임자도 없는 미스 안
의 가랑이 넷의 현장을 보고 처용 흉내를 내고 있는 형국. 우람한
민족적 처용 미학 체계가 근대인에 와서는 사적(私的)인 것으로 왜
소화되었던 것. 이 점에서 김현은 훗날 시인 김춘수의 때늦은 「처용
가」와 궤를 같이하는 것.

6. 한국인의 미의식

객 선생은 시방 달마 김현이 「처용가」를 복창한 것과 같이 이인
성도 이를 복창, 그러니까 '복복창'하고 있다고 우기고 있습니다그
려. 조금은 억지 같으나 그래도 말이 안 되는 것은 아닌 듯하오. 그
렇다면 다른 하나는 또 무엇인가. 아마도 또 억지 같은 예감이 드는
데요.

주 그 예감은 존중합니다. 실상 내가 내세우고 싶은 것은 이인성
이 알게 모르게 느끼고 있는 박상륭에 관련된 것입니다. 『칠조어론』
(1994), 『소설법』(2005), 『잡설품』(2008)에서 일단락된 박상륭이란
무엇인가. 이 나라 소설판이 이 거인을 비켜갈 수 있을까, 라고 말
한 것은 정작 김현이었지요. 앞에서 우리는 『문학과지성』의, 또 그
보다 먼저의 『68문학』 선언에서 김현이 한국 문학의 판을 새로 짜기
위해 내세운 타도해야 할 적은 김동리 중심의 샤머니즘과 참여파였

던 것. 이 중 전자로 말하면 샤머니즘이 갖고 있는 비논리, 불투명성, 엉겨 붙음의 운명 타령 등을 극복해야 한다는 것. 무엇을 가지고? 그야 '지성'인 것. 단순하다면 지극히 단순한 단세포적 사고이지요. 그런데 이 김동리 식 샤머니즘의 극복이란 '지성'이 아니라 소설로 극복하는 방법이 가장 확실한 법. 거기 박상륭이 있었지요. 김동리의 문하에서 자란 박상륭은 끝내 달마 김동리의 내면을 꿰뚫어 보았을 뿐 아니라 극복 방법까지 도모했던 것. 자라투스트라처럼 호서(湖西)의 동굴에서 뱀과 독수리를 거느리고 지혜를 수련하여 참을 수 없을 만큼 호동(湖東) 조선국 땅의 중생들이 불쌍했겠다.

그래서 『신을 죽인 자의 행로는 쓸쓸했도다』(2003)라 외치며 달려오곤 했지요. 그러나 참으로 딱하게도 호동의 중생들은 한결같이 귀머거리인지라, 맹인인지라 듣도 보도 않도다. 어디가 잘못되었을까. 포교의 방법에서인가 시대의 미숙성에서였을까. 하릴없이 호서의 동굴로 돌아가 수행할 수밖에요. 드디어 이 자라투스트라 박상륭은 『소설법』 『잡설품』에서 마침내 결판을 냈지요. 왈, '샤머니즘의 세계화'가 그것. 인류사에서의 샤머니즘의 탐구, 이것이 그 주제. '한국인의 생사관'의 규명을 위한 패기로 말미암은 달마 김동리의 샤머니즘 탐구란 박상륭의 '인류사의 생사관'에 비하면 얼마나 초라한가.

객 선생의 박상륭론은 여러 편 있지만 『잡설품』을 논한 「샤머니즘의 우주화, 우주화된 샤머니즘」(『다국적 시대의 우리 소설 읽기』, 문학동네, 2010)이 바로 그것이겠는데요. 맞습니까?

주 의식적이든 아니든 이인성은 선배 박상륭과 맞서고 있지 않았을까. 이것이 내 예감입니다.

객 그러니까 이인성도 샤머니즘의 세계화의 방식으로 처용의 세계화를 도모했다?

주

　뱀의 뱃속을 걸어들어가는 듯, 어둠이 수축 운동을 하며 꿈틀거린다고 느껴졌다. 그러고 보니, 어둠의 벽에는 아까 행렬을 따라갔을 때 지나친 문들에 붙어 있던 그 종이 탈들이 걸려 있었다. 완전한 귀신 얼굴부터, 용 얼굴, 사자 얼굴, 원숭이 얼굴과, 동자 얼굴, 신발장수 얼굴, 말뚝이 얼굴, 양반 얼굴, 취바리 얼굴, 선비 얼굴 따위에다가, 그 백정 얼굴과 파계승 얼굴마저 있었고, 맨 마지막엔 할배 얼굴이 있었다. 그러니까 저 온갖 얼굴들을 다 겹쳐 처용 얼굴을 만들었단 말인가. 그 탈들에 정신을 앗긴 채 얼마나 따라들어간 건지, 앞방향에서 갑자기, 그르릉 그르릉, 뭔가 목젖을 낮게 끓으며 어둠을 긴장시키는 소리가 들려왔다. 한눈에, 거대한 개의 형상이었다. 앞두 발로 상체를 세우고 앉아 두 귀를 곧추세우고 날카로운 이를 드러내며 혀를 휘두르고 있는 모습이, 영락없이 그곳이 저승의 입구라는 것을 알려주는 듯싶었다. 촛불 빛을 옮기자, 그 개 옆에는 침대 매트 같은 것이 깔려 있었고 이불 더미가 덮여 있었다. 촛불 빛을 더 들이대자, 그 이불은 뒤척이고 있었는데, 오오

　　　　　　　　　　　　이불 아래로, 다리가 넷이었다. 이렇게 되는 거였구나 싶어, 머리가 횡횡 돌고 다리 힘이 풀려 금방이라도 무너져내릴 듯한 몸을 그 순간 지켜준 것은, 어떤 느닷없는 신들림 같은 것이었다. (『강 어귀에 섬 하나』, p. 151)

객

　성거신 이마, 깅어신 눈썹, 오울허신 둥근 눈, 웅기허신 코, 어위허신 크신 입. 백옥 유리같이 이어신 이빨 미이커신 턱……　(『강 어

귀에 섬 하나』, p. 154, 고려 가사 「처용가」의 묘사)

주 처용은 대체 무엇인가. 사람이지요. 어떤 사람인가. 위의 묘사대로 사람이되 특출한 사람. 어째서 특출한가. 『삼국유사』는 이렇게 적었소.

제49대 헌강대왕 때 서울로부터 지방에 이르기까지 집과 담이 연이어져 있으며 〔……〕 때에 대왕이 개운포에 나가 놀다가 바야흐로 돌아오려 했다. 낮에 물가에 쉬는데 갑자기 구름과 안개가 자욱해져 길을 잃게 되었다. 왕은 괴히 여겨 측근에게 물으니 일관이 아뢰었다. "동해 용의 조화이오니 마땅히 좋은 일을 해주어서 이를 풀어야 될 것입니다." 이에 사무를 맡은 관원에게 명령하여 용을 위해 그 근처에 절을 세우도록 했다. 왕의 명령이 내려지자 구름과 안개가 걷혔으므로 이 일로 말미암아 지명을 개운포라 한다. 동해 용이 기뻐하여 이에 아들 일곱을 거느리고 임금 앞에 나타나 왕의 덕을 찬양하여 춤을 추며 음악을 연주했다. 그 중 한 아들이 임금을 따라 서울에 들어가서 정사(政事)를 도왔는데 이름은 처용(處容)이라 했다. 왕은 미녀를 처용에게 아내로 주어 그의 생각을 잡아두고자 했으며 또한 급간이란 관직을 주었다. (『삼국유사』1, 이재호 옮김, 솔, 1997, p. 266)

위의 인용으로 보면 처용이 용왕의 아들이라는 것. 관직과 미녀를 주었다는 것인데요.

객 용의 아들이란 불교적 설화 정착 이전의 역사적 현실로 보면 많은 학자들의 주장대로 아라비아인이라는 것, 동해에 좌초된 상선의 선원이었다는 것, 이 무렵 이미 신라는 세계 속에 노출되어 있었

다는 것, 외국인 중 나머지는 돌려보내고 그중 한 선원을 서라벌로
데려와 관직도 주고 또 미녀를 주어 머물게 했다는 것. 서라벌 쪽에
서 보면 이 이상하게 생긴 이방인이 놀림감이었을 터이며 따라서 설
사 아내가 미인이 아니어도 엿보기를 마지않았고, 아내 또한 그런
심리 상태였을지도 모른다는 것. 부정을 저지르는 장면을 보면서도
춤추며 물러설 수밖에. 처용의 처를 범한 역신이란 유행병 천연두를
가리킴이며, 세계 최고 수준의 이슬람 의학 기술을 처용이 신라에
전수했다는 것. (이희수, 『이슬람과 한국 문화』, 청아출판사, 2012)
인간적 너그러움과는 거리가 먼 일이었을 터. 분명한 것은 하나. 이
런 이방인을 신라가 수용했다는 것. 또한 몽골의 세계 지배로 한반
도가 그 영향권에 놓였던 고려에는 「쌍화점」에서 보듯 아라비아인
(色目人)들이 장사를 하기도 했고, 배타적인 조선조는 그 상상적 결
여 사항을 채우기 위해 처용의 설화를 궁중에까지 미학으로 이끌어
올렸던 것이겠지요. 요컨대 성리학의 이기론(理氣論)의 숨 막히는
윤리 체계를 수용하면 할수록 조선조는 상징적 대치물이 요망되었
을 터. 그 상징적 대치물이 처용 설화이었을 터. 색목인, 중동 출신
의 상인, 그 형상은 고려 가사 「처용가」에서 확실하지요.

前腔 新羅盛代昭盛代 天下大平羅候德 處容아바 以是人生애 相
不語ᄒ시란ᄃᆡ 以是人生애 相不語ᄒ시란ᄃᆡ
附葉 三災八難이 一時消滅ᄒ샷다
中葉 어와 아븨 즈이여 處容아븨 즈이여
附葉 滿頭揷花 계오(우)샤 기울어신 머리예
小葉 아으 壽命長願(遠)ᄒ샤 넙거신 니마해
後腔 山象이슷 깅어신 눈섭에 愛人相見ᄒ샤 오올어신 누네

주 좋은 지적. 그 상징적 대치물이 '탈'로 상징화되었음에 주목할 것입니다. 어째 '탈'이어야 했을까. 미학 체계화에서 '탈춤'으로 수용함이야말로 조선조 궁중 나례의 찬란한 승리랄까 슬기라고 할 수 없을까. 혹은 불가피함이었을까. 왜냐면 성리학의 명징한 논리(우주 원리와 이에 빈틈없이 끼워 맞춘 인간의 가치 윤리 체계)에 맞설 수 있는 것은 탈을 쓰는 방도가 가장 합당했던 것. '가면을 쓰지 않으면 춤추지 않는다'는 명제로 이 사정이 요약되겠지요. 눈부신 도포와 갓으로 된 대낮의 논리에서 보면 가면으로 된 상징적 놀이란 밤의 논리가 아닐 수 없지요. 대낮의 논리와 밤의 논리란 결코 소멸될 수 없는 것. 이성의 힘이 쇠약해지면 어김없이 밤의 논리가 솟아오르기 마련. 결코 정복되지 않는 가면의 상징성이 거기 살아 숨 쉬고 있지요. 이 가면의 힘이 극대화되면 모든 것을 파괴하는 것으로 향한다는 것. 독일 제3제국의 파시즘의 뿌리도 이로써 설명될 수 있지요. (E. 카시러, 『국가 신화』, 예일 대학 출판부, 1946) 이 밤의 논리가 대낮의 논리의 힘 앞에서 공존하는 상태, 그 균형 감각의 모색이 '탈춤 형식'이었던 것.

객 잠깐, 그건 그렇다 치고, 시방 우리는 이인성의 소설 「강 어귀에 섬 하나」를 논하고 있지 않습니까. 얘기가 삼천포로 빠져버렸군요. 제가 궁금한 것은 이 소설의 끝 장인데요.

그때는 벌써 그

　　　　　그 커다란 새가 하늘 아득한 곳에서 눈동자만한 크기로 빙글빙글 맴을 돌고 있었다. 멀었던 눈이 갑자기 트이면서, 그 눈 둘레로 모든 것이 빙글빙글 도는 것 같았다. 이 세상에 '나'가 있었다면, 아마도 그때의 그 눈이야말로 바로 '나'였을 것이다. 그때, 그 '나'는 강이 아찔하게 내려다보이는 어떤 절벽 위의 누각에 던져져 있었다. 이쪽 절벽을 치고 도는 강 건너편에는, 고운 백사장이 물도리동을 이루고 있었다. 백사장 뒤로 송림이 길게 담을 쌓고 있었고, 그 너머로 몇 겹의 산등성이가 첩첩이 멀어졌다. 건너 백사장에서 마파람이 잘못 얽혔는지, 한 순간, 회오리가 일었다. 하늘 기둥이라도 세울 듯 끝없이 솟구치던 그 불 기둥 같은 모래 기둥은, 그러다가 하늘 꼭대기에서 사방으로 퍼져내리기 시작했는데, 한낮의 햇살을 받아 황금빛을 드넓게 펼치는 그 모습이 바로 그곳으로 데려다준 새 혹은 시의 날갯짓이 아니었나 싶었다. 회오리가 솟구쳐 날아간 그 자리엔, 그리하여

　　　이제 아무것도 없었고, 그러므로

　　　　　　　　　　　그 집에는 다시 갈 수

없을 것이었지만, 그럼에도

　　　　　　발밑에, 웬 새알 하나가 떨어져 있었다.

　　　　　　　　　　　　(『강 어귀에 섬 하나』, pp. 155~56)

　작품의 결말이지요. 웬 새알 하나가 발밑에 떨어져 있었다는 것 말이외다. 대체 이것은 무슨 뜻입니까. 탈춤은 어디로 갔는가. 하회 탈춤이 새의 알이었단 말인가요?

　주　나는 별로 놀라지 않소. 어차피 작품이니까 결론을 내야 하지 않습니까. 작품의 고전적 정석인 '서론·본론·결론'의 도식에서 벗어난 나/너, 작가/독자의 관계만을 집중적으로 탐구한, 그래서 전위성을 확보한 이인성이 이제 강 어귀에 와서는 도로 구식 고전적 소설 쪽으로 내려앉은 것. 결론이 요망되니까, 물도리동(배경) 남/녀의

만남, 가면, 이를 내려다보는 제3의 시선(새)의 구성법이란 구식 소설로 후퇴한 것. 전위성을 어느새 거두어들인 판이 아니겠는가. 새의 알이라도 하나 있어야 결론을 맺을 수 있으니까. 상상(환상)만으로는 소설이 이루어질 수 없다는 것. 그 환상 끝에 뭔가 이루어져 흔적이라도 남겨야 한다는 것. 그것이 '새알'이 아니었을까. 왜냐면 구식 소설엔 현실적 증거가 요망되니까요. 전위성을 잠시 물리친 그 자리에 놓은 것이 '새의 알'인 셈. 왜냐면 구체적인 물도리동에까지 갔으니까. 이어지는 「돌부림」에서 다시 이 점이 확인됩니다. 인류학적인 시각에서 보면 샤머니즘(처용)은 세계화일 것. 얻은 것은 이것이고 잃은 것은 전위성. 적어도 소설사적으로는. 내가 새삼 강조하고 싶은 것은 작품 「강 어귀에 섬 하나」가 구식 소설에의 후퇴 혹은 회귀라는 점에 있습니다. 전위성에서 일단 멈추었던 것. '작가/독자' '나/그'의 실험(싸움)이란, 소설을 전제로 했으면서도 실상은 소설과 무관한 것. 이를 소설이라 우김에서 역설적으로 전위성이 발휘된 것. 왜냐면 소설을 이로써 파괴하고 있었으니까. 아무도 감히 이런 짓을 하지 않았으니까. 말하자면 대상(현실)이 없는 소설, 가공의 소설 위를 뜨는 유령의 고공 행진이었으니까. 그런데 이제 보라. 이인성 자신도 갈 데까지 갔고, 숨통이 막히는 장면이었던 것. 여기서 살아가기 위해서는, 계속 소설을 쓰기 위해서는 일단 후퇴할 수밖에. 우선 살고 나서 볼 일이 아니었겠는가. 물도리동, 하회탈춤에로 향하기. 물도리동도, 이 하회탈춤도 현실적으로 구체적으로 살아 있는 '현실'(대상)이니까. 이를 두고 대상(현실)에로의 후퇴라 부르지 않고 뭐라 할 것인가.

　객　그렇다고 전위성이 없다고 할 수 있을까요. 전위성이 몸의 세포에까지 각인된 이인성인데요.

주 그러기에 현실(대상)이 있는 물도리동, 탈춤이 뚜렷하게 의식되지 않겠습니까. 굳이 말해 전위성으로 무장한 가면 쓰기. '가면을 쓰지 않으면 춤추지 않는다'가 선명해지는 법. 대상을 '의식'이라 보고 뻗대어오다가 숨이 막히자, 의식이 아닌 역사적 현실의 구체성을 가진 물도리동의 가면 또는 반구대의 암각화에로 나아감이란 구식 소설에의 후퇴 혹은 회귀라 하지 않을 수 없지요. 후퇴/회귀란 이인성의 습작기 『낯선 시간 속으로』에서 기산된 것. 출발점을 뒤돌아보면서 시방 작가 이인성은 한발 나아가, 물도리동을 거쳐 배낭을 멘 채 울주군 언양읍 대곡리로 가고 있습니다. 거기 국보 285호인 선사시대 암각화가 있지 않습니까. 국보 121호인 물도리동의 하회탈춤보다 훨씬 먼 신석기 시대. 바야흐로 고고학이 대상(현실)이었던 것.

제5장 '돌부림'에서 멈춰 선 까닭
—— '식물성의 저항'이 놓인 자리

1. 이인성의 구도 행각

객 물도리동의 하회 가면이 국보 121호라는 것(선생의 은사 이두현 교수가 발견, 정리한 이 가면들 중), 선비 가면은 오늘날 한국인을 대표하는 얼굴 가면 아니겠습니까. 국보 121호가 진퇴유곡에 빠진 소설가 이인성을 구출하여 숨이나마 쉬게 한 것이 「강 어귀에 섬하나」라고 선생께선 지금까지 우기고 있습니다그려. 국보 121호가 이인성이라는 초라한 소설쟁이를 잠시나마 구출했음이란 무슨 뜻인가요.

주 이인성이라는 이 초라한 소설쟁이가 실상은, 이 나라 소설판의 국보 제 몇 호쯤 된다는 것. 왜냐면 처음부터 내가 달마 김현 시절의 혜능이 김현 이후 달마 이인성이 될 수밖에 없었다고 하지 않았던가요. 달마 이인성인지라 그가 길을 잃었다면 그를 구출, 이 말에 어폐가 있다면, 도움을 받을 수 있을 만한 것은 이 나라 국보쯤이 아니었을까. '국보님, 나를 도와주소'라고. 토마스 만도 조이스도 도스토옙스키도 아니고, 사르트르나 카뮈, 로브그리예도 아니고, 더구나 중요 문화급이어서도 어림없는 일. 봉우리까지 건너뛰기, 고공비행이라고나 할까요.

객 그래봤자 물도리동 강 어귀에서 새의 알 하나를 달랑 얻었을 뿐. 그 알이 무슨 새의 알인지, 그리고 그것을 어떻게 해야 할지 속수무책이었지 않습니까. 선생은 그것만 해도 족보의 덕분이라 우기고 싶은 모양인데요.

주 순종 한국인 이인성임에 주목할 것. 그가 아는 것은 한국어뿐. 그 누가, 글쟁이라면 한국어란 거대한 체계, 또 말해 언어라는 벽처럼 두꺼운 체계에서 숨이 막히지 않을 수 있으랴. 숨통이 트이려면 아무리 힘들더라도 방도는 하나, 한국인에서 벗어나는 것. 그 방법상의 명칭이 '국보'이지요. 한국인의 미의식의 최상급을 두고 국보라 한다면 이것이 바로 인류에로 닿는 길이 아닐 것인가. 이 순간 저절로 한국어도 그 탈을 벗고 '보편어' 혹은 '우주어'에로 나아갈 수 있지 않겠소. 흡사 제도화 이전의 변형 생성 문법을 내세운 촘스키의 논법도 이와 같다고 할까요. 개별 언어의 탄생 이전의 세계와 또 그것이 소멸되는 세계란 따지고 보면 인류(인간)라는 생물체의 원질인 것.

객 제도화되기 전의 개별 언어로 하는 놀이(짓)의 하나가 문학일진대, 이인성도 결국 이 속에서 '한없이 낮은 숨결'을 쉬면서 맹렬히, 또 특출나게 뻗대었지만 결국은 부처님 손바닥 위의 일. 이 사실을 깨쳤을 때 손오공 이인성은 부처님 앞에 무릎을 꿇을 수밖에. 앞이 캄캄해졌을 터. 돌연 길을 잃었다? 국보 121호로써는 역부족이었다?

주 그렇다고 주저앉을 이인성이 아니지요. 구도(깨달음)의 길이란 끝이 없는 법이니까. 한 번 깨침의 경지에 오른 선사에게, 그 후로는 노력을 안 해도 되는가, 대오철저한 정신은 인과의 법칙에 떨어지지 않는가?(大修行底人 還落因果也無—『無門關』第2公案) 다시 말해, 나고 죽고 또 나기의 윤회로부터 자유로운가 아닌가 하는 문제. 누가 그 대답을 한답시고 '떨어지지 않는다(不落因果)'라고 했더니 그 당장에 그는 야호(野狐)가 되어 5백 세를 헤맸다고 이르는데 그 뒤에 백장[百丈, 법명 회해(懷海), 720~814]이란 이가 '그도 그 법칙을 모르지 않는다(不昧因果)'라 하여 그 야호의 껍질을 벗겨주었다는 얘기(박상륭은 이 공간을 『소설법』, 현대문학사, p. 308에서 인용하고 있다). 이인성의 몸부림이 소중한 것은 국보 121호에서 일단 한 가지 깨침의 경지에 이르렀지만 그로써 막바로 도통한 것이 아니라 다시 노력하고 있다는 바로 그것. 이인성의 구도(글쓰기) 자세의 올바른 치열성이 눈에 선합니다. 또 다른 국보에의 도전이겠지요.

객 아, 알겠소. 선생께선 시방 국보 285호를 가리킴이군요. 울산 대곡리 반구대 암각화. 1971년 문명대(동국대) 교수 팀에 의해 비로소 세상에 모습을 드러낸 231점의 동물 조각 벽화.

1995년 6월 23일 국보 제285호로 지정되었다. 울산의 젖줄 태화강 상류 반구대 일대의 인공호(人工湖) 서쪽 기슭의 암벽에 새겨졌다. 댐의 축조로 평상시에는 수면 밑에 있다가 물이 마르면 그 모습을 보인다. 그 크기는 가로 약 8m, 세로 약 2m이고, 조각은 암벽 밑에까지 부분적으로 퍼지고 있어, 밑에서부터 암각화 상단선까지의 높이는 3.7m쯤 된다.

반반하고 매끈거리는 병풍 같은 바위면에 고래·개·늑대·호랑이·사슴·멧돼지·곰·토끼·여우·거북·물고기·사람 등의 형상과 고래잡이 모습, 배와 어부의 모습, 사냥하는 광경 등을 표현하였다. 이곳에 표현된 동물들이 주로 사냥 대상 동물이고, 이 동물 가운데에는 교미의 자세를 취하고 있는 것과 배가 불룩하여 새끼를 가진 것으로 보이는 동물의 모습이 보인다. 이 암각화는 당시 사람들이, 동물들이 많이 번식하고 그로 인해 사냥거리가 많게 되기를 기원하면서 만든 것임을 알 수 있다.

뿐만 아니라 춤추는 남자의 모습에서 성기가 과장되게 표현된 것은 인간의 생식능력이 자연의 번식력과 깊은 관계를 가졌다고 생각했던 당시 사람들의 관념을 나타낸 것으로 생각된다. 일본에서는 옛날 산신제(山神祭) 때에 성기를 드러내고 춤을 추었다는 보고가 있다.

어로(漁撈)의 행위를 묘사한 고기잡이배와 그물에 걸려든 고기의 모습을 묘사한 것도 실제 그렇게 되기를 바라는 일종의 주술적 행위로 볼 수 있다. 아마도 당시에는 반구대 지역이 사냥과 어로의 풍요를 빌고 그들에 대한 위령(慰靈)을 기원하는 주술 및 제의(祭儀)를 행하던 성스러운 장소였을 것으로 생각된다. 〔……〕이 암각화의 연대에 관해서는 신석기시대부터 만들기 시작했다는 설과 청동기시대의 작품이라는 설 등이 있다. 시기가 차이가 나는 표현양식과 내용 등이 있는 것으로 보아 암각그림 모두가 같은 시기에 만들어진 것은 아니고 상당히 오랜 기간 동안 원하는 그림을 추가하는 등 신앙행위의 장소로서 계속되었던 것으로 생각된다. (네이버 지식백과, http://terms.naver.com/entry.nhn?docld=1167205&mobile&categoryld=200001075)

주 국보 121호와는 시대적으로 비교도 안 될 만큼 위로 올라가
있습니다. 청동기 시대 또는 신석기 시대까지 거슬러 올라가니까.
공간적으로 비교하면 어떠할까. 하회탈춤이란, 시대적으로는 농경
사회 이후이겠지만 공간적으로는 '탈'인 만큼 일회용(탈춤의 탈은 새
벽에 모두 불태우고 다음 해에는 다시 만들었음)이지요. 이인성의 욕
망이랄까 패기가 탈춤 쪽보다 신석기 암각화에로 향했음이란 어쩌
면 자연스럽다고나 할까.

객 「강 어귀에 섬 하나」에서 「돌부림」에 이르기까지 그러니까 7년
의 세월이 걸렸습니다그려. 무수히 깨치고 그 위에 또 명상·진전하
고 했것다. 여우의 몸에서 벗어나기 위해.

주 7년이란, 신석기 또는 청동기의 시간과 바위의 공간 속에서
보면 실로 찰나에 다름없는 것. 순례 길의 아득함 없이 벼락처럼 깨
치는 이른바 '돈오(頓悟)' 쪽이기에 앞서 '점수(漸修)' 쪽이었을 터.

객 그렇다면 이인성은 혜가이기보다 신수(神秀) 쪽입니까?

주 돈오/점수란 따로 있을 수 없을 것입니다. 남종(南宗), 북종
(北宗) 하지만 몸은 한데 붙은 것이어서 위파사나(vipassana)가 사
마타(samatha)이고, 그 반대도 그대로 참인 것. 정견(正見) 없이 돈
오가 어찌 가능할까. 반야바라밀이 아니기에 반야바라밀인 것. 또
색불이공(色不異空) 공불이색(空不異色)인 것.

2. 국보 285호의 반구대 암각화

객 별수 없이 우리는 이제 「돌부림」 앞에 가까스로 섰습니다그
려. '돌부림'이란, 이인성이 만든 조어인가요. '돌'에다 '몸부림'을

합해서 만든 낱말인 모양인데요. '돌이 몸부림한다(친다)'이겠습니다그려.

　주　조어라면 조어이고, 범속한 말이라면 또 범속한 말. 돌이라는 무생물(비유기체)이 몸부림친다는 것은 돌이 생명체로 변모되었음을 가리킴인 것. 아니, 정확히는 당초부터 돌이 돌이 아니고 코끼리나 곰 또는 공룡 또는 고양이나 멧돼지처럼 숨 쉬는 생명체였던 것, 우리 인간과 꼭 같이 말이외다. 우리가 또 코끼리나 공룡이 몸부림치듯 돌이 몸부림칠 수 있다는 대전제 위에서 이 소설이 설정되어 있습니다.

　객　그런데 앞에서 잠깐 언급했듯, 이 작품은 울주군 대곡리에 있는 국보 285호 반구대를 소재로 삼은 것 아닙니까. 대형 암면의 너비·높이가 9.5×2.7미터인 적색 셰일의 바위. 요컨대 거대한 바위일 텐데 어째서 '돌'이라 했을까요. '바위부림'이라 해야 사리에 닿지 않았을까요.

　주　그 까닭은, 이 작품을 세 번쯤 읽어야 비로소 감이 잡힙니다. 적어도 이 중편급 소설을 읽는 데는 웬만한 장편보다 품이 많이 들지요. 한 번 읽는 데 꼬박 이틀이 걸렸으니까. 나처럼 제법 날랜 독자조차도 말입니다. 문제적인 것은 그러니까 아무리 거대한 바위라도 돌의 일종이라는 것. 유리처럼 깨지기 쉬운, 혹은 날파리나 잠자리나 벌레처럼 물컹거리는 몸뚱이를 가진 '인간'에 있어 돌이 갖고 있는 절대적인 견고함, 절대적 초월성, 요컨대 절대성이 아닐 수 없지요. 이 절대성과 나/그를 맞세웠을 때 주인공인 인간(나/그)은 동시에 절대적 존재가 아닐 수 없지요. 돌이 지닌 속성이 문제이지 크기(바위)란 2차적인 것. 나/그가 돌의 몸부림, 숨소리를 보고 듣고 느꼈다면 필시 나/그도 돌의 절대성의 반열에 오르지 않을 수 없지

요. 별로 거대하지도 않은 반구대의 굳고 단단한 바위가 나/그처럼
또는 잠자리나 벌레처럼 물컹물컹한 몸으로 변모되는 과정이야말로
이 소설의 참 주제인 것. 그렇다고 해서 바위(돌)의 변신담이냐 하
면 이 또한 그렇지 않지요. 이인성의 명예를 위해서도 이 점을 지적
해야겠지요. 카프카의 변신담도 오비디우스의 방대한 변신담도 우
연(신의 장난)이든가 요컨대 외부에서 운명적으로 주어진 것이지만
이인성에 있어 바위의 변신담은 나/그가 바위와의 대결에서 나/그
도 바위도 필사적인 상호 작용에 의해 변신된 것. 나/그도 바위도
벌레처럼 변모되었으니까.

　객　나/그가 가졌던 '정신'이란, 적어도 이인성에 있어서의 '정신'
또는 의식이란, 바위보다 어떤 돌덩어리보다 굳고 단단한 밀도 높은
것. 이른바 최고의 '전위성'에 육박했던 것. 이 의식이라는 돌덩이가
반구대라는 이름의 국보 285호의 돌덩어리와 마주쳤던 것. 돌멩이
끼리의 싸움. 양쪽 실력이 비슷해야 싸움이 가능한 법. 선생이 우기
고 싶은 것은 대충 이런 뜻으로 들리는데요. 맞습니까.

　주　그렇소.

　객　그렇다면 뭔가 어색한 모순성을 물리치기 어렵네요. 전위성
(실험성) 말이외다. 전위성을 상실했다고 앞에서 모질게 말하지 않
았던가요. 『한없이 낮은 숨결』에서 이인성의 전위성이 제일 높은 경
지에서 이루어졌고, 그 뒤로는 도로 아미타불, 습작기의 원점으로
회귀했다는 듯한 투로 말하지 않았나요. 「강 어귀에 섬 하나」에서부
터 국보 121호인 물도리동 하회탈춤을 부분적이겠지만 전위성 포기
라고 보았고, 「돌부림」도 이 선상에 이어져 있다고 우기지 않았습니
까. 저러한 「돌부림」의 치열성을 두고도 말입니다.

　주　훌륭한 지적이오. 내 설명이 부실한 탓. 거듭 말하지만(이인성

소설을 논할 때 거듭 말하지 않고도 가능할까) 국보 121호나 285호란 실제로 있는 것. 만져볼 수도 있는 현실적인 것. 전자는 한국인의 역사적 산물인 것. 이 점에서 상상력의 전위성(작가/독자의 이분법적 싸움), 이른바 순수 상상력 또는 독자적인 상상력과 구별되는 것. 이런 의미에서 나는, 국보 121호나 285호란 그 자체의 작용 면에서는 여전히 전위성이겠으나, 유령으로 말해지는 순수 전위성 즉 허공 속의 전위성과는 선을 긋고 있다는 것! 내가 말하고 싶었던 것은 이 점이었지요. 이인성이 후기에 이르러 '현실' 쪽으로 내려앉았다고 한 것은 이를 가리킴이었소. 이런 진행이 이인성의 한 단계 높이 뛰기인지 한 단계 후퇴인지는 솔직히 말해 현시점에선 판단하기 어렵지요. 「돌부림」 이후의 작품을 아직 못 보았으니까.

3. 돌은 어떻게 몸부림조차 쳐야 했던가

객 어떻게 했기에 돌이 몸부림쳤을까. 이인성이 혹시 채석장의 석공쯤이나 되었을까. 작품 속으로 들어갈 수밖에요. 채석장 석공 이인성의 솜씨. 도대체 얼마나 돌을 두들겨 팼기에 돌이 몸부림을 쳤을까.

주 석공이라? 그 비유는 괜찮네요. 이인성은 물도리동에서 한바탕 처용무를 추고 나서 너무도 허전하여, 무려 7년을 헤맸던 것. 잠시 그 몰골을 볼까요. 물도리동에서와는 달리 배낭을 메고 있군요. 배낭 속에 뭐가 들었는지는 잘 모르겠으나 좌우간 배낭을 메고 조선 천지 산천을 헤매다가 딱 마주친 곳이 바위 병풍이었던 것이네요. 그런데 국보 285호라든가 반구대 암각화가 새겨진 바위 따위의 관념은 아예 없었던 것. 왜냐면 뭔가를 찾아, 그러니까 또 다른 '처용'을 찾아 필사적으로 헤매고 있었으니까.

객 '처용'으로도 안 되는 그 '무엇'이었겠군요. 아랍인, 색목인, 중동, 서양, 세계 따위로는 채울 수 없는 더 큰 욕망이 이인성을 부추겼다? 드디어 또 다른 '처용'에 마주쳤다? 이번엔 살아 있는 '인간 처용'이 아니라 돌로 된 벽, '절대적인 것'에 마주쳤다? 알고 보니 국보 285호 울주군 대곡리 반구대였다?

주 '알고 보니'라니! 어림도 없는 일. 이인성으로 말하면 처음부터 끝까지, 의식(정신)의 망치로 바위를 두들겨 바위가 비명까지는 아니지만 몸부림쯤은 치는 전 과정, 그러니까 필사적 과정에로 나아갔을 뿐 반구대 따위란 안중에도 없지요. '알고 보니'가 어디 있겠는가. 이인성은 반구대가 무엇인지, 거기 새겨진 암각화가 무엇인지 본 적도 없다! 그까짓 것이야 아무래도 상관없다! 문제는 돌=바위였다. 의식(정신)의 머리가 깨질 만큼의 힘으로 바위를 들이받으니까 바위가 몸부림을 치더라는 것. 바위도 바위인 것이, 이토록 집요한 힘과 염원과 노력 앞에 어찌 무심할 수 있으랴. 절대 그럴 수 없다!

객 제가 실언을 했다고 칩시다. 그래봐야 소설 아닙니까. 이인성은 소설가, 곧 사리자(舍利子)나 가섭(迦葉) 또는 마조(馬祖)나 임제(臨濟)처럼 구도자가 아니라 한갓 '소설질'(이청준 용어)하는 사람 아닙니까. 소설이란 어떤 소설도, 무엇에 대해 쓴 것(타동사)이고, 그러니까 씌어진 소설은 독자가 여지없이 읽어버리는 것. 뭔가 써버렸고 그 씌어진 무엇인가를 읽고자 하면 누구나 읽어버린다는 사실. 이는 거의 절대적 사실이 아닐 것인가. 그러기에 어떤 소설도, 카프카나 이청준도 따분할 수밖에. 무엇에 대해 쓴 것이든 독자는 누구나 그 무엇을 읽어버린다는 것. 이 절대적 사실만큼 따분한

218

것이 있으랴. 이인성의 몸부림은 이 부근까지 의식했을 테고. 그러니까 「돌부림」도 독자인 우리는 대번에 읽어버리고 마는 거지요. 그 순간 소설은 사라지는 것.

주 훌륭한 말이오. 「돌부림」도 우리가 대번에 읽어내릴 수 있는 물건이지요. 서두부터 볼까요. 배낭을 진 '나'가 시방 헤매다 거대한 바위를 만나는 장면. 그대로 옮겨보겠소. 왜냐면 우리도 시방 배낭을 메고 '그'(나)의 뒤를 따라가야 하니까.

그토록 오랫동안, 저토록 우두커니, 저 바위는 그가 오기만을 기다려왔단 말인가? 그래서 기어이, 그가 저 돌 속에 처박혀버렸단 말인가? 나는 난데없이 목젖에 걸려 올라온 가래를 캭 내뱉었다.

방금, 결국, 내가 거울 속에서 거울 밖으로 빠져나온 것일까? 어쩔 수 없이, 나는 다시 이 돌무덤 같은 방으로 돌아와야만 하는 것일까? 그는 입 안 가득 진득하게 고여든 침 덩어리를 꿀꺽 되삼킬 것이다.

처음엔, 그 거대한 바위 덩어리가 그 순간에 불쑥 땅속에서 솟구쳐 오른 듯한 느낌이었다. 한갓진 기찻길 옆, 잔바람만이 억새 무리와 잡풀들을 휘적거리는 휑한 공터의 한 편에서 집채만 한 바위가 문득 모습을 드러내던 바로 그때, 그런 느낌이 들었다. 동시에, 나는 그 바위의 무겁고 캄캄한 넋에 씌어 숨이 턱 막혀버리는 것 같았다. 실제로 숨도 잘 내쉬지 못하면서 그대로 그렇게, 오랜 잠깐 동안, 나는 그 바위 덩어리를 망연히 바라보고만 있었다. 그런데 그사이 어느 사이엔가, 갑자기 이번엔, 그 바위가 아득한 태곳적부터 그 자리에 깊은 뿌리를 내리고 있었던 것처럼 여겨지기 시작했다. 하지만 그렇게 느낌이 바뀐 까닭을 자문해볼 겨를은 없었다. 다른 무슨 생각보다도 먼저, 바로 그 바위 속에 그가 갇혀 있으리라는 황당한 망상이 식도를 타고 치밀어 올랐던 것이다. 가래를 내뱉었으나, 뒤끝이 영 개운치 못했다.

　의식을 가다듬으려 애쓸수록, 의식의 시선이 응시하는 풍경의 정체는 오히려 더욱 모호해 보였다. 시야를 넓혀 볼수록, 아무리 철길 옆이라곤 하지만, 도심 한복판에 그토록 황량하게 버려진 너른 공터와 기묘한 바위 덩어리가 뜻 모르게 터 잡고 있다는 정황부터가 왠지 비현실적이었다. 게다가 바위 뒤에 둘러쳐진 높다란 노송들이 꿈틀꿈틀 얽히고설키며 그려내는 기묘한 무늬들은 자꾸, 이 정황 자체를 진공의 시간 속으로 옮겨놓고 있는 듯싶었다. (「돌부림」, 『문학과사회』, 2006년 겨울호, pp. 88~89)

보다시피 '나'는 바위를 만났지 않습니까. 이 바위란 그냥 바위가 아니기 때문에 '기어이' '드디어' '그토록 오랫동안' '나'를 기다렸음을 직감합니다. 왜냐면 그 바위 속에 '그'가 들어 있으니까.

국보 285호 반구대 암각화(울산시 울주군 언양읍 소재)

언제부터 왜 '그'는 바위 속에 들어갔을까. '거울'이 열쇠군요. '열려라 참깨!'에 해당되는 것.

객 그러니까 바위의 외부와 내부 도식이 성립되겠습니다그려. 거울을 가운데 놓고 '나'와 '그'가 갈라져 있습니다. 바위는 간데없고 실상 한 장의 거울이 덩그렇게 이쪽과 저쪽, '나'와 '그'를 차단하고 있었던 것. 거울 저쪽에 '그'가 있고 거울 바깥쪽에 '나'가 있군요. 한순간 거울(자의식) 때문에 생긴 자아의 분열이 실로 태곳적에서부터였을 정도로 인식되었다는 것. 이것이 '황당한 망상'이었을까.

주 작가 이인성은 시종일관 '망상'과 '실상'을 대비시키며, 이 둘 사이를 왕래하고 있습니다. 바위가 몸부림칠 때까지 말이외다. 문제는 이 집요성이겠는데요. 이청준이라면 죄의식으로 숨겨야 할 문제. 이 장면에서 작품 구성상의 단순성을 일단 지적해야 공평하겠지요. 집요성에 하도 힘을 쏟다 보니 스토리나 플롯에 소홀할 수밖에요.

객 단순성, 그러니까 이분법이겠는데요. '나'와 '그'. 바위의 안과 바깥.

주 바로 그렇소. 이런 이분법이란 실상 따져보면 이인성에겐 습작기에서부터 고정 관념으로 몸에 익힌 거예요. 망상과 실상, 내면과 외부, 독자와 작가 등등.

(A) 거기에는 이렇게 씌어 있었다.

MUSIC BOX

저곳에 있는 사람들은 그것을 'MUSIC BOX'로 읽었다. (「나만의, 나만의, 나만의」, 『시대와 문학』, p. 196)

(B) 이지러짐 속에서 언어가 함께 뒤틀리며 해체된다… POST, P ·

O·T·S, P·S·O·T, T·O·S·P, ⊢·O·⅃·S, ꙅ·⊥·O·d
… 우편, 〔……〕 시야가 빈다… (『낯선 시간 속으로』, p. 245)

(C) 유리창 한 장마다 한 자씩 붙여진 셀로판 글자들을 읽어나간
다. 글자들의 배면에 서서 거꾸로. … (『한없이 낮은 숨결』, p. 230)

(A)는 데뷔작(『대학신문』)으로, 대학 중퇴생인 청년이 DJ가 되어
음악실 안에서 차단되어 있어 외부와 내부를 이분법으로 인식하는
전형적 케이스, (B)는 그 연장선에서 기호화된 장난으로 나아가 자
기를 잃은 경우. (C) 역시 (B)의 연장선상의 일환. 그러나 외부와
내부의 단순한 이분법의 세계 인식에서 (B)의 기호화에로 나아갔을
때 자기를 잃을 위험성에서 이인성을 구출해준 것이 있었는데 바로
'언어'였던 것. 기호에로 빠지고자 하는 언어를 건져내어 '언어'의
살아 있는 모습으로 되돌리기가 그것이랄까.

(D) 이 소설을 쓰는 나는, 이 소설을 통해, 이 소설을 읽는 당신과,
당신 자신을 가지고 노는 놀이를 한판 벌였으면 합니다. 여기서 '당신
자신'이란, 문자 그대로 당신들 각자의 자기 자신을 뜻합니다. 되풀이
보태자면, 그 '당신 자신'은, 이 소설 앞에 다가와 있는 여러 독자들을
모두 하나의 동질성 속에 묶고자 할 때의 '당신'이 아니라, 서로 얼굴
이 다른 만큼 다르게 읽고 다르게 반응하는 이질성으로 무수히 흩어지
는 '당신'에 가깝습니다. (『한없이 낮은 숨결』, pp. 71~72)

독자/작가로 된 이분법이란 기호가 아니라 '언어'가 그 가운데 놓
여 있습니다. 소설은 언어의 일종이니까요.

객 이분법이라? 실로 단세포적 발상인데, 왜냐면 조세희의『난장이가 쏘아올린 작은 공』에서 이미 뫼비우스의 띠(Möbius Band) 또는 클라인의 병(Klein's Pot)이 이를 송두리째 부정한 마당이었으니까요. 그런데 이인성은 뫼비우스나 클라인을 알았든 몰랐든 관계없이 자기 식으로 극복했다고 선생은 우기고 싶은 모양입니다그려. 이분법을 발전시켜 그 가운데 생활이나 인물 또는 뭣뭣 대신에 '언어'를 놓았으니까. 주지하는바 언어는 실로 극복하기 어려운 불투명체인데 이를 그대로 놓아두기. 그러니까 소설 쓰기란 작품이 만들어지기 이전의 문제이겠는데요. 독자/작가의 이분법. 이를 극복해가는 방도 찾기가 언어였던 것. 언어를 향해 이인성은 죽어라 외치고 있는 장면이 바로 '한없이 낮은 숨결'이 아니었을까. '언어야, 제발 투명해 다오!'라고 염원하기. 사르트르 식으로 하면 언어로 하는 문학 자체가 곧 질병이라는 것, 이 질병이 치유되었을 때 당연히 문학을 떠난다는 것, 그것이『말』이라는 것. 이런 사정도 모르고 노벨 문학상을 주었으니 거절할 수밖에.

주 그래봤자 실패하기 마련이라고 그쪽에서는 말하고 싶은 모양이네요. 왜냐면 언어만큼 불투명체가 달리 없으니까. 이를 위해『한없이 낮은 숨결』에서 나아가기. 한 발짝만 내디디면 숨결이 끊기는 곳이 아니었겠소. 숨결이 끊기면 모든 것이 허사니까.

객 알겠소. 선생이 말하고자 하는 것. 이분법 극복을 위해 이인성이 얼마나 고심했고, 또 방도를 찾아 '나아갔는가'를. 처용 가면에서 따져도 무려 7년간의 침묵이 요망되었다는 것. 도달한 곳이 '거울'이었다! 바위 이쪽과 바위 속을 잇는 굳고 아득한 이분법적 사고의 최대치를 거울로 극복코자 한 것.

주 이제야 우리의 대화는 「돌부림」 앞에서 진행될 수 있겠소. 아주 조심스럽게 우리도 배낭을 메고 이인성이 톺아가고 있는 울주군 반구대 주변을 답사해봅시다. 우선 그 단계별 진로를 도식해볼까요.

이분법의 구조적 계보

이분법의 양상			해당 작품
(A) 외부 → 일상성 (현실적 관계들) ← 내부			「나만의, 나만의, 나만의」 (『낯선 시간 속으로』)
(B) 외부 (독자) → 언어 ← 내부 (작가)			『한없이 낮은 숨결』
(C) 외부 (독자, 그-그녀) → 가면 ← 내부 (작가, 나)			「강 어귀에 섬 하나」
(D) 외부 (바위 바깥) → 거울 ← 내부 (바위 안)			「돌부림」

4. 원죄 의식으로서의 이분법과 그 극복 방식

객 먼저 거울의 설정에 주목하고 나아가야 되겠지요. 거대한 바위 안에 '그'가 갇혀 있습니다. 누가 바위 속에 '그'를 가두었는가. 스스로 바위 속에 들어갔던가. 언제? 또 왜? 이 점에 대해 이인성은 다만 침묵했군요. '선험적이다!'고 말하고 있는 모양인데요. 좌우간 '그'는 바위 속에 있고 '나'는 바위 바깥에 있습니다. 이 철저하고 유치한 이분법. 이를 극복하기 위해 거울이 설정되어 있는데 이렇게 말이외다.

아연히, 그도 아연해할지 모른다.
가령, 여기가 바로 그 방이 아닌 것 같다는 뜻밖의 예감이 스치면서, 그는 급박히 반전되는 상황을 맞을 수 있다. 만약 거울 반대편 벽의 창문과 그 주변이 시각적으로 묘하게 어수선해지는 현상을 놓치지만 않는다면, 그는 곧 그 방의 수상한 낌새를 눈치챌 것이다. 맞아, 저 창문이 단서인가 봐. 아까 등 뒤의 거울에 되비쳐 보이던 그 창문은 반듯한 직사각형의, 빛의 액자와도 같았다. 불을 켜지 않아 여기저기 어둠이 끼어 있는 실내와 대비되어, 창문 밖의 햇살이 너무나 쨍쨍한 탓이었으리라. 그런데, 차츰 이상해진다. 햇살이 실내로 직접 뻗쳐 들어오며 시야를 산란하게 흩뜨리고 있는 것도 아닌데, 햇빛은 계속 창밖에서만 눈부신데, 창틀이 왜 자꾸 일그러지고 울렁거리는 것처럼, 녹아내리고 있는 것처럼 보이는 것일까? 그는 뭔가가 자연스럽지 못하다는 감각적 의혹에 빠진다. 어쩌면 저 창문 너머는 하늘이 아니고, 저 빛도 햇빛이 아닌 게 아닐까? 하늘이 아니면, 뭐? 또 다른 방? 그리고 저 빛은 그 건너편 방에 켜져 있는 어떤 강렬한 불빛? 그러나, 그렇게 보면 점점 더 이상해지잖아. 방과 방 사이에 창문이 나 있다는 건데, 그게 상식적으로 말이 되나? 거기서, 그의 의혹은 다시 망상으로 옮아간다. 그래, 맞아, 저건 창문이 아니라 벽에 구멍이 뚫린 걸 거야. 구멍이 뚫려? 어쩌다가? 혹시, 벽에 걸려 있던 거울이 녹아서? 거울이 이미 녹고 벽도 녹아서! 그렇다면, 저 녹아버린 거울 너머의 다른 방이 실은 그가 되돌아왔다고 믿었던, 되돌아가야 할 원래의 그 방? 그렇다면, 이 방은 아직 그 방의 거울 속이란 말일까!

그렇게 물음표가 느낌표로 꼿꼿이 설 때, 그는 아연히 아연해할지 모른다.

아니, 그러나 그때, 그는 전혀 아연해하지 않을지도 모른다.

오히려, 자신이 아직 이전의 망상 체계에서 벗어나지 못하고 있음을 인식하면서, 뿐만 아니라 조만간 더 거센 망상의 물결이 밀려올 수 있음을 예상하면서, 그는 가능한 한 차분하게 일말의 의식이나마 수습하려 애쓸 수 있다. 흡사한 망상을 수없이 겪어왔기에, 그는 망상의 구렁텅이에 빠져서도 의식의 마지막 지푸라기 하나를 붙잡고 있는 게 얼마나 중요한지 깨닫고 있을 것이다. 그렇고말고! 거울을 넘나든다는 것 자체가 애당초 망상인데 이곳이 거울 밖이든 거울 안이든 무슨 상관이란 말인가—라는 식으로 자포자기해서는 절대 안 돼. 망상 속에서 망상적으로 행동할망정, 그런 자신을 끝내 의식하고 있어야만 언젠가는 빠져나갈 길이 보이는 법이지. 그렇게 스스로를 다독이며, 그는 이 상황의 원점을 되새겨본다. 필경 등 뒤의 거울이 문제였겠군. 그 거짓 거울에 완전히 속은 거였어. 그 확신을 검증하듯, 그는 슬며시 상체를 돌려 등 뒤를 돌아본다. 아까는 그토록 완벽하게 그의 동작을 재현하던 거울이, 지금은 거기 없다. 지금 거기엔, 극장의 영사막을 가리는 것 같은 검은 벨벳 커튼이 창문 정도의 크기로 쳐져 있다. 그 뒤엔 뭐가 있을까? 커튼은 어서 거둬보라고 그를 유혹하는 듯하다. 그래도 두 번 속을 순 없지. 저런 샛길로 다시 접어들면 정말 망상의 미로를 헤어나기 힘들어질걸. 망상 속에서도 가급적 한길을 가야 하거든. 그는 길게 숨을 고른다. 이거, 망상이 갈수록 교활해지고 있구먼. 망상이면서 망상이 아닌 척 위장을 하지 않나, 다른 함정을 파놓질 않나…

아무려나, 망상적 방식으로 망상과 맞서고 있는 그에겐, 더 이상 아연해야 할 이유가 없을지 모른다. (「돌부림」, pp. 91~93)

선험적으로 바위 안에 있다는 것. 바위 안은 실상은 물도리동에서 만난 여자가 있던 그 방이 아니겠는가. 이 방 안에서도 이분법이 엄연히 살아 있음이란 감동적이군요. 실상과 망상이 그것. 실로 날조된 이분법론자 기호론자들. 소쉬르 따위.

  주 좋은 지적. 말을 바꾸면 이인성에 있어 글쓰기의 원점이 이분법에 있고, 여기에서의 탈출 의지가 글쓰기의 원동력이었다는 것. 바위 내부에 있는 '그'도 날조된 이분법의 망령에 시달리듯 바위 바깥의 '나'도 사정은 마찬가지.

  그리하여 바위 덩어리의 첫 왼쪽 모서리를 돌아설 때, 나는 홀연히 전혀 다른 세계로 건너가는 징검다리를 디딘 기분이었다. 내 의식과 감각에 어떤 급격한 변화가 일지는 않았다. 그러나 뭐랄까, 나는 이때까지 살아온 것과 동일한 세상 안에 있는 어떤 두 시공 사이가 아니라, 근본적으로 존재의 질을 달리하는 어떤 두 차원의 경계를 넘어서는 것 같았다. 여기로부터 아득한 저 어디, 내가 알지 못하는 그 언제였을까 혹은 그 언제일까 싶은 어딘가로! 그리고 지금으로부터 그 어디였던가 싶은 언젠가, 혹은 그 어디일 것인가 싶은 언젠가로!…

  겉보기엔, 갑작스런 시공의 이동이 달라진 전부였다. 그리고 당장의 문제는, 그 새로운 실존 환경 속에 자욱이 깔려 있는 싸늘한 안개를 호흡하기가 다소 벅차다는 것이었다. 댕그라니 배낭 하나만을 멘 채 어정쩡하게 서 있던 나는 밭은기침을 꽤 오랫동안 뱉어냈다. 신기하게도, 그 기침 소리들이 차가운 적막 안쪽으로 문을 열었다. 산등성이를 타고 흘러내린 옅은 안개 자락 속에, 미지의 자연 가득, 새하얀 설경이 날것으로 쌓여 있었다. 하얀 눈밭 위에 찍히는 하얀 발자국들이 길을 만들었다. 길을 따라 산모퉁이를 돌아서자, 둥근 산기슭 품 안에서 폐허로 변해버린 절터가 나타났다. 꽤 너른 골짜기 중간쯤, 거대한 비석처럼 높다랗게 세워진 두 개의 당간지주가 고지식하

게 옛 시간을 시위하고 있었다. 그것들을 비껴 지나쳐, 눈에 덮여서
도 볼록볼록 튀어 올라 있는 주춧돌들로 보아 아마도 본당 터였지 싶
은 곳을 가로질러, 나는 절터의 맨 끝자리로, 평지에서 문득 산기슭
을 일으켜 세우는 듯한 수직의 바위 덩어리 앞으로 나아갔다.

　이런 순간을 오래된 미래라고 일컫는 것인지 모르겠다. 나는 조금
전까지도 그곳이 어딘지 모르고 있었고, 그곳에 오리라는 것도 모르
고 있었다. 하지만 그곳에 이르자, 그곳은 내가 왔어야 할 곳이었고,
심지어는 내가 이미 왔던 곳임을 알았다. (「돌부림」, pp. 98~99)

　댕그라니 배낭 하나만 지고 시방 '나'는 울주군 반구대를 향해 가
고 있습니다. 가면서 온갖 망상에 시달리면서도 이를 차근차근 물리
치면서. 그저 범속한 산길에 놓인 바위이지요. 그림으로 보이면 이
런 정도 아닐까.

국보 285호 반구대 암각화(울산시 울주군 언양읍 태화강 소재)

바깥의 배낭 멘 '나'의 반구대 순례 길이란 말할 것도 없이 굳건한 믿음(신앙)에 바탕을 둔 것이 아니라 이분법에 시달리고 있는 형국. 실상과 망상을 떨칠 방도가 없지요. 그 방도를 어떻게든 찾기 위해 '나'도 필사적이어야 했고, '그'도 그래야 할 수밖에. 둘이 거울을 통해 딱 마주칠 때까지 말이외다.

객 그렇군요. 배낭을 달랑 멘 바깥의 이인성의 이분법 극복 방식도 실로 눈물겹군요. 망상에 끝없이 노출되어 시달렸으니까. 그중에서 극적인 것은 다음 장면.

내가 불상산 꼭대기에 도달했을 때는 한여름 한낮의 불볕 햇살이 모든 것을 사를 듯 수직으로 쏟아져, 온 세상이 뜨겁게 끓고 있었다. 끓다가 못내, 하늘은 새하얗게, 녹음은 새파랗게 타들어갔다. 그럼에도, 그 자체가 산정인 '탑바위'만은 서늘한 자태로 태양을 찌를 듯 날카롭게 치솟아 있었다. 나는 연신 눈썹에 걸리는 땀방울들을 닦아내며, 습관적으로 주위 정황부터 훑었다. 바위 앞쪽 바닥의 야트막한 석물이나 그 곁에 흩어져 있는 몇 점 석재들의 생김새로 봐서, 거기엔 원래 탑이 한 채 서 있다가 허물어진 모양이었다. 아마도 그래서, 그 대용으로 저 바위에 탑이 새겨졌을 거란 짐작이 갔다. 짐작은 그러했지만, 마애불이 아니고 마애탑을 조각한 바위는 나로선 솔직히 처음이었다. 내겐 그만큼 충격적이었다는 말이다. 무엇보다, 탑은 당연히 땅 위에 세우는 것이라는 관념을 깨고 그걸 바위에 새기기로 한, 그 옛날 그 누군가의 작심 자체가 왠지 비상하게 여겨졌던 것이다.

바위에 실제로 탑을 파나간 기술적인 솜씨는 기대치보다 훨씬 단조롭고 조야했으므로, 첫인상엔, 그게 탑 모양이라기보다는 차라리 무슨 무속적 문양이 아닌가 싶었다. 그러나 탑이 새겨진 그 바위 면의 전체적 구도는 기발하기 이를 데 없었다. 거기엔 두 개의 탑이 나란히 놓여 있었는데, 하나는 지극히 정상적으로 바닥부터 기단부·탑신부·상륜부가 길쭉한 삼각형 형태로 선 데 반해, 다른 하나는 똑같은 모양이 완전히 거꾸로 뒤집힌 역삼각형 형태로 서 있었던 것이다. 이를테면 하나는 땅에, 다른 하나는 하늘에 뿌리를 내리고 있다고나 할런지. 그거 참, 이런 발상이 과연 어디서 어떻게 생겨난 걸까? 뭔가 비의적인 뜻을 숨긴 도상인 것 같긴 한데, 글쎄, 잘 모르겠다.

〔······〕

나는 난해한 생각일랑 아예 내쳐버릴 요량으로, 슬그머니 또, 애꿎은 상상을 불러들였다. 그래, 그냥 마구잡이로 상상하다보면 생각의 숨통이 트일지도 모르지. 가령··· 실제 탑을 세우지 않고 탑 모양을 돌에 새긴 건 더 이상 사리를 모실 일이 없어졌기 때문이 아닐까? 왜냐고? 부처들이, 버섯바위부처처럼 자기 머리를 들고 이 세상으로 나오지 못하거나, 그래서 태반바위의 아기부처처럼 태어나기를 아예 거부하거나, 그러다보니 애당초 잉태되지를 않으니까. 이제는 부처의 탄생이든 죽음이든 돌 속에서만 그저 신화와 같은 허구로 벌어지는 일이니까. 그러니까 탑 또한 그냥 허구의 기호로서 돌 표면에 새겨놓은 것이면 족하지 않겠는가. 그래도 가끔은 태고의 추억을 더듬듯 엿보고 싶겠지. 먼 우주에서 이루어지는 별들의 운행처럼 저 혼자 돌고 도는 돌 안의 세상을. 뭐? 돌고 돌아? 아, 그래서 탑이 별자리처럼 바로 섰다 거꾸로 섰다 하는 것인가?

······바위 덩어리의 세번째 모서리는 그냥 모서리가 아니었다. 예측하지 못했었는데, 거긴 세로로 길쭉하면서 폭이 아주 좁은 또 하나의 면이 존재했다. 그 모서리는 돌의 특성상 제대로 다듬기가 어려웠을까? 아니면, 반듯한 육면체형의 도식성을 벗어나려는 일종의 파격

이었을까? 어쨌든, 엄밀하게 말해서, 이 바위의 벽면은 네 면이 아니라 다섯 면이었던 것이다. 그 사실에 뒤통수를 얻어맞은 나는 약간의 오기가 발동했다. 좋아, 여기다간 모래시계를 새겨 넣겠어. 어떻게 그런 발상이 내 목을 날카롭게 가르고 지나갔는지는 잘 모르겠다. 버섯바위부처의 그 날씬하고 잘록한 허리가 모래시계의 이미지를 연상시켰나? 쯧, 이미지는 이미 떠올랐는데 아무런들 어떤가. 오직, 돌덩어리 속의 그가 모래시계 속에 한 줌의 모래덩어리로 들어 있는 것이나 다름없으리라는 생각만이 뼛속에 저렸다. (「돌부림」, pp. 114~16)

'나'가 반구대로 가기 위해, 물론 이인성에겐 반구대 암각화 따위란 안중에도 없지만, 순례 길에서 순교자처럼 불상산(佛像山)에 올라 온갖 부처, 보살, 탑, 마애불뿐만 아니라 태아부처, 사산아부처 등의 망상에 시달린다. 이 망상을 극복하는, 그러니까 배낭 멘 순례자 이인성을 망상에서 구출하는 방식, 또 말해 이분법의 원죄 의식에서 벗어나는 방도는 자기 힘으로는 불가능한 것. 바위 속에 있는 '그'를 두고 있는 한 어림도 없는 일.

　주　동감, 동감. 바위 속 '그'의 협조 없이는 어림도 없는 일. 반구대 따위란 아무래도 상관없는 것. 반구대에 조각된 고래, 물고기, 어부들, 성교 장면 등등을 바위에서 해방시키는 방도란 새삼 무엇인가. 예술이란, 조각이란 현실(실상)을 넘어서고자 하는 인간의 욕망(풍요를 위한 기원 따위)에 다름 아닌 것. 이 욕망이 도를 넘을 때 '상상'은 '망상'으로 변하는 것. 이 망상에서 해방되는 길은 바위 속에 갇힌 생물체를 살려내어 현실 속으로 되돌리기인 것. 달리 무슨 묘책이 있을까 보냐. 이때 가장 중요한 것은, 이인성의 독창성이 여기에서 찬란하거니와, 바위 속에 감금된 '그'도 필사적으로 스스로 벗어나기 위해 몸부림쳐야 하는 법. 이른바 '돌부림' 말이외다.

　그다음에야, 이제 망상의 한 매듭이 지어질 짜임새가 갖춰진 듯, 이 국면의 절정은 난폭하게 다가올 것이다. 얼음 몸뚱어리가 된 그를 움직이게 하는 힘은 아마도 경직된 고요 아래 포진한 극단적인 자포자기이거나 분노, 또는 그 둘이 혼합하여 만들어낸 어떤 맹목적인 폭발력이리라. 얼음의 눈으로 그녀―그를 절망적으로 내려다보던 그는, 돌연, 얼음의 손바닥을 칼날처럼 날카롭게 세워 그녀―그의 목을 가차 없이 내려친다. 뎅그렁 잘려나간 그녀―그의 머리가 안개 바닥에 굴러 떨어지고, 그는 망상을 처단해 통쾌하다는 득의의 몸짓과 함께 그 머리끄덩이를 집어 든다. 그런데 곧, 그는 벙벙해진 어안으로, 머리가 사라진 제 몸뚱어리를 본다. 아무리 망상이라도 그렇지, 도대체 이럴 수가! 그가, 제 손에 들고 있는 그 잘려나간 머리의 눈으로, 머리 없이 머리를 들고 있는 제 몸을, 빤히 쳐다보고 있는 것이다. 소스라친 그는, 거의 무의식적으로 제 머리를 제 목 위에 얹어 놓고, 꾹꾹 눌러 붙여보려 힘을 쓴다. 그러나 머리는 또 힘없이 굴러 떨어진다. 두 손으로 다시 머리를 주워든 채 어쩔 줄을 몰라 하는 사이, 온몸의 기가 터져버린 그는 완강히 버티던 한 가닥 의식마저 잃으며 허물어진다.

　까맣게 꺼진 의식이 담겨 있는 머리를 가슴께에 끌어안고 쓰러져 누운, 그가 안개 바닥에 잠긴다. (「돌부림」, pp. 105~06)

　요컨대 바위 속에 있는 '그'의 필사적 노력이 한눈에 잡힐 듯하지 않습니까. 스스로 자기 머리통을 잘라버리기. 잘린 자기 머리를 들고 있는 두 손. 이인성은 이를 여지없이 되풀이하고 있습니다.

망상이 원하는 대로, 그의 의식은 여전히 그의 두 손에 들려 있는 머릿속에서 자신의 머리 없는 몸을 바라볼 것이다. 그러다가 허탈하게 긴 한숨을 내뿜으며 중얼거릴 것이다. 자, 몸아, 이렇게 살아났으니 어쩔 수 없잖아, 너를 일으켜봐. 그의 머리 없는 몸이, 뎅그런 머리를 허리춤에 싸안은 자세로 부스스, 상체를 일으킨다. 이 머리의 방향을 좀 돌려줘, 상황을 살펴봐야겠거든. 그의 두 손이 조심조심 머리의 위치를 180도 바꾼다. 벽이 기체로 화하면서 두텁게 끼었던 안개가 서서히 걷히고 있다. 그래서 시야는 어느 정도 확보되어 있으나, 아무리 찾아도 그가 안개벽 속에서 만나 목을 쳤던 여자의 나머지 몸은 보이지 않는다. 안개 속에서 안개 그림자로 나타났던 것처럼, 그냥 안개와 함께 흩어지고 만 걸까? 그녀의 잘린 머리가 곧 이 머리였으니까, 그녀의 나머지 몸도 곧 이 몸이었을까? 그런즉 그녀는 그의 양성적 분신, 헛것에 불과했나? (「돌부림」, pp. 110~11)

5. '돌부림'에 걸린 거울

객 이분법 극복, 이인성은 이를 '벼락처럼'이라 했군요.

별안간, 그의 의식에 벼락이 친다. 그/그녀의 분열과는 다른 형태이긴 하지만, 그는 지금도 자기가 분리되어 있음을 번개처럼 깨우친 것이다. 몸통과 머리통, 둘로! 금방 두 눈을 부릅뜨고 볼 수 있듯이, 지금 그의 몸통은 남자다. 그렇다면 이 머리통은? 이 머리통도 여전히 남자일까? 그런데 이건, 두 눈이 머리에 달려 있기 때문에, 정직한 거울이 없는 한 확인할 길이 없다.

  이 머리통 속에서 지금 그의 의식이 작동하고 있다는 것은 의심의 여지가 없다. 그러나 이게 그의 머리인가, 그녀의 머리인가? 거듭 더 들어봐도, 이 대목의 기억이 몹시 애매하다. 그가 자신의 얼굴로 바뀐 그녀의 머리를 단칼에 잘라내는 찰나, 그의 목 위쪽도 횡하니 날아가고 없었다. 그가 미처 의식할 틈도 없이, 그와 동시에, 그의 거울처럼, 그녀도 그의 목을 쳤던 건지 모르겠다. 어쨌거나 그는 그때 떨어진 목을 주워 들며, 그게 막 여자에서 남자로 바뀐 그녀의 머리라고 믿었었다. 한데 그게 정말이었을까? 실은, 그게 남자에서 여자로 바뀐 자신의 머리는 아니었을까? 서로의 목을 따기 직전, 그녀의 얼굴이 그의 얼굴로 바뀌어 간 것처럼, 그의 얼굴은 그녀의 얼굴로 변해버렸던 것은 아닐까? 망상 속에서 정말을 확인한다는 게 자가당착일 수 있으되, 망상에도 나름의 문맥은 있을 테니 망상식으로 헤아려보자면, 요컨대, 그녀의 몸은 사라졌지만, 그녀의 머리는, 그녀의 머리로 바뀐 그의 머리에 들어앉은 채, 지금 그의 두 손에 들려 있는 게 아닐까?

  벼락 맞은 그의 의식이 잠시 멍청해져 있는 동안, 안개가 완전히 걷힌 공간엔 희미한 빛이 차곡차곡 쌓인다. 그가 건너가려던 두꺼운 벽 쪽에 이젠, 아주 얇은 반투명의 장막만이 드넓게 드리워져 있다. 그의 의식이 몸에 속삭인다. 저거만 건너면 돼. 여긴 나 혼자뿐이지만, 저 너머로 가면 이 머리의 정체를 확인해줄 누군가가 있을 거거든. 그러면 모든 비밀이 풀릴 거야, 안 그래? (「돌부림」, pp. 111~12)

주 여기까지 이른 마당인 만큼 내가 좀 객기를 부려보면 안 될까요. 자기 머리를 잘라 두 손으로 들고 있는 장면, 이를 두고 나는

『칠조어론』의 작가 박상륭의 '샤머니즘의 세계화' 또는 '세계화된 샤머니즘'이라 한 바 있습니다. (『다국적 시대의 우리 소설 읽기』, 문학동네, 2010) 달마 김동리의 문하인 박상륭이 교조를 떠나 스스로 달마가 되고자 몸부림친 것이 『칠조어론』이었소. 『육조단경』을 송두리째 부정함으로써 스스로 교조가 되고자 한 것까지는 좋은데, 다시말해 '한국인의 생사관', 곧 '한국인만의 생사관'에 매달린 달마 김동리를 비웃고 '인류의 생사관' '인류만의 생사관'의 탐구에 나선이 사납고 욕심 많은 구도자 박상륭은 어떻게 되었을까. 그의 최후의 도달점은 『잡설품』(2008)이었고, 이 경전(Sutra)의 순례자는 어떻게 되었을까. 한 폭의 만다라일 뿐.

티베트의 詩聖 밀라레파의 先祖師 나로파가, (그 스승) 티로파의 명에 좇아, 만들어 바친 만달라가, 대략 저런 꼴이었는데, 티로파 가 라사대, "〔……〕 너의 머리통을 잘라서는 한 가운데 놓아두고, 그리고 너의 팔과 다리들을 둘러, 둥글게 배치할지어다." 그 원전은 金剛乘(Vajrayāna) 門에서 구해지는 것을, 유리에서 왔다는 이상한 순례 자가 빌렸을 때는, 庶子的으로라도, 그가 어느 門에 법의 배꼽줄을 잇고 있는가를 밝히고 있는 것일 것이다. 의 이런 괴상한 발설을 통해, 아는 이들은 눈치 챌 것이지만, 동시에 괘념해둬야 할 것은, 예의 저 '羑里'는, 모든 종단으로부터 환속했거나, 파문당한 이들이 모여들어, 이뤄진 고장이라는 그 점이다. 이런 식의 第三乘(Vajrayāna), (또 혹간 第四乘)에 관해서는, 이 (씌어진 글은) 고아(와 같다는 말을 상기하기 바라지만)가, 어떠한 대접을 받고, 어떠한 처지에 있든, 어버이가 나설 부분은 아니거나, 넘어선 것으로 안다. (1, 小說하기의 雜스러움!) (『잡설품』, 문학과지성사, pp. 499~500)

스스로 자기 머리통을 잘라야 하는 것, 두 손으로 자기 머리통을 들고 있어야 하는 것. 만다라. 여기까지 이인성이 도달했습니다.

객 만다라의 경지까지는 이인성이 아직 이르지 못했단 지적으로 들리는데요. 하기야 인류의 생사관에 집착한 할방 패관 박상륭인 만큼 다른 것은 안중에도 없지요. 인류란 태어날 때부터 죽음을 향해 거의 일직선으로 내닫고 있으니까.

주 이인성의 명예를 위해 한마디 하고 싶소. 박상륭의 자기 해방과 이인성의 그것이 출발점에서부터 저절로 다르다는 것. 이인성에 있어 원점은 죽음이 아니라 삶이었고, 그 삶이란 거의 일직선으로 내닫고 있다 할지라도 이분법에서 끝내 벗어나지 못한다는 것. 이런 이인성을 두고 만다라를 그려보라 한다면 이는 실례가 아닐 수 없지요. 이인성이 그린 만다라란 보나 마나 이분법으로 되어 있을 테니까.

객 그 이분법 극복 방식의 발견이야말로 「돌부림」의 성과이고 이인성의 독창성이자 이 나라 글쓰기판의 순금 부분이다, 라고 선생께선 시종 우기고 있는데, 이제 여기까지 와서 보니, 자칫하면 사람들이 그 '우김'에 감염될 법합니다그려.

주 잠깐, 우기다니요. 우리의 이 대화가 처음부터 이인성이라는 소설쟁이의 소설을 곁으로 읽고 독후감을 말하고 있지 않았던가요. '이인성론'이 아니라 한갓 '독후감' 말이외다. 이 독후감에서 우리가 발견한 것은 바로 이분법의 극복 방식. 바위 속에 갇힌 '그'의 필사적인 탈출 행위를 보시라.

부질없는 짓일 줄 뻔히 알지만, 그래도 그는 서둘러 몸을 뒤집는다. 그 과정에서, 그는 갈라진 머리통과 몸통이 떨어졌다 이어지는

236

데 어긋남이 없도록 정성을 바친다. 무모해도 때론 일말의 가능성을 위해 그럴 수밖에 없는 게 삶이다. 삶? 머리를 계속 떼었다 붙였다 하는 이 몽환적 상태도 삶은 삶인가? 그를 둘러싼 둘레의 망상 체계는 완연히 완화되었는데, 그 자신은 왜 여전히 이전의 독한 망상의 결과에서 못 벗어나고 여직 이 모양 이 꼴로 남아 있는 것일까? 망상이 밖을 버리고 그의 몸과 그의 생각 안으로만 밀집되어버렸나, 결국 명상이란 것도 망상이었나, 모든 게 떨떠름해진다.

　거꾸로 앉았던 자세가 바로 앉은 자세로 뒤집히고 난 후, 그의 눈이 바라보는 시각도 바뀐다. 보이는 것들도 뭔가가 달라져 있다. 특히나, 거울! 용광로처럼 타오르던 저쪽 방의 열기로 인해 녹아버렸다고 추정했던 거울이, 지금은 차가운 단면의 제 모습으로 돌아와 온전히 방 안을 되비추고 있다. 그렇다면, 확인할 수 없었던 그의 머리통이 남자 것인지 여자 것인지 분별할 절호의 기회가 온 것이다. 그런데 아무리 눈알을 부라려도, 거리가 너무 멀다. 착시 현상일까, 거울 속에는 웬 남자의 얼굴과 웬 여자의 얼굴이 번갈아 나타나는 것 같기도 하고, 남자의 얼굴과 여자의 얼굴이 겹쳐진 해괴한 이중 영상이 유령처럼 어른거리는 것 같기도 하다… 초조한 마음에, 다른 가능성을 찾아, 그는 엉덩이를 슬금슬금 움직여 180도 돌아앉는다. 그러길 기다렸다는 듯, 벽에 쳐져 있던 커튼이 스르륵 걷힌다. 이 방에 처음 들었을 때 거울이라고 믿었던 것이, 지금은 창문이다. 창문이지만 밖이 반쯤 어두운 상태라서, 반쯤은 바깥의 풍경이 흘러들고 반쯤은 실내 풍경이 반사되는 영상이 혼란스럽다. 별수 없는가, 그 사이로 얼핏얼핏 엇비치는 그의 얼굴도 남자인지 여자인지를 끝내 분별할 수 없는 것은… (「돌부림」, pp. 128~29)

바야흐로 거울이 녹을 때 '나'는 어떠했던가. 바로 그 순간 '나'는 반구대로 향해 내려가고 있군요. 배낭을 메고 말이외다. 거기서 '나'가 본 암각화는 이런 상태였지요.

한마디로, 그 암각화엔 사실적으로 새겨진 그림이 전혀 없거나 거의 없었다. 어쩌면 그건, 아직 형상을 재현할 능력을 갖추지 못했던, 아직 그런 인간적 능력이 진화되지 않았던, 원시 인류의 소산이기 때문인지도 몰랐다. 그렇지만 그토록 다양한 무늬들을 촘촘히 새겨놓은 데는 뭔가 이유가 있었을 것이다. 대상을 재현할 수 없다면 극도로 단순하게 기호화시켜서라도 이 삼라만상을 한곳에 조직적으로 모아보고 싶었을까, 혹시? 그 거대한 우주적 혼돈을 혼돈스런 형태로? 혼돈스럽게 조직적으로? 그리하여 정돈된 혼돈으로? 상징적이랄지 주술적이랄지, 어쨌든, 그게 수천만 년 전에는 기호들의 집합이었다 하더라도, 수천만 년을 건너뛴 다음엔, 기호로서도 너무 단순한, 너무 단순해서 해석이 불가능한, 이제는 상상만을 허용하는, 지극히 추상화된 문양들의 복합체일 뿐이었다. (「돌부림」, p. 132)

바위 속의 '그'의 노력 부족 탓. 정말로 거울의 용광로화는 '그'의 노력이 극한에 달했을 때 가능한 것.

어느새, 또 몸의 위치를 바꿀 때가 다가온다. 한데, 어둠 속이라서 상황이 좀 심각하다. 어둠 속에서도 이때까지처럼 목을 잘 떼었다 붙일 수 있을까? 더구나 이번은 거꾸로 설 차례가 아닌가? 이 경우엔 더욱 민첩하고 적확해야 한다. 머리를 떼어 위아래를 뒤집어놓는 즉시, 몸통도 재빨리 거꾸로 세워 다시 붙여 넣어야 한다. 막상 그 절차를 실행하자니, 그는 불안감을 떨치기가 힘들다. 어둠의 심리적 압력이 그를 짓누르고 있는 탓이다. 하지만 어차피 결단의 순간이 오기 마련인 것을 어쩌겠는가. 그 순간은, 몸통 모래시계의 위쪽 공간에 남아 있던 마지막 시간의 점이 가운데 대롱을 타고 아래로 떨어져 내리는 순간이다. 그 순간, 그는 눈을 질끈 감고 황급히 그 과정을 행동에 옮긴다. 그런데 그 순간, 아뿔싸, 눈을 감아버린 게 결정적인 실수로 이어진다. 떼었다 붙이려던 목의 절단면이 어긋나면서, 그의 딱딱한 살가죽 안에 담겨 있던 시간의 점들이 와르르, 몸 밖으로 쏟아져 나오기 시작한 것이다. 그러나 뜻밖에도, 그는 몸을 되돌려 세우거나 절단면의 틈새를 막으려들지 않고, 조금 전의 그 불안감도 내던져버리고, 사태를 방치한다. (「돌부림」, p. 134)

노력의 필사적인 장면이 그 강도를 더해갑니다. 마침내 절정에 이르렀을 때 보시라. 바위가 몸부림치고 있지 않겠는가.

유령은 이 밤에 어디로 가야 하는가? 유령처럼 우물가에 서 있던 나는 어디로 가야 할지 알 수 없었으나 어디로든 가기 위해 발길을 돌리려던 찰나, 바싹 조여오는 의아한 긴장감에 몸을 떨었다. 그리고 다시 그 검은 바위 덩어리를 바라보았다. 그가 몸을 떤 것은 그 바위가 몸을 떨었기 때문이라는 느낌이 들었던 것이다. 그런데 어안이 벙벙하게도, 바위 표면에는 진짜 경련이 일고 있었다. 바람결이 일으키는 착각일까? 아니면 시신경이 너무 피로한 탓일까? 나는 두 눈을 부비고 시선을 집중하려 애썼다. 이번엔 보이는 건 가벼운 경련 정도가 아니었다. 이젠 바위가 꿈틀대고 있었다. 그리고 그 움직임은 바위 전체로 번지며 점점 커져갔다. 바위의 검은 돌 근육들이 비비 꼬이고 뒤틀리는가 싶더니, 심지어 바위의 전체 형상이 고통스럽게 일그러지고 뒤척여대기까지 했다. 그건 말 그대로, 돌의 몸부림, 돌부림이었던 것이다! 맙소사, 이게 무슨 괴변이란 말인가. (「돌부림」, pp. 143~44)

'나'가 돌의 몸부림을 감지했을 때, 정작 돌 속의 '그'는 어떤 형국일까.

객 정말 그 점이 궁금했소. 독후감으로는 미칠 수 없는 경지.

몸부림칠 힘마저 완전히 소진한 그가, 방바닥에 뻗은 채 가느다란 숨결만을 할딱할딱, 간신히 내뿜고 있다. 내일은 그냥 내일에 맡기자는 한 가닥 희미한 의식마저 노을이 지듯 가라앉고 있다. 한데 뭐, 내일? 내일이라고 했나? 내일이라는 게 있긴 있는 건가… 아, 모르겠다. 지금은, 이것으로, 그만 총총… (「돌부림」, p. 145)

이분법의 근거란 결국 '시간'에 있었던 것. '그'가 이 시간이 생겨나고 또 진행되어 이분법을 만들어낼 때 '그'는 스스로 머리통을 잘라야 했지요. 이제 다시 그 시간을 무화(無化)시켜야 했을 터. 그래야 이분법이 사라지는 것이니까. 그러고 보니 이인성도 박상륭도 빅뱅론(대광론—박상륭 용어)의 우주론과 호킹 박사보다 고민이 깊었다고 할 만합니다그려. 이분법이란 플라톤, 아리스토텔레스, 토마스 아퀴나스, 헤겔 그리고 소쉬르에 이르기까지 줄기차게 인류를 구속해왔으니까. 데리다나 기타 조무래기들이 도전해봤자 꿈쩍도 하지 않는 바위 같은 것 아니었던가!

주 우리의 독후감이 너무 잡스럽게 되고 말았을까 조금 걱정스럽습니다. 이는 우리의 본의가 아니지요. 다만 우리는 이런 대화를 통해 한편으로는 이인성 읽기이면서, 다른 한편으로는 이 나라 글쓰기의 정상급 주변을 맴돌았을 뿐입니다. 요컨대 우리가 오독을 했다 해도 그것은 전부 우리 탓이고 만일 정독을 했다면 당연히도 한국 문학의 몫입니다. (「고린도 후서」 5장 13절)

객 이제 우리의 대화도 더 나아갈 곳이 없겠습니다그려. 사도 바울의 말처럼 우리 육신에 가시처럼 박힌 이분법도 이젠 별로 무섭지 않으니까. 왜냐면 바위를 갈아 거울을 만들기까지 했으니까. 그렇다고 이분법이 깡그리 사라졌을까. 유령처럼 우리 주변을 바장이고 있지 않을까. 그런 예감을 물리치기 어렵네요. 왜냐면 「돌부림」이후 지금껏 이인성은 침묵하고 있으니까. 선생께선 무슨 짚이는 바가 있는 표정인데요.

주 있기는 한데, 천기누설이랄까 어찌 함부로 말하겠소. 이대로 가자면 '돌부림' 다음 단계는 당연히도 '소리부림'이어야 한다는, 초등학교식 산술을 떠올리게 되지요. '돌의 몸부림'에 맞설 수 있는 것은 '소리의 몸부림'이어야 한다는 것.

객 소리란 그러니까 우리의 소리, 곧 판소리이겠는데요. '돌부림'에 이르기까지는 달마 김현의 계보였을 터인데, 그리고 이청준은 자기 힘으로 그 계보를 끊어 해방되었는데, 이분법의 초극 대문 앞까지 육박했는데, 이번에도 무슨무슨 달마가 있어야 이와 이인성이 맞붙어 싸울 수 있으니까. 좀 유치한 수준이지만 논리의 순서상 그렇다는 말입니다.

주 혹시 「서편제」의 이청준이 아닐까요. 그 달마스러운 스승이. 뿐만 아니라 판소리란, 국보를 넘어선 유네스코 선정 세계 문화유산에 든 인류사적인 창조물이었던 것. 이청준에게 삭발하고 꿇어 두 손 모은 이인성의 모습을 상상하는 일이 어째서 우리를 즐겁게 할까.

　객　그야 선생께선 작품 '소리부림'을 학수고대하고 있기 때문이겠지요. 평생을 두고 남의 글 애써 읽고 이를 쓰고 가르치기에 삶을 송두리째 탕진한 선생이니까.

　주　……

　객　어찌 아무 말도 없소?

　주　남의 말문을 막아놓고서 무슨 말을 하길 바라오?

III.

'소리'에
소설을 잃은
이청준과

잃을 뻔한
이인성

1. 무섭고도 즐거운 이청준

1990년 6월 27일, 김현이 죽었을 때 작가 이청준은 어디에 있었을까. 세칭 문지(文知)의 창설자이자 경영의 중심에 섰던 김현의 죽음은 문단 초유의 사건이 아닐 수 없었는데 누가 보아도 거기엔 그만한 이유가 있었다. 그를 아는 문우들 24명이 애도의 추도사를 썼고 어떤 이는 한 번으로 성에 차지 않아 두 번 또는 세 번 쓰기도 했다. (김현 문학전집 16, 문학과지성사, pp. 239~393) 그런데도 정작 가장 가까운 문우 중의 한 사람인 이청준의 추도사는 어느 곳에도 찾을 수 없었다. 이청준, 그는 어디에 있었을까.

이청준과 김현의 관계를 단적으로 드러내는 에피소드엔 다음과 같은 것이 있다.

1981년 유신 정부는, 뜻밖에도 문인 연수단을 조직해 몇 차례에 걸쳐 해외 연수에 나아가게 했다. 해외여행이란 그때만 해도 썩 어려운 여건이었고 더구나 문인에겐 특히 그러했는데, 이청준의 경우도 사정은 같았다. 난생처음 비행기를 타고 인도, 요르단, 희랍, 파리를 한 바퀴 도느냐 마느냐의 선택 기로에 이청준은 망설이었다. 무턱대고 덜렁 비행기를 탈 만큼 이 『당신들의 천국』(1975)의 작가는 단순하지 않았다. 단체 여행이 싫었다고 핑계를 내세웠지만 권력 개입에 대한 선심의 낌새에 모종의 거부감을 느꼈던 것이리라. 그럼에도 그가 덜컹 비행기에 올라타 난생처음 해외 여행길에 나서고 만 것은 김현의 허풍에 힘입었다고 실토한 바 있다. 그 정황을 이청준 투의 목소리로 하면 이러했다.

"그런데 그 무렵 어느날 그런 내 내심을 들은 김현(그 여행 계획은 이미 같은 시기에 함께 동행할 조별 인원이 결정되어 있었고 김현은 나와 같은 출발조였다)이 엉뚱한 협박을 해왔다.

'그래? 네놈 안 가면 나도 안 가는 거지 뭐. 난 이미 다녀온 곳이 많지만 이번에 네가 간다길래 함께 따라가보려 했더니!'

'내가 안 가는데 귀하까지 왜?'

그의 결연한 말투에 내가 되물으니 위인의 설명이 나로선 더욱 뜻밖이었다.

'내가 지금까지 네놈 글을 좀 아는 척해왔지만 네 본바탕이나 엉큼한 속내는 대강밖에 별로 아는 게 없었잖아. 그래 이번 길에 함께하면서 네놈이 어떤 인간 족속인지 곁에서 좀 살펴볼 참이었지. 그런데 네가 안 간다면 나도 뭐⋯⋯'

결국 그렇게 해서 그와 함께 떠난 길이었다." (이청준, 『그와의 한

시대는 그래도 아름다웠다』, 현대문학사, 2003, p. 32)

두 사람의 친밀도가 나이 3년 차이를 넘어서 있음이 보일 뿐 아니라 비평가와 작가의 이상적인 관련성도 한눈에 들어온다. 그 관계란 숨바꼭질과 흡사한 것이며 이 게임의 승부는 물론 작품에 내장되어 있다. 작가는 단 한 사람의 독자를 위해 쓴다는 것, 만인을 위해 쓰는 작가는 참된 작가이기는커녕 허수아비거나 사기꾼(수사학의 조종자)이라는 것. 이 점에서 이청준은 행운아가 아닐 수 없다. 그 단 한 사람으로 김현이 있었던 까닭이다.

이 작품은 김현이, 김현만이 읽을 것이다, 읽되 골똘히 읽을 것이라 확신하면 할수록 승리는 정해놓고 이청준 쪽에 있었다. 작가를 이길 수 있는 독자(비평가)란 당초 있을 수 없기에 그러하다. 이때 주목할 것은 물론 작품에서 온다. 작품이란 어떤 해석이나 독법도 초월하게 되어 있는 만큼 이를 송두리째 제압할 만한 독자는 없고 심지어 작가 자신조차도 이 괴물 앞에서 속수무책이긴 마찬가지이다. 왜냐면 이 괴물은 언어로 조립되었음에서 말미암은 까닭이다. 어떤 이분법적 사고도 초월하는 불투명체인 언어 앞에 작가도 독자도 함께 절망하기에 모자람이 없다. 비유컨대 울주군의 국보 285호인 반구대 돌을 가운데 놓고 이인성이 보여준, 바위 속에 들어 있는 '그'와 바깥의 '나'의 관계에 흡사하다. '그'와 '나'가 합심하여 바위가 거울이 되게끔 하는 필사적 노력 없이는 만날 수 없다. 그것은 바위의 몸부림, '바위부림'이 아닐 수 없다. 독자인 김현도 작가인 이청준도 이 필사적 몸부림에 전면적으로 노출되어 있음은 반구대의 암각화(작품)에서 말미암은 것이다. 김현은 이를 두고 "이청준과 같은 시대에 살고 있는 것이 무섭고 즐겁다"(「떠남과 되돌아옴」, 김현 문학전집 7, p. 156)라고 했다. 무서운 것은 반구대 암각화에서 온 것이며, 즐거움은 바위 속에 갇힌 이청준과의 합동 작전 곧 거울화에 참여했음에서 온 것이다. 이 점에서 이청준도 김현과 같은 시대에 살고 있음이 무섭고 또 즐거웠음에 틀림없다. 요컨대 작가/독자의 관계항만 있었고, 그 외의 어떤 대상도 있을 수 없는 사업, 그것이 이청준의 작품이자 작품(글쓰기)의 원본성(écriture)이었다. 이 인성의 표현으로 하면 '한없이 낮은 숨결'이 아닐 수 없다. 두 거인의 싸움을 눈여겨본 『육조단경』 속의 이인성인지라, 그 무한성의 숨결을 간파할 수 있었을 터이다.

2. 의발을 전수받는 방식의 장면

김현과 이청준은 그들의 표현대로 '무섭고 즐거운 관계'에 있었다. 김현이 당대 최고 수준의 비평가일 수밖에 없었던 이유가 자질을 제하면 여기에서 온 것이며, 꼭 같이 이청준이 당대 최고 수준의 작가일 수 있었던 이유도 여기에서 온 것이다.

여기까지 이르자, 그야 모두가 아는 사실 아닌가, 라고 누군가 눈살을 찌푸릴 법하다. 그러나 내가 말하고 싶은 것은 따로 있다. 어째서 이청준은 김현이 죽은 지 13년이나 지난 뒤에야 이런 무섭고도 즐거운 관계를 실토했는가이다.

"내가 지금까지 네놈 글을 좀 아는 척해왔지만 네 본바탕이나 엉큼한 속내는 대강밖에 별로 아는 게 없었잖아."

이것이 김현 사후 13년 만에야 씌어진 추도사라고 나는 생각한다. 과연 '무섭고 즐거운' 이청준다운 방식이 아닐 수 없다. 무섭기에 잊을 수 없는 존재. 즐겁기에 잊을 수 없는 존재. 둘은 이런 관계에 이어져 있었다.

목포 약종상의 막내이자 기독교인이며 귀공자로 자란 불문학 전공의 김현이 전남 장흥 바닷가 가난 속에서 천신만고의 곡절을 겪으며 광주일고에 들고 그 학교 대대장까지 한 토종 이청준의 속마음을 어림짐작이라도 한다는 것은 어불성설이다. 이청준은 친구 K와 S의 가난 체험을 빙자하여, 가난 체험은 함부로 쓰지 않으리라고 실토한 바 있다. (『작가의 작은 손』, 열화당, 1978, p. 154) 김현이 이런 내막을 아는 척한다는 것은 어불성설이다. 솔직해지자. 김현은 『당신들의 천국』을 면밀히 분석하는 마당에서 그 한계점을 실토한 바 있다. 미감아(未感兒)이자 지식인인 보건과장 이상욱을 여지없이 분석했지만, 정작 주인공 조백헌 대령 앞에서는 머뭇거릴 수밖에 없었다. 군의관이며 대령급의 인물이라면 지식인 축에 들지만 천국 망령에 들린 조백헌은 순수한 고민하는 지식인 축에 들 수 없는 부류였다. 이 한계점의 인식은 이청준에게서 온 것인 만큼 김현은 이청준이 무섭지 않을 수 없었다. 토마스 만을 읽는 김현은 독문과 출신 이청준은 분석할 수 있지만, '선험적'인 가난 체험을 지닌 이청준을 분석할 어떤 도구도 갖고 있지 않았다. 4·19세대 의식의 갈림길을 좌우할 수 있는 인물이 바로 이청준 손에 있었다는 뜻이기도 하다. 순수 의식(자유)으로서의 4·19란, 김현에게만 있었고 이청준에겐 부분적으로만 있었고 또 그것이 점점 소멸해가는 형국이었다.

김현 사후 13년 만에 추도사를 쓴 이청준의 진솔함이 돋보이는 장면이 아닐 것인가. 이청준은, 4·19의 주박에 묶여 꼼짝달싹하지 못하는 수인(囚人)을 해방시키고 싶었음에 틀림없다.

두 사람의 관계를 이런 식으로 인식코자 하는 내 의도는 어디에 있는가. 이렇게 따지는 사람이 있다면 나는 망설임도 없이 이렇게 대답할 것이다. '이인성 때문이다'라고.

반복하지만, 내가 좋아하는 비유에 '육조단경'이 있다. 28대 달마에서 혜가, 승찬, 도신, 홍인, 혜능이 그들. 이 육조(六祖)로 끝장나고 말았지만, 그러니까 대중화의 길로 흩어졌지만, 스스로 7조(지선), 8조(처숙), 9조(무상) 등으로 뻗어나가기도 했지만, 이에 감히 혜능 다음의 7조라고 우긴 호동(湖東)의 작가 박상륭이 있었음은 모두가 아는 일. 그의 도도한 법문 모음집이 『칠조어론』(1986)이었던 것이다.

이런 정경을 곁눈질하면서 달마 김현의 의발을 전수받은 혹은 받았다고 자타가 함께 인정한 인물이 이인성이었다. 그 경위를 다름아닌 이인성 자신이 소상히 밝힌 것은 김현이 죽은 직후였다. 다시 한 번 자세히 읽어보자.

그럼에도 불구하고, 유고의 보관을 부탁받는 순간까지도, 나는 아직 선생의 마음가짐에 대해 어떤 단언을 내리지 못하고 있었다. 왜냐하면, 내가 시간을 걸고 묶여 있던 일이 끝나면 뭔가 원고 문제로 상의할 일이 있다는 말을 그전부터 두세 번 들었던 터라, 그것을 '유고'로서 맡기는 것이라고는 미처 생각지 못하고 있었던 까닭이다. 아니다. 그보다는 그렇게 생각하고 싶지 않았다는 말이 더 정확할지 모르겠다. 약간 이상한 낌새를 느끼기는 했었으니까 말이다. 선생 댁의 침대 옆 서랍에 넣어둔 원고를 찾아 읽고 그대로 출판해도 괜찮을지를—특히 이름들을!—숙고해 달라는 선생의 말을 듣고, 나는 그것이 예사 원고와는 다른 것이란 암시를 받았다. 그런데도 나는 그것이 다름아닌 일기일 거라고는 예감치 못한 채로 멍청하게 "예, 예, 알았습니다" 소리만 하다가, 옆에 있던 정과리가 내 옆구리를 치며 "어떻게 출판하시려는지 물어봐야지" 하는 바람에, "검토 후에 곧 출판을 추진할까요?"라고 물었다. 선생은 고개를 가로저었다. 그러고는 "아니, 그냥 가지고 있다가…" 하며, 어떤 무언의 이해를 구해 왔다. 나는 어떤 속 깊은, 복잡한 이야기를 막연히 알아들은 기분이었다. 그러나 머릿속은 안개로 자욱했다. (「죽음 앞에서 낙타 다리 씹기」, 『식물성의 저항』, 열림원, 2000, pp. 202~03)

숭산 소림사 동굴 속 면벽 9년의 달마로부터 왼손을 스스로 자르면서 법(法)을 위해 형(形)을 버린 혜가의 중국식 허풍과는 다르긴 해도 이인성이 김현의 의발을 전수받는 정신 구조는 크게 다를 바 없다. 의발을 전수받은 이인성은 그 의발(일기)을 혼자 간직하지 않고 만천하에 드러내면서 자기 의견을 이렇게 덧붙였다.

선생의 일기 쓰기가 독특하다 함은 우선 자신의 내면을 바라보는 그 개인적 삶의 기록조차 주로 타인들의 글을 읽고 쓰는 것에 의존하고 있음을 일컫는 말이다. 『행복한 책읽기』라는 제목이 암시하듯이, 〔……〕 선생의 전복성은 '죽임'을 목표로 하는 것이 아니라 '살림'을 목표로 하는 것이기 때문이다. 그것은 굳어 있는 우리 모두의 정신을 함께 뒤집어엎으려는 것이지, 내가 살기 위해 너를 죽이려는 것이 아니다. 그런 의미에서 선생의 글쓰기는 말의 바른 의미에서의 '대화'에 기초해 있다. 〔……〕 이 책에는 비교적 타인들에 대한 비판적 언급이 많이 나오지만, 그 비판이 누구보다도 선생 자신에게, 그리고 생활 속에서 가까웠던 동료들에게 먼저 가해지고 있음도 바로 그 때문이 아닐까? (「죽음을 응시하는 삶-읽기와 삶-쓰기」, 김현 문학전집 16, pp. 387~88)

이 대목의 중요성은 강조될 성질의 것인데 김현의 의발을 전수받은 자의 깊이가 스며 있기 때문이다. 김현이 가까웠던 동료들에게 "실증주의의 가면"을 썼다든가 "불가능한 것을 가능한 것이라 속이고 있다"라든가 원론을 지탱하고 있는 원칙들의 의미는 설명하지 않고 실증적인 "사실들만을 나열하고 있고" "깊이도 정열도 보여주지 않는다"라고 유고(『행복한 책읽기』)에 적은 의미를 이인성은 정확히 파악하고 있지 않았을까. 실상 이런 비판이 선생 자신에게 먼저, 그리고 동료들에게 먼저 가해지고 있다고 이인성이 느꼈을 때 어쩌면 김현 자신에게도 위의 비판들이 많건 적건 해당된다는 점까지 느꼈음을 암시하는 것이 아닐 것인가. 이를테면 송욱론인 「말과 우주」에서 "아름답다! 그 말밖에 할 말이 없다"라고 김현이 결론적으로 말했을 때 이는 비평 포기가 아니었던가. 글 쓰는 자도 인간인지라 한동안 축 처질 때도 있고 허점의 구멍이 인간 그것처럼 숭숭 뚫려 있지 않았던가. 이인성은 이 사실까지 알고 있지 않았을까. 진짜 의발을 전수받은 곡절이 이 속에 있지 않았을까.

이로써 2조 이인성이 탄생했거니와, 그것은 또 저절로 관악산 인문대학 불어불문학과에서 이루어졌고 또 완성되었다.

그렇다면 이인성은 무엇을 얻었으며, 그 때문에 또 무엇을 잃었을까. 법(法)을 위해 형(形)을 잃은 것이 2조 혜가였다. 이인성이 얻은 '법'이란 어떤 것일까. 이를 이인성은 '한없이 낮은 숨결'이라 명명했다. 또 이렇게 덧붙였다.

더 젊었던 날에
삶에의 문학적 열정을 일구어주신
金光南 혹은 김현 선생님께
이 '책'을 바친다

1989. 3. 1.

『한없이 낮은 숨결』은 달마 김현에게서 배운 것이기에 이 헌사를
바치지 않으면 안 되었다. 그렇다면 이인성은 그 대신 무엇을 잃었
을까.

3. 식물성과 관악산

숭산도 소림사도 없는 관악산 연구실에 혼자 앉아 수행하는 수행
자 이인성이 달마를 잃은 대가는 참으로 난감했으리라 짐작된다. 스
스로 달마가 되는 길이 바늘 끝만큼 보였을 터이다. '식물성의 저
항'이 그 증거의 하나이지 않았을까. 시멘트 바닥 틈새로 싹을 틔우
고 생존하는 민들레의 생리. 그렇기는 하나, 오직 그 길뿐일까. 이
런 의문이랄까 회의가 들었다고 할 수는 없을까. 구도의 길이 지적
인 면에서 보면 근대 사회의 물질적 구조 앞에 압도되어 민들레 씨
앗의 신세이겠지만 다른 길은 없는가. 화엄(華嚴)의 길도 일찍이 있
지 않았던가. 색즉시공 공즉시색의 세계. 현실(가상)이 그대로 진실
이며 진실이 그대로 허상인 이런 세계는 어떠할까. 일종의 그리움

(悲)이 아닐 것인가. 더불어 사는 세계가 그것. 논리라 말해지는 지적 작업이란 막다른 골목임을 「오감도」(1936)의 작가도 일찍이 간파한 것이 아니었을까.

지적 작업, 엄격한 논리 추구에 혼신을 기울인 『논리 철학 논고』(1922)의 비트겐슈타인이 이런 추구에서 정작 숨이 막혔음을 고백한 것이 『철학적 탐구』(사후 출판, 1953)로 알려져 있다. 이를 이해할 힘이 없는 나 같은 사람도 『철학적 탐구』에 중심 과제로 제시된 '대지 걷기'의 비유만큼은 조금 알아차릴 수 있었다. 빈틈없는 지적 논리는 얼음이나 유리를 밟는 것처럼 미끄러워 도무지 안심하고 걸을 수 없다. 대지를 걷기 위해서는 땅의 껄끄러움, 이 마찰 없이는 안심이 되지 않는다는 것. 초기 『논리 철학 논고』에서 후기의 『철학적 탐구』의 여정은, 미끄러지지 않고 대지를 걷는 탐구 과정이라 할 수 있다. 내가 잘 알지도 못하면서 『반야경』 『화엄경』 혹은 비트겐슈타인 등을 들먹거리는 것은, 오직 이인성과 이청준의 관계를 설정하기 위함에 지나지 않는다. 이인성은 혹시 식물적 저항이라는 막다른 골목에서 벗어나는 길의 실낱같은 가능성을 이청준에게서 보고 있지 않았을까. 요컨대 이인성에겐 무의식 속에 달마를 요망하는 마음이 있지 않았을까. 어쩌면 김현의 명석한 지적 열정 또는 작업(비평)에 맞서 소설질하며 엉큼하기 짝이 없는, 그래서 도무지 유령처럼 잡히지 않는, 또 그렇기에 인간 냄새 풍기는 토종인 이청준이 김현이 떠난 관악산 저 아래의 낮은 곳에서 만다라를 그리는 모습을 이인성은 어렴풋이나마 떠올렸는지도 모를 일이다. 그런 징조랄까 실마리의 하나로 「종소리와 판소리 사이」(1999)가 있다. '여행 연출가로서의 이청준 선생'이란 부제를 단 이 글을 이인성은 '김현 선생의 마지막 병상'이란 부제를 단 「죽음 앞에서 낙타 다리 씹기」라는

장문의 감동적인, 그러면서도 지적 억제력을 잃지 않는 글의 바로
다음에 실었다. 김현이 타계한 지 9년이 지난 시점이었다. 이인성은
이 글 서두를 이렇게 시작했다.

　작년 봄, 세상은 엉망진창이었다. 누구에게나 황당한 기억이겠지
만, 재작년 겨울, 도대체 뭐가 뭔지를 헤아려볼 잠깐의 틈도 없이 이
른바 'IMF 사태'라는 〔……〕
　작년 봄, 자연도 엉망진창이었다. 자연은 그렇듯 늘 상징적으로 인
간사에 조응하는가. 그걸 헤아리면 신비롭게도, 그러나 그걸 겪는 입
장에서는 지긋지긋하게도, 작년 봄의 기후는 아주 상서롭지 못했었
다. 겨울엔 29년 만의 폭설이 내리더니, 봄은 이미 찌는 여름이었다.
〔……〕
　그런데 작년 봄, 놀랍게도, 나에겐 기적이 이루어졌었다. 아주 잠
깐 동안이었으나, 그때 나는 이 세상 너머 다른 세상으로 갔었다. 3박
4일 동안, 나는 이 세상인데 이 세상이 아닌, 이 세상 위에 떠서 이
세상을 내려다보는 다른 세상을 날아다녔었다. (「종소리와 판소리 사
이」, 『식물성의 저항』, pp. 225~26)

　'3박 4일 동안'이란 관악산 동굴 속에서 혼자 수도하던, 그래서
길이 보이지 않던 이인성이 산에서 내려와 속세로 나아간 것을 가리
킴인데, 이인성은 이를 두고 망설임도 없이 '기적'이라 했다. 비유
컨대 화엄의 세계를 겪은 것인데, 더욱 놀라운 것은 다음 대목이라
하지 않을 수 없다.

　혹시 그건 진짜 꿈의 세계였을까. 그리고 희한했다, 그때 나는 잠

간 이 지겨운 세상을 잊는 것으로 족하다고 여겼었는데, 현실로 돌아온 나는 현실을 헤쳐 나갈 어떤 힘이 충전되어 있음을 느꼈다. 이제 밝히건대, 그건 전적으로 이청준 선생 덕분이었다. (위의 글, 『식물성의 저항』, p. 226)

3박 4일의 '기적'이 갖는 의의는, 그 3박 4일이 끝났는데도 무(無)로 돌아가지 않았다는 것. 무엇이 작용했기에 관악산으로 돌아온 수도승이 자기의 굳은 껍질을 깨고 조금씩 변해가기 시작했을까. 결코 도로 아미타불이 아니었다면 대체 무슨 힘이 거기 숨 쉬고 있었을까.

1998년 4월 24일 아침 10시경 서울을 출발, 봉고차에 탄 인원은 11명. 일종의 단체 여행. 보림사에 들름. 인원은 문인들, 홍성원·김병익·서우석·김경수·우찬제, 열림원 사장 정중모(이청준 전집 발행인), 주간 정은숙, 신현림(사진), 정은령(기자) 등등. 이 3박 4일의 여정이 의뭉스러운(김현의 표현) 이청준이 치밀하게 꾸민 각본에 의한 것이었음은 더 말할 것이 없다. 「눈길」「축제」에서 잘 드러났듯 노모와 형수를 둔 이청준의 고향 길 여로는 죄의식과 자존심, 인간의 위엄에 어울리는 윤리 감각이 뒤섞인 모종의 성스러운 행위였다. 미백(未白)이라는 아호가 이를 조금은 엿보게 한다. 어쩐 일인지 이 성스러운 행위를 이청준은 의뭉하게도 친지들에게 넌지시 보여주곤 했다.

이번 봄 나는 남쪽 고향 고을 여행을 두 차례나 다녀왔다. 그런데 얼마 전 문우 H, K, C 형들이 또 한 번 그 고향 동네 길 나들이를 주문해 왔다. 위인들과는 이미 수삼 년 전 그쪽 여정을 몇 차례씩 함께한 일이 있었지만, 나는 이번에도 한 번 더 길을 나서기로 작정했다.

기우는 나이 건강이나 일에 쫓겨 몇년간 서로 데면데면 술자리 한번 제대로 못해 온 처지인 데다, 여행이야말로 동행 간의 마음을 나누는 가장 넓은 인간 소통의 길이라 여겨진 때문이다. 나뿐만 아니라 위인들 또한 그간 그 같은 소통이 아쉬워짐에서였으리라 짐작한 때문이다. (이청준, 『머물고 간 자리 우리 뒷모습』, 문이당, 2005, p. 104)

이로 미루어보면 남도 고향 길에 친구를 끌어들이는 고도의 훈련을 모르는 사이에 이청준이 체득했다고 볼 수 있다. 이런 사실을, 조금 짐작했을지 모르나 혼자 여행만 해온 이인성이 몰랐다고 보는 것이 사리에 맞는다. 그렇지 않고는 저 3박 4일의 여로에다 '여행 연출가로서의 이청준 선생'이라 붙이기 어려웠을 터이다. 과연 이인성답게, 소설쟁이 이청준은 간데없고 그 자리에 '여행 연출가'가 올라가 있지 않겠는가.

김현의 제단(祭壇)도 텅 비고, 이젠 이청준의 제단도 텅 비기는 마찬가지. 연출가가 새로운 달마로 그 자리에 앉아 있는 형국이라고나 할까. 연출가란 새삼 무엇인가. 거대한 교향악단의 지휘자, 악보를 무시한 푸르트뱅글러, 악보대로 한 토스카니니, 그 중간을 걸었던 카라얀 등을 연상하면 어떠할까. 이미 이청준은 이런 자리를 실천하고 있었고, 이인성은 이를 마침내 깨쳤던 것인지도 모른다.

작곡이란 무엇인가. 소설이란 무엇인가. 요컨대 개인의 내밀한 감성적 조직체에 미가 깃든다는 믿음이란 논리적으로 성립되겠지만, 이보다 '지휘'의 자리는 어떻게 설명할 수 있을까. 작품의 끝까지 가본 이른바 전위적인 이청준이나 이인성이기에 '지휘자'의 존재가 돋보이지 않았을까. 원작 곡의 정확한 재현이든 자기 식의 해석이든 이청준은 이미 실천하고 있었다. 이인성은 3박 4일에서 이를

'기적적으로' 알아차렸다. 작품 쓰는 행위보다 더 큰 차원, 더 높은 차원이 있다는 것을. 그리고 이 '기적 체험'이 이인성에겐 자기의 소설 쓰기를 크게 망설이기에 모자람이 없었다. '돌부림'의 몸부림이 이를 증언하고 있다.

4. 이청준에게서 '기적'을 체험한 이인성

3박 4일의 연출가 이청준이 이인성에게 보여주고자 한 것은 '소리'였다. 「선학동 나그네」로 표상되는, 이청준만이 제일 잘 아는 몸에 밴 '남도의 소리'란 과연 무엇일까. 일찍이 「해변 아리랑」(1985)을 알고 있는 독자라면 또 이 작품이 어째서 「눈길」(1977)에 버금가는 실제성을 지녔는가를 추론해낼 수 있겠고, 그 연장선상에 '남도 소리'의 중심부인 「서편제」(1976)와 「소리의 빛」(1976)이 놓였음을 시인할 수 있을 것이다. 이만한 대전제가 열한 명을 태우고 남도 기행에 나선 3박 4일의 일정에 빈틈없이 연출되었음에 틀림없다. 만일 그렇지 않았다면 관악산 토굴 암자와 거기에서부터 뻗어 있는, 김종삼을 파면시킨 연탄 공장 사장 사르트르의 땅 파리밖에 모르는 백면서생 이인성에게 어찌 '기적'이 있을 수 있었고, 또 그 기적이 지속성을 가져올 수 있었으랴.

이런 기적과 그 지속성의 태반은 남도의 '소리'에서 온 것이지만, 나머지 절반은 대연출가 이청준의 연출 솜씨, 이른바 지휘봉에서 온 것이었다. 이를테면 이청준으로 말할 것 같으면 작곡가이자 연주자이자 동시에 지휘봉을 쥔 노련한 지휘자였다. 그의 솜씨를 접한 이인성의 놀라움은 정작 '뒤늦게 깨달음'으로 다가왔음이 판명된다.

일종의 '순수주의적 편협증'이 온몸 속에 곪은 병이었던 이인성의 속을 훤히 꿰뚫어 본 이청준이 그날의 최종 목표로 설정한 무대.

그 바람소리를 타고, 마침내 와야 할 것이 왔다. 멀리 완도로부터 소리꾼들이 도착했던 것이다. 젊은 여인네 소리꾼 둘, 해맑은 얼굴의 한 청년 고수, 그리고 그들의 대부의 풍채를 지닌 한 어르신. 해남을 지키는 향토 문화인이라 할까, 그 우록(友鹿) 선생이란 분과 이청준 선생은 반갑게 손을 잡았다. 정갈하게 차려진 음식상에 둘러앉아 술잔과 덕담을 어느 만큼 나누고, 드디어 소리가 시작되었다. 두 소리꾼은 처음엔 잡가로 목청을 다듬는 데서부터 시작하여 차츰 춘향가로 흥보가로 넘어가며 소리를 고조시켜 갔다. 서서히 남도 사투리와 남도 가락과 남도 목청이 기막히게 하나로 어우러져 들었고, 끊어질 듯 맺힐 듯 절절이 이어지며 굽이치는 소리는 두 여인의 몸 속에는 없는 어디로부턴가 끝없이 우러나오는 것만 같았는데, 그 울림은 이만치 앉아 있는 내 발끝에서부터 점점 솟구쳐 오르며 온몸을 휘감았다. 음반으로 들은 적은 몇 번 있어도 직접 육성으로 접한 것은 그때가 딱 두번째였는데(먼젓번도 이청준 선생이 마련한 자리에서였다), 나는 그게 그처럼 몸을 흔드는 것인 줄은 예전에 미처 몰랐었다. 마치 내 몸 전체가 그 소리 덩어리인 양, 온 넋이 온몸으로 울리는 소리! 내 몸을 울리고 떠오르는 그 소리는 우리의 머리 위로 퍼지며 둥근 궁륭처럼 덮여왔다. (「종소리와 판소리 사이」, 『식물성의 저항』, p. 246)

'순수주의적 편협증' 환자 이인성의 위와 같은 반응은, 보다시피 다분히 분석적이자 해석적이어서 여전히 그 '곪은 병'에 시달리고 있음을 모르는 사이에 반응하고 있는데, 이는 물론 이인성의 한계라 할 것이다. 이 점에서 이인성은 정직했다. 태양 아래 해변가 밭뙈기를 매고 있는 어미 옆에서 배워 몸에 익힌 사람만이 체득한 육화된 소리를 이인성이 덥석 이해하고 공감할 수 없음은 너무도 자연스럽다. 그가 할 수 있는 것은 분석하고 해석하는 일인데, 그 분석과 해석의 심도랄까 수준은 상당한 것이긴 해도 웬만한 학식을 지닌 사람이라면 능히 해낼 수 있다. 헤겔의 『미학 강의』쯤만 읽어도 예술→종교→철학의 위상을 가늠할 수 있을 터이다.

······그 판소리의 궁륭은 첫날 보림사에서 들은 종소리의 궁륭과 다르면서도 닮았다. 그 둘은 또 바다 위에 둥글던 하늘 궁륭과도 통하는 것이 있었다. 그 둘은 하늘을 모방해 하늘처럼 우리를 하나로 덮어주는 그 무엇인가이다. 그러나 그 둘은 어떤 의미에서는 조금, 어떤 의미에서는 많이 다르다. 우리 삶의 저쪽에 하늘이 있고 이쪽에 땅이 있다면, 종소리와 판소리는 공히 그 사이에 있다. 그럼에도 다른 점은, 종소리가 그 사이의 저쪽 경계선에 있다면 판소리는 이쪽 경계선에 있다는 것이다. 그래서 그 둘의 지향도 다르다. 단순화시키자면, 종소리는 세속을 초월로 이끌어 들어가려 하지만, 판소리는 초월을 세속으로 이끌어 들어가려 한다. 그러나 가장 미묘하면서도 근본적인 차이점은, 종소리는 제 소리의 한계를 넘어 완전히 초월로 넘어가기를 원하지만, 판소리는 세속으로 완전히 넘어가기를 원치 않는다는 것이리라. 판소리가 세속으로 넘어가면 종국엔 그 '사이'도, '저쪽'도 소멸될 테니까. 판소리는 세속의 경계 아슬아슬한 저쪽에서 세속의 가사를 담되, 그것을 초월적 음감으로 다르게 새롭게 느끼도록 만든다. 그 세속이 다르게 새롭게 살도록 만들기 위하여. 그렇게 보면, 판소리가 위치한 그 '사이'는 매개의 자리이고 새로운 소통의

자리이다. 그곳은 '조율사'의 자리이며 '새로 태어나는 말'의 자리, 요컨대 이청준 문학의 자리인 것이다. (위의 글, 『식물성의 저항』, pp. 246~47)

종소리가 이른바 종교라면 판소리란 그 종교 쪽의 재보를 인간 세속 쪽으로 이끌어 내리는 것. 헤겔이 들었다면 조금 놀랐을 그런 성격이라 할 만하다. 종교가 표상으로 하기에 주관적 감각으로 하는 예술보다 우위에 놓인다는 헤겔의 미학에 위반되기 때문이다. 종교와 판소리는 함께 절대성이지만(이 점은 헤겔도 같다), 역방향성에 선다는 것이 이인성의 깨침이 아니었던가. 이 정도의 인식 수준으로 감히 '기적'이라 할 수 있을까. 조금 과장해서 토를 달면 상식 수준이라 할 수 없을까. 그렇다면 이인성의 명예를 위해서도, '기적'의 실체를 드러낼 필요가 있다. 다음 대목이야말로 '기적'을 감응하는 이인성의 성감대라 할 만한 것이 아닐 수 없다.

소통은 발화자와 수신자의 어우러짐으로 완성된다. 판소리는 삶과 예술에 있어서의 그러한 면을 가장 잘 육화시킨 양식이다. 그렇지만 그날 그 자리의 우리는 판소리에 서툴렀다. 대부분 속으로는 절실히 느끼고 원하면서도 대꾸의 방식엔 미숙했던 것이다. 이청준 선생을 빼고는, 서양 음악 전공이면서도 판소리에 관심이 많은 서우석 선생과 국문학 전공인 우찬제가 나름대로 추임새를 넣으려고 노력은 했지만, 소리꾼들은 흥이 조금씩 죽는 것 같았다. 그런데, 그때였다. 어느 사이엔가, 이청준 선생이 소리꾼들 뒤에서 꺼떡꺼떡 어릿광대춤 비슷한 것을 추고 있는 것이 아닌가! 말하자면 선생은 소리꾼들과 우리 사이에 길을 터주기 위해 당신의 온몸을 던지고 있었다. 그 어릿

광대 짓에 분위기는 다시 반전되었다. 여기저기서 원초적인 추임새가 터지고 어깨가 들먹였다. 누군가 거나한 기분에 혹 소리꾼도 유행곡을 즐기면 한 곡 뽑아보기를 청했고, 소리꾼들은 마다하지 않았다. 순간적으로 그게 예술가로서의 그들에 대한 예의에 어긋나는 청일 수도 있겠다고 생각했지만, 들어보니 나같이 무지한 자에겐 그게 판소리에 접근하는 빠른 길일 수도 있었다. 그들의 유행가는 전혀 새로웠으니까. 예기치 못했던 선생의 춤사위처럼. (위의 글, 『식물성의 저항』, pp. 247~48)

기적이란 판소리에서 왔다기보다는 이청준에게서 왔다고 보는 것이 맞다. '연출가이면서 동시에 배우'인 이청준이었다. 이청준은 작가이자 이를 넘어서고 있는 존재라는 사실의 발견, 여기에서 '기적'이 왔다.

이인성의 '기적'의 발견이 어쩌면 도를 넘어설 만큼 컸음을, 또 서슴지 않고 드러냈음을 주목할 필요가 있다. 이청준이 이미 백옥루(白玉樓)의 주민이 된 오늘의 처지에서 보면 특별한 의미를 얻어내고 있어 보이기 때문이다.

이청준이라는 존재가 훗날 어떻게 남을 것인가를 혼자 자문했다. 〔……〕 선생은 아마도 우리 눈을 아득하게 하는 그런 무엇인가로 이 세상에 남으리라. 하늘에 새겨진 노랫가락처럼 없으면서도 있는, 소리로 학의 이미지를 떠올리게 해주는 그런 존재로서. (위의 글, 『식물성의 저항』, p. 248)

이러한 존재가 이청준이라면 어쩌면 이인성이 달마 김현에게도 일찍이 붙여보지 못한 그런 것이 아니었을까. 그 누구도 이청준의 경지에 오르지 못한다는 것. 다듬어 말해 이인성이 달마로 숭앙할 그런 존재가 아닐 것인가.

이런 존재라면 작가의 자리에서는 불가능함은 삼척동자라도 아는 일이다. 작가이자 이를 넘어서는 곳으로 옮겨가야 가까스로 가능해질 성질의 것이다. 이를 두고 '기적'이라 부를 것이다. 제도적인 것에 매달려 있는 언어 체계를 벗어나 인간의 육체 속에 스며든 판소리를 향해 나아갈 수 있는 특이한 존재가 이청준이었고, 이인성이 본 것은 '그 옮겨가는 과정'의 현장성이었다.

5. 원죄 의식으로서의 판소리

3박 4일에 일어난 기적과 그 기적의 지속성이 '나/너'에서 하회 탈춤(국보 121호)이나 울주군의 반구대 암각화(국보 258호)에 얼마나 작동되었을까. 특히 후자에 대해 이 물음을 물리치기 어려운 까닭은 무엇인가. 이런 물음에는, 이청준의 「서편제」를 문제 삼지 않을 수 없다. 「소리의 빛」과 더불어 「서편제」가 '남도 사람'계에 속하여, 남도 아닌 타도 사람과는 확연히 구분됨에 유의할 것이다. 남도라 부르긴 했지만 남도 역시 두 쪽으로 갈라지기 때문이다.

두루 아는바, 판소리는 전라도 서남 지방(보성·광주·나주 등)의 것을 서편제, 전라도 동쪽 지방(운봉·구례·순창·흥덕 등)의 것을 동편제라 하고, 이 두 가지 외에 충청·경기의 것을 중고제라 한다. 문제는 서편제인데 동편제와 다른 점에서 온다. 비교석 우조(羽調)를 많이 쓰고 발성이 무겁고 소리의 꼬리를 짧게 끊고 굵고 장중한 시김새(장식음)도 하는 것이 동편제라면 서편제는 계면조를 많이 쓰고 발성을 가볍게 하며 소리의 꼬리를 길게 늘이고 정교한 시김새로 짜여 있다. 이청준이 주목한 것은 자기 고향이 장흥이기에 서편제로 향했음이겠지만 여기에는 그 이상의 의미가 숨어 있다. 김현의 '의뭉스럽다' 한 것에 주목할 것인바, 서편제가 여기에 딱 들어맞음과 결코 무관하지 않다는 점이다.

발성이 가볍고 '소리의 꼬리'를 길게 늘인다는 것, '정교한 시김새'로 짠다는 것, 이것이 이른바 의뭉스러움으로 보일 수도 있었으리라. 이청준의 소설 독자라면 어떤 작품도 비비 꼬인 것이어서 카뮈가 카프카를 두고 말했듯 두세 번 읽어야 가까스로 그 윤곽이 드러남을 경험했으리라. 이런 현상을 서편제의 그 발상과 결코 무관하다고 볼 것인가.

또 하나, 짚고 넘어가야 할 것은 이청준의 소설질하기가 장인 정신의 발로라고 보는 견해에 대해서이다.

많은 날랜 비평가들이 이 점을 진작부터 지적해왔음도 사실이다. 「매잡이」를 위시, 「줄」 등이 실린 첫 창작집 『별을 보여드립니다』(1971)의 해설에서 김현은 '장인의 고뇌'라는 제목을 달았을 정도이다. 줄 타는 광대, 궁사, 천문학도 등 탈일상적 인물을 내세워 어째서 그런 인물이 오히려 일상성을 일깨우는가를 이청준이 집요히 추구했던 만큼, 비평가의 지적은 너무도 정곡을 찌른 것이라 하지 않을 수 없다. 그러나 작가 자신은 '지배의 욕망'을 내세워 '음흉하다'고 한 바 있어, 지배당한 자의 복수심을 문제 삼고 있었다. 장인 정신이란 작가의 처지에서 보면 보다 절실한 글쓰기의 과제를 향해 나아가는 과정의 일환이었을 터이다. 과정 자체의 엄밀성, 밀도, 집중성 등이 글쓰기의 절실성, 글쓰기의 궁극성에 닿기 위한 보조 수단이 아니었을까. 그 과정 너머에 있는 도달해야 될 글쓰기의 목표(패배한 자의 복수심)란 이청준에 있어 처음부터 어렴풋이 보였고 과정을 겪을수록 뚜렷이 또 확고해지기 시작했다. 이를 '선험적 가난'이라 부를 것이다. 그 자신의 말을 그대로 옮기면 이러하다.

대명 천지에 얼굴을 쳐들고 사립 나서기가 무섭다.

집안 사람 가운데 시끄러운 시비나 송사가 붙었을 때, 화재나 수해 같은 재액을 만났을 때, 우환과 상사(喪事)가 잇따를 때, 심지어는 농사가 남보다 못해 보일 때까지도 사람들은 그 재난의 원인이나 인간사의 잘잘못을 따지기보다 차라리 자신의 덕 없음과 박복을 부끄러워하곤 하였다. [⋯⋯]

그것은 그저 소박한 자기 원망이나 체념이 아니라 밝은 빛을 두려워하고 그 빛 앞에 나서기를 부끄러워하는 일종의 원죄 의식(原罪意識)과도 같은 것이었다. (『작가의 작은 손』, 열화당, 1978, p. 235)

김현이 서구적인 것을 선험적인 것으로 받아들였음을 깨쳤을 때 그는 일거에 이 주박에서 벗어나 경험적인 것(한국 문학)에로 향했음과 이청준은 크게 대조적이다. '선험적 가난'을 출발점으로 삼은 이청준은 토마스 만이 오든 카프카를 만나든 상관없이 이를 보물처럼 최고의 도달점으로 안고 나아갔다. 「눈길」이 그러하며 「남도 사람」 계열이 그러하다. 이 '선험적 가난'은 '원죄 의식'에 준하는 것이어서 어떤 방식으로도 극복되거나 옆길로 빠져나갈 데가 없는, 기독교적으로 말해 절대적인 것이 아니면 안 되었다. 이 문제의 중요성은, 이청준 개인의 것일 뿐 아니라 '남도 사람들'의 것이었다는 점이다. 이런 사실을 두고 이청준은 '서편제'라 불렀다.

서편제란 새삼 무엇인가. 어째서 그것이 이청준의 글쓰기의 총체성을 지배하게 되었을까. 이런 물음의 해답 찾기란 그 곡절상 쉽지는 않겠으나 분명한 것이 딱 하나가 있음도 웬만한 독자라면 쉽게 눈치챌 수 있다. 그것은, 누구도, 그러니까 남도 사람들이라면 누구도 이 '원죄 의식'에서 벗어나고자 온갖 몸부림을 친다는 것, 그러나 그럴수록 '원죄 의식'에서 벗어날 수 없다는 것이 그것이다. 왜냐면 '원죄 의식'이기 때문이다.

이를 증명하기 위해 이청준이 보여주는 방법의 과격성은 도를 넘어설 정도의 극약 처방이었다. '예술' 따위를 안중에도 두지 않을 정도의 과격성을 아무도 건너뛸 수가 없다.

딸아이에게 눈을 잃게 한 것은 다름아닌 그녀의 아비 바로 그 사람이었을 거라 말한 것이 여자가 사내에게 털어 놓은 놀라운 비밀의 핵심이었다.

소리꾼의 계집딸이 나이 아직 열 살도 채 못 되었을 때─어느 날 밤 그녀는 갑자기 견딜 수 없는 통증으로 그의 아비 곁에서 잠을 깨어 일어나게 되었고, 잠을 깨고 일어나 보니 그녀의 얼굴은 웬일로 숯불이라도 들어부은 듯 두 눈알이 모진 아픔으로 활활 타들어 오는 것 같았고, 그것으로 그녀는 영영 앞을 못 보는 장님 신세가 되어 버리고 만 것이라 했다. 여자의 아비가 잠든 계집 자식 눈속에다 청강수를 몰래 찍어 넣은 것이라 했다. 그런 얘기는 여인이 일찍이 읍내 대가댁 심부름꾼 시절서부터 이미 어른들에게 들어 알고 있던 사실이었는데, 그렇게 하면 눈으로 뻗칠 사람의 영기가 귀와 목청 쪽으로 옮겨 가서 눈빛 대신 사람의 목청 소리를 비상하게 한다는 것이었다. 어렸을 적의 여인은 결코 그런 끔찍스런 얘기들을 믿으려 하지 않았

266

었다. 하지만 어느 날 밤 사실이 못내 궁금해진 여인이 그 눈이 먼 여자 앞에 이야기를 모두 털어 놓고 물었을 때 가엾은 그 계집 장님은 길고 긴 한숨으로 대답을 대신하여 믿을 수 없는 이야기를 믿어도 좋은 듯이 응대를 하고 말더라는 것이었다. (『서편제』, 열림원, 1993, pp. 20~21)

　'원죄 의식'에서 벗어나기 위한 온갖 몸부림이 근대적 세상살이의 플러스적인 측면이고 모두 이를 향해 치닫게 마련이지만, 그러면 그럴수록 그 불가능성에 직면하게 되는바, 왜냐면 '원죄 의식'인 까닭이다. 판소리 서편제는, '원죄 의식'에서 벗어나고자 몸부림친 사람들이 그 자신의 어리석음을 깨닫는 과정을 그린 것이 아닐 수 없다. 그 어려움은 '눈을 도려내는 일'만큼 어려운 일이 아닐 수 없다. 어린 딸 눈에 청강수를 부어 장님을 만들어버리는 엽기적인 행위란 아예 '원죄 의식'에서 벗어나고자 몸부림칠 싹을 없애버리는 방도가 아닐 수 없다. 눈먼 딸이 소리를 익혀 천지 속에서 마음껏 울릴 때 이것은 한(恨)이기에 앞서 '해방'이 아닐 수 없다. 방황에서, 헛된 추구에서 일찌감치 벗어났음이 아닐 수 없다.
　여기까지 이르면 중대한 국면과 만나게 마련인데, 곧 예술의 범주를 초월했음이 그것. 조금은 잡스러운 분류라 할지도 모르겠으나 예(藝)와 예술을 구분할 필요가 없을까. 만일 장인 정신으로 무장한 광대, 줄 타는 자, 궁수 등이 이른 경지는 생명의 감각이 가장 직접적이자 강렬한 것이 아닐 수 없다. 그런 경지에 이르기 위해서는 눈을 뽑거나 귀를 막거나 다리를 자르는 고행이 요망되지 않을 수 없다. 이를 '예'의 경지라 한다면 「서편제」는 이런 부류에 가깝다고 볼 수 없을까. 그렇게 함으로써 설사 생명의 감각이 아무리 민감해지더라도 '예술'의 경지라 하기 어려울 터이다. 예술은 일정한 제도의 산물이어서 그 자체가 사회의 윤리 감각에 얽매여 있다. '예'가 '예술'의 차원으로 내려오지 않으면 '예'는 자칫 '엽기성'에로 향하기 마련인 것. 「서편제」가 놓인 자리는 그러기에 '예'와 '예술'의 밀고 당김의 현장이 아닐 수 없다. 만일 이 균형 감각이 깨진다면 「서편제」는 예술 초월이거나 예술 미달일 수밖에 없다. 또 말해 예술보다 윗길에 놓이는 종교랄까 좌우간 그런 어떤 범주에 들고 말 것이리라.

6. 소설일 수 없는 '소리부림'

이런 형국의 「서편제」를 정작 이인성은 어떻게 감지했을까. 함부로 말할 수 없겠지만 짐작해볼 수 있는 것이 아주 없지는 않다.

첫째, 앞에서도 장황히 인용하고 또 논의한 지휘자이고 연출가이자 배우인 이청준을 이인성이 새삼스럽게 발견했음의 놀라움을 들 수 있다. 그것은 난생처음 호메로스를 읽고 놀란 채프먼의 심정과 흡사했을 터이다.

> 이청준이라는 존재가 훗날 어떻게 남을 것인가를 혼자 자문했다. [……] 선생은 아마도 우리 눈을 아득하게 하는 그런 무엇인가로 이 세상에 남으리라. (「종소리와 판소리 사이」, 『식물성의 저항』, p. 248)

'우리 눈을 아득하게 하는 것', 이를 예술 초월 또는 예술 미달이라 바꾸어도 크게 틀리지 않을 듯하다. '예' 쪽으로 기울어졌음이 이인성의 느낌 밑바닥에 깔린 윤리 의식이 아니었을까.

둘째, 이 점이 보다 직접적인데, 「강 어귀에 섬 하나」와 「돌부림」을 이인성이 '소설이라 인식하고' 썼다는 사실이다.

이청준이 이른 경지, 곧 훗날 이청준이 어떤 존재로 남을 것인가를 두고 이인성은 "우리 눈을 아득하게 하는 그런 무엇"이라 했다. 이런 발언이 판소리 서편제에서 연유되었음은 이미 앞에서 보아온 바이다. 만일 이인성이 「돌부림」 다음의 작품을 쓰고자 구상했다고 가정한다면 아마도 그 제목은 '소리부림'이었을지 모른다. 판소리를 반구대에로 이끌고 와서 그 소리를 바위 속에 스며들게 했을지도 모른다. 또는 「서편제」의 눈먼 소녀를 울주군 반구대 암각화 속에 가두고, 거기서 새어나오는 소리를 온몸으로 느끼고자 했을 터이다. 소녀의 눈에 청강수를 부은 아비와 작가 이인성이 바위 안쪽에 있고, 바위 속에 갇힌 소녀의 목소리를 듣고 있었을 터이다. 아비와 작가는 구속되어 있는 수인이고, 바위 속의 소녀는 해탈되어 있었을 터이다. 딸을 인당수에 팔아넘긴 심청의 아비와 작가는 인당수에서 연꽃으로 피어오른 딸 청이의 모습을 환각 속에서 볼 수조차 있었을 터이다. 이 환각의 실체란 국보 121호의 하회탈춤이나 국보 285호의 반구대 암각화보다 한 단계 높거나 깊은 차원이었을 터이다. 왜냐면 판소리란 쩨쩨한 국보 수준을 넘어 유네스코 세계 무형 문화유산(2003. 11)의 수준이 아니었던가.

그럼에도 이인성은 끝내 '소리부림'의 작품을 쓰지 않고 오늘에 이르고 있는 듯하다. 무엇이 이인성을 망설이게 했을까를 묻는다면, 이인성에겐 실로 황당무계하게 들릴 것이겠지만, 또 실례일 수도 있겠으나, 그의 글쓰기를 계속 읽어온 독자의 권리랄까 그런 것도 있는 법이다. 그 첫머리에 오는 것이 이인성의 글쓰기가 '소설'이라는 점, 이인성이 '소설가'라는 사실이다. 이청준도 소설가였지만 그는 이를 학처럼 뛰어넘을 수도 있었으나 이인성은 그럴 수 없었다. 정작 이인성은 음악이나 연극 또는 영화의 엄청난 발호 앞에, 또 인터넷의 가상 공간 앞에 절망하여 '식물성의 저항'이란 최악의 교두보를 설정한 바 있었다. 이청준에겐 없고, 이인성에게만 있는 이런 '식물성의 저항'이란 따지고 보면 소설 및 소설가를 '선험적인 것'으로 갖고 있었음에서 왔을 터이다. 「강 어귀에 섬 하나」(1999)와 「돌부림」(2006)이 소중한 것은, 그 '식물성의 저항'을 넘어서고자 하는 욕망의 산물이었기 때문이다. 그 한계점이 「돌부림」이었고, 그 이상 나아갈 수도 그렇다고 내려올 수도 없는 처지랄까.

이인성에 있어 소설이란 무엇인가. 물론 근대 소설이며 그중에서도 전위성의 소설 추구였다. 리얼리즘이나 샤머니즘에 전면적으로 노출된 이 나라 소설판에서 전위성이란 실험성/난해성의 대명사이기도 했지만, 좌우간 소설이고 근대 소설임에는 틀림없었다. 처녀작 「나만의, 나만의, 나만의」(1974)에서 「돌부림」에 이르기까지 일관된 소설질이었다. 잠시 이를 문학사적 시각에서 자의식의 한 가지 방식으로 도표해 보이면 다음과 같다.

(A) 윤동주의 「자화상」에 나오는 물에 비친 자기의식 및 「참회록」에서 드러난 구리로 된 거울.
(B) 이상의 「거울」에 나오는 시장 바닥에서 파는 수은 칠한 거울.
(C) 서정주의 「상가수의 소리」에 나오는 오줌 항아리의 거울.
(D) 이인성의 「돌부림」에 나오는 바위 밖과 안을 잇는 거울.

만일 이인성이 '소리부림'을 쓴다면 어떠할까. 그러니까 그것은 (E)의 범주이겠는데, 이는 당연히도 거울이 없지만 또 거울이 있는 그런 무엇이 아닐 것인가. 반야바라밀이 아니기에 반야바라밀인 것, 색즉시공 공즉시색인 것. 오온이란 자성(自性)의 결여태이지만 그렇다고 무(無)일 수도 없는 것. 함부로 사용할 수 없다는 점을 알면서도 공(空, sunya)이라는 말이 떠오르는 것은 웬일일까. 저 앞에서 제시했던 도식을 반복하며 확장시킨다면 이러하다.

(A) 습작기의 「나만의, 나만의, 나만의」에서 『낯선 시간 속으로』에 이르는 경우: 그 기본 구도는 외부와 내부의 벽이었고, 어떻게 이 벽을 뚫느냐에 전위성, 실험성이 있었다.

외부 → 일상성 ← 내부
(현실적 관계들)

(B) 『한없이 낮은 숨결』의 경우: 이인성의 본격적 실험실이자 전위성의 현장이었다.

'독자/그' → 언어 ← '작가/나'

(C) 「강 어귀에 섬 하나」의 경우

'독자/그' → 가면(섹스) ← '작가/나'

(D) 「돌부림」의 경우

'독자/그' → 거울 ← '작가/나'

(E) '소리부림'의 경우

'독자/그' → 공(空) ← '작가/나'

'독자/그'와 '작가/나'의 이분법, 대립성에서 벗어나 '독자/그'와 '작가/나'의 각각의 관계라고 하여 별개의 대립으로 보기보다는 차이를 부단히 만들어내기 위한 대립임을 모르는 바는 아니나, 그럼에도 이런 서투른 도식을 굳이 설정해본 것은 이인성 소설의 처녀작에서 그것은 외견상 일관된 '독자/그' 대 '작가/나'의 구도와 결코 무관하지 않다. 그럴 때 비로소 (E)의 구도가 의미를 띤다. '공(空)'이라 했을 때 그것은 물을 것도 없이 소설 초월이거나 소설 미달인 '종교'의 영역이다. 이른바 소리만의 세계, 옴마니반메훔. 우주의 질서. 이인성은 이를 결코 용납할 수 없었고 더구나 수용할 엄두를 내지 못했다. 왜냐면 그는 출발부터 소설가였다. 소설가이되 전위적 소설가. 실험적 소설가이긴 해도 소설 곧 근대 소설이 낳은 아들이었던 까닭이다.

그렇다면 소설, 곧 근대 소설이 종언을 고한 오늘은 어떠할까. 근대 소설이란 인류사에서 보면 겨우 18세기 이래 시민 계급이 만들어낸 예술 형식에 지나지 않는다. 소설 이전에도 서사 양식은 거대하게 있었고 소설 이후에도 그것은 또 도도히 융성해갈 것이다. 서구 문학의 정통파를 자처하는 아르헨티나의 소설쟁이 보르헤스도, 카프카도 그리고 『활과 리라』의 저자인 멕시코의 시쟁이 옥타비오 파스도 이 사실을 잘 알고 있었다. 내가 크게 틀리지 않았다면, 이인성이 말하는 '식물성의 저항'이란 조금은 시기상조라 할 수 없을까. 다시 한 번 내가 크게 틀리지 않았다면 이인성은 소설가에서 벗어나고자 몸부림은 칠지언정 내심으론 결코 벗어나고자 하지 않았을 것이다. '소리부림'을 엿보면서도 그 유혹에 지금까지 넘어가지 않았음이 그 증거일 터이다. 이인성의 명예를 위해서도 나의 이런 지적이 천기누설일 수 없음은 자명한 터이리라. 공(空)이란 자성(自性)의 결여태, 곧 자성(自性)으로 성립되지 않는 공(空)이지만(본성 이외의 레벨에 있어서는) 자성이 아닌 것으로 성립된 것이 있지 않느냐고 본 티베트 불교 최대 종파의 개조 총카파의 해석이 『반야심경』의 개공(皆空)보다 현실적이라 할 것이다. 본성 이외의 레벨,

곧 현상으로서는 존재한다고 보는 것이 나 같은 속인에겐 방편 이상으로 아름답게 느껴진다.

그러기에 이청준도 이인성도 실은 잃은 것이 없지만 동시에 얻은 것도 없다고 하면 어떠할까. 그렇지만 나 같은 속인이자 동시에 조급증 환자들은 이 나라 소설사를 들먹거리며 이청준의 잃은 것과 얻은 것을 따지고 동시에 이인성의 얻은 것과 잃은 것을 따지기에 정신이 빠져버렸다. 딱한 것은 이러한 조급증 환자들이 제법 있다는 사실에서 온다.